염병할 년,
그래도 사랑합니다

염병할 년,

그래도 사랑합니다

정경미 글

다반

사랑과 헌신,
치매와 함께한 가족의 여정

　의학과 과학의 발달로 인류의 평균수명은 점점 증가하고 있으며, 우리나라도 2017년부터 고령화 사회로 접어들었습니다. 이에 따라 노인 인구가 많아지면서 치매는 고령화 사회의 최대 난제로 떠오르고 있습니다.

　치매란 뇌의 인지기능 장애로 인해 일상생활을 스스로 유지하지 못하는 상태를 말하며, 치료가 어렵고 환자 본인뿐 아니라 가족에게도 매우 불행하고 고통스러운 질병입니다.

　정경미 저자는 친정엄마, 시어머니 두 분의 치매를 간병하면서 느낀 감정과 생각을 모아 책으로 엮었습니다. 저는 이

책을 읽고 치매 환자를 간병하는 가족들의 어려움과 고통, 미묘한 갈등들을 생생하게 느낄 수 있었고, 특히 어머니의 증상이 호전되고 악화되면서 겪는 기쁨과 보람, 좌절감과 불안감 그리고 힘든 일을 혼자서 감당해야 하는 부담감들을 알 수 있었습니다.

하지만 저자는 이러한 어려움 속에서도 어머니를 향한 사랑과 헌신을 잃지 않았고, 어머니 치료에 대한 열정, 작은 변화에도 기뻐하고 함께 즐거운 시간을 보내려고 노력하는 모습은 가슴이 뭉클하고 감동적이었습니다. 또한 치매 간병에 대한 정보를 적극 공유하고 다른 사람들과 소통하려는 노력도 돋보입니다.

독자들에게 추천해 드리고 싶은 몇 가지 이유를 언급하고자 합니다.

1. 치매 간병의 현실을 생생하게 보여 주는 책

이 책은 치매 환자를 간병하는 가족들이 겪는 다양한 어려움과 고통을 생생하게 보여 줍니다. 치매 환자의 증상 변화와 간병 과정에서 발생하는 문제들, 그리고 가족들 간의 심리적인 어려움까지, 치매를 간병하는 어려움을 솔직하게 그려 내고 있습니다.

2. 희망과 용기, 그리고 정보를 주는 책

이 책은 치매 간병이라는 어려운 상황에서도 희망을 잃지 않고 깊은 사랑과 헌신으로 극복해 나가고, 치매 환자와 소통하는 방법, 호전시키는 훈련법, 간병팁, 가족들의 정신건강 관리 방법 등 실용적인 정보도 제공합니다.

3. 치매 환자와 가족 모두에게 필요한 책

이 책은 치매 환자와 가족 모두에게 필요한 책입니다. 치매 환자는 이 책을 통해 자신의 증상과 변화를 이해하는 데 도움이 되고 가족들의 어려움을 공감할 수 있습니다. 가족들은 치매 간병에 대한 정보를 얻고 따뜻한 위로를 받으며, 긍정적인 마음가짐을 유지할 수 있을 것입니다. 또한 이 책은 치매에 대한 사회적인 관심을 높이는 데 기여할 것입니다.

4. 이 책은 다음과 같은 독자들에게 추천합니다.

치매 환자를 돌보는 가족

치매에 대한 이해를 높이고 싶은 사람들

어려운 상황을 이겨 내고 극복하는 따뜻한 감동을 주는 책을 찾는 사람들

이 책을 통해 주 간병인의 사랑과 헌신, 그리고 치매 환자와 가족들의 삶에 대한 이해가 더욱 넓어지기를 기대합니다.

형수님 고생하셨습니다.
사랑합니다.

저자의 시동생, 정형외과 전문의 김선재

치매 가족을 둔
모든 분에게 바치며

"딸이지요?"

시어머니 팔짱을 끼고 다니는 여행지에서도, 같이 손잡고 간 시장에서도 만나는 사람마다 묻는다.

"어머! 여태껏 딸인 줄 알았어요!"

주간보호센터 선생님도 어머니가 센터에 다닌 지 한참이 지나서 했던 말이다. 사람들은 우리를 고부가 아닌 모녀 사이로 본다.

누구와도 금방 친밀감 있게 대하는 나의 성격 때문일까? 결혼 전에 양가 부모님들 상견례를 마치고 다음 장소로 이동할 때였다. 나는 처음 만난 시어머니와 팔짱을 끼고 다정하게 얘기를 나누며 앞장서서 걸었다. 친정 부모님이 뒤에 따라오는지 신경도 쓰지 않은 채로…. 그날 밤 엄마가 서운한 감정을 드러냈다. '보기는 좋은데 어째 이제 딸을 뺏겼구나' 하는 생각이 든다고.

그랬다. 그때부터 우리 고부는 늘 손잡고 다니고 팔짱 끼고 여행 가고 팔베개를 하고 자는 모녀 같은 고부간이 되었다.

두 엄마는 36년생 쥐띠로 동갑이다. 시어머니(이후로는 어머니)는 2013년에 이미 치매가 눈에 띄게 드러났지만, 아버님이 옆에서 돌봐 줄 수 있어 크게 신경 쓰지 않았다. 2015년 80세였던 친정엄마(이후로는 엄마)는 진드기에게 물려 '쓰쓰가무시'라는 병으로 거의 한 달여를 병원에서 입원 치료를 했었다. 급기야 6살 아이의 인지능력이 되어 나에게 왔다. 그 후유증으로 치매가 진행되기 시작했고 진행 속도도 아주 빨랐다. 한편 어머니의 치매는 상대적으로 천천히 진행되었다. 나에게 오게 된 2020년 이전까지 시아버님(이후로는 아버님)이 요양 보호사의 도움과 함께 어머니를 돌보셨다. 그 후 내가 전적으로 어머니의 병구완을 도맡아 시작할 즈음 어머니의 치매는 거의 말기에 이르러 내가 며느리인 것조차도 못 알아볼 정도였다. 대소변까지 스스로 처리할 수 없는 상태가 된 것은 물론이었다. 거의 10년에 이르는 오랜 기간 양쪽 가족은 치매 엄마들로 인하여 살얼음을 걷는 초조함과 불안을 겪어야만 했다.

치매라는 것이 그저 기억을 잃어 가는 병 내지는 벽에 똥 칠하는 병쯤으로 알고 있었던 나는 너무나 무지했다. 치매가 어떤 증상을 보이며 치매 환자를 위해 무엇을 해야 하는지도 몰랐다. 엄마와 같이 생활하게 되면서 답답함에 속이 터질 것 같은 나날들을 감수해야만 했다. 갈등과 분노로 엄마도 나도 행복하지 않은 날들이었다. 그저 단순히 의식주만 해결해 주면 된다는 생각밖에 없었다. 인지능력을 좋아지게 하는 교육이 있다는 것도 모른 채 엄마와 힘든 날들을 보내다 결국 엄마를 요양 병원으로 모시게 되었다.

엄마를 요양 병원에 모신 후, 치매의 끝자락에 있는 어머니를 우리 집으로 모시고 온 것은 가족이 나에게 부담을 주어서가 아니다. 노부모를 모시는 것은 자식이면 당연히 해야 하는 도리인 것으로 생각했다. 엄마에게 함부로 대하고 모질

게 했던 일들이 생각나, 마음 한구석에는 그 미안함을 만회해 보고 싶은 생각도 있었다. 치매를 앓는 어머니와 함께 살면서 '왜 내가 모셔 왔을까?' 하며 순간순간 발등을 찍고 싶을 정도로 후회하기도 했다. 하지만 어머니의 생애 마지막 기억 한 편에 자식들과의 행복한 시간을 선물해 주는 것으로 생각하니 오히려 뿌듯하기도 했다.

나쁜 일들은 연달아 온다고 했던가! 합가를 하고 2년 3개월 동안 여러 우여곡절을 겪었다. 시부모님(이후로는 부모님)을 모셔 오자마자 한 달도 안 되어 아버님은 폐암 말기로 시한부 판정을 받게 되었다. 부모님을 모시는 과정에서 스트레스를 많이 받았는지 남편마저 전립선암 2기 진단을 받아 수술까지 해야 했다. 부모님은 그 기간 요양 병원에 잠시 신세를 지기도 했다. 그러나 아버님은 요양 병원에 계시는 동안 코로나바이러스에 감염이 되어 하늘나라로 가시게 되었다.

아버님이 계시지 않은 병실에 혼자 남아 외로울 어머니를 다시 집으로 모시고 와 9개월을 더 병구완하게 되었다. 이미 치매 중증 환자인지라 배변 문제로 너무 지치다 보니 불가피하게 어머니를 다시 요양원으로 모실 수밖에 없게 되었다.

그것으로 끝난 것은 아니었다. 어머니를 더 모셔야 하는데 요양원으로 보낸 것이 아닌가 하는 생각에 지금도 죄책감이 불쑥불쑥 올라오곤 한다.

두 엄마를 간호하면서 혼자 울며 지낸 날이 참 많았다. 힘들고 지칠 때면 어디 가서 하소연하거나 위로받고 싶어도, 주변 사람들은 대부분 자기 일로 바빠 나에게 따뜻한 마음을 나누어 줄 만한 여유가 없어 보였다. 치매에 관한 책들을 읽어 봐도 주로 전문가가 전해 주는 치매 예방을 위한 방법들, 치매 증상연구, 치매 사례 등에 관한 자료들로만 홍수를 이루었다. 하지만, 간병인의 마음을 보듬어 주고 공감해 주는 내용은 드물었다.

치매 환자와 몸을 부대끼며 같이 살지 않는다면 상황을 완벽히 이해하기는 힘들다. 어떤 어려움이 있는지, 얼마나 힘들게 하는지 상상도 못 한다. 아니 알지 못하기 때문에 어려움을 얘기할 때 공감하기도 힘들다. 때로는 문제를 애써 모른 척하고 싶은 마음이 들 수도 있겠지만 이럴 때 가족과 지인들의 관심은 마음 깊은 곳에서 사랑받는 느낌을 주며, 혼자 고립된 막막한 마음에 든든한 힘이 되어 줄 것이다.

나는 이글을 치매 환자에 초점을 맞추기보다 주 간병인의 고립감과 외로움을 이해해 주고 따뜻하게 위로해 주기를 바라는 마음으로 썼다. 한 가정이 행복해지려면 엄마가 가장 행복해야 하듯, 치매 환자가 있는 가정에서는 주 간병인이 가장 행복해야 한다. 심신이 건강한 간병인이 환자를 더 잘 돌볼 것이기 때문이다. 질병 중에서도 치매는 고칠 수 없는 병이라는 걸 잘 알기에, 돌봄은 시간이 지날수록 힘들어지기 마련이다. 대소변까지 받아 내야 하는 상황이 길어지면 버텨 내기란 결코 쉬운 일이 아니다.

치매를 앓는 엄마들과 함께하는 시간이 길어질수록, 마지막 순간이 어떠할지에 대한 생각은 더욱 깊어졌다. 임종이 가까워졌을 때, "이 생에서 너희 덕분에 행복했다"라는 고마운 말을 듣는 것이 내 꿈이었다. 그것이 바로 나의 소망이자, 치매로 고통받는 엄마들을 끝까지 집에서 돌보며 그들의 마지막을 함께하고자 했던 최종 목표였다. 하지만, 결국 현실의 무게 앞에서 나는 엄마는 요양 병원으로 어머니는 요양원으로 모셔야만 했다. 이 선택이 가져온 마음의 무게와 아쉬움은 말로 표현할 수 없다.

우리는 유교 문화가 저변에 깔려 요양 병원이나 요양원 등 보호시설로 부모님을 보내는 것을 불효라는 등식으로 생각하는 경우가 허다하다. 시설에 부모님을 보냈다고 해서 모든 시간을 희생하고 고생한 주 간병인의 노고를 뭉개 버리는 실수는 하지 말기를 바란다.

치매를 앓는 두 엄마를 모신 시간은 외롭고 힘들어서 다시는 돌아보기 싫을 만큼 지치고 아팠던 시간이었다. 그러나, 치매를 앓고 있는 환자를 돌보는 가족들에게 조금이나마 위안이 되고 힐링이 될 수 있는 메시지를 전하고 싶어 부끄러운 마음을 무릅쓰고 이 글을 쓴다. 치매 부모님을 또는 치매 배우자를 돌보며 깜깜한 동굴 속에서 외롭고 힘든 시간을 인내하며 희생적으로 병간호에 애쓰는 주 간병인에게 지금까지 참 수고했다고, 그만하면 최선을 다한 거라고, 이제부터는 본인을 돌보는 시간을 가지라고 따뜻한 위로와 포옹을 해 주고 싶다.

✱ 차례

01

예고도 없이
찾아온 운명

내 곁으로 온 엄마

2004년 친정아버지가 위암으로 세상을 떠난 뒤, 엄마는 멀리 광주에 홀로 남겨졌다. 그리고 10년이 지난 2014년 양쪽 무릎이 망가져서 걸음걸이가 힘들어진 엄마의 무릎 인공관절 수술을 계기로 나는 엄마를 우리 집 바로 옆집으로 모셨다. 수술한 무릎이 완전히 나아질 때까지 한참이 걸렸지만 모처럼 나는 너무 행복했다. 그동안 큰며느리로 살아가면서 엄마에게는 제대로 신경도 못 쓰고 살아온 오랜 세월이 아쉬웠는데, 엄마를 마음대로 볼 수 없었던 아쉬움을 달랠 수 있어 기뻤다. 엄마 품에서 자며 엄마 볼을 비벼 보기도 하고 음식을 잘하던 엄마의 손맛도 즐기며 행복한 1년여를 보냈다.

당시 내 일과는 옆집에 살고 있는 엄마에게 아침 문안 인사 가는 것으로 시작되었다. 그런데 그날은 좀 이상했다. 엄마의 방문에 다다르면 늘 텔레비전 소리가 엄마의 기상을 알렸는데 그날따라 너무나 조용했다. 방문을 열어도 엄마의 기척이 없다.

"엄마, 어디 아파? 왜 안 일어났어?"
"응 몸살이 난 거 같아."
겨우 들릴락 말락 한 목소리로 대답했다.

2박 3일간의 교회 수련회를 다녀온 뒤였는데, 그 일정이 엄마에게는 아마도 조금 힘들었나 보다. 아침을 준비해 드리고 식사하는 모습을 확인한 뒤 내 일에 집중했다. 그런데 다음 날 아침에도 엄마는 일어나지 않았다. 호흡이 조금 거칠었지만, 평상시 엄마가 숨차하는 증세가 있었기에 신경 쓰지 않았다. 병원에 가보자는 설득에도 "아니야, 며칠 쉬면 좋아질 거야, 걱정하지 마라" 하는 소리에 또 하루가 지나갔다.

엄마는 그다음 날도 일어나질 못했고, 미열이 있는 것을 보니 뭔가 심상치 않은 생각에 엄마를 억지로 끌다시피 하여 병원으로 모시고 갔다. 의사 선생님은 몸살감기라며 감기약 처방을 해주는 것에 그쳤다. 그러나 며칠이 지나도 엄마의 증상은 호전되기는커녕 점점 더 나빠지기만 했다. 이제는 아예 일어나지도 못하는 상황으로 치달았다. 무슨 큰일이 일어난 건가, 겁이 덜컥 났다. 가족 대화창에 나의 걱정을 영상과 함께 올렸다. 서울에서 회사 일을 하던 작은오빠가 하던 일을 뒤로하고 단숨에 달려왔다. 오빠와 함께 있는 자리에서 엄마가 비틀비틀 화장실을 가겠다고 해서 내 손을 잡고 가는 중에 소변을 질질 흘렸다. 그런 모습을 처음 본 오빠는 놀라서 곧장 서울의 큰 병원 응급실로 모셔 가야겠다고 나섰다.

도둑이 제 발 저린다고 했던가! 오빠가 놀라는 모습을 보니 엄마가 이렇게 되도록 방치한 것 같은 느낌이 들어 죄책감이 들었다.

병원에 도착할 무렵에는 엄마가 인사불성이 되어 자식도 못 알아보는 지경이 되었다. 입원한 지 2주일여가 지난 한참 만에 진드기에게 물리면 나타나는 '쓰쓰가무시병'이라는 진단이 내려졌다. 그 질병은 치사율이 높은 질병이라 환자가 발생하면 보건소에서 조사가 나오고 그 인근 사람들도 매우 조심해야 하는 병이기에 방송에도 발표하는 질병이다. 엄마는 병원에 입원하고 있는 동안 '쓰쓰가무시병'에 대한 치료뿐만 아니라, 뇌동맥류 코일 색전술 시술 등 심혈관 확장술까지 받고, 드디어 한 달여 만에 퇴원하게 되었다. 그러나 예전의 건강한 엄마는 다시는 볼 수 없게 되었다.

엄마는 그 후유증으로 몰라보게 달라졌다. 딱 대여섯 살 유치원생 아이 같았다. 본인의 욕구를 표현할 줄도 몰랐고 말수가 눈에 띄게 줄어들었다. 가족들의 걱정이 커졌고, 지능 회복에 도움이 될까 싶어 어린이들이 하는 색칠 공부와 어린이용 학습지를 사서 매일 공부하도록 했다. 다행히 엄마는 조금씩 조금씩 나아지는 것 같았다. 어눌한 행동이 조금 빨라지고, 스스로 하나씩 할 수 있는 일이 늘어났다.

그런데 조금 이상해 보였다. 인지력이 떨어지는 것 외에도 눈빛이 예사롭지 않았다. 예전의 인자하고 다정했었던 모습과, 시간 날 때면 나하고 재미있게 수다를 떨었던 엄마의 모습은 찾아보기 힘들었다. 제일 먼저 나타난 증상은 아빠의 영정사진을 보면서 분노의 항의를 표출하는 일이었다.

"살아서도 고생마안~ 고생만 시키더니…. 죽어서도 속을 썩이오!"
엄마의 눈에서는 이글이글 타오르는 분노가 느껴졌다.

"나같이 복 없는 년! 천하에 어딧것소?"

이번에는 포악하게 악을 썼다.

"다라케미(부모님 살던 농장 이름)고 뭐고 죄다 말아먹고 소~
옥 씨원하요?"

엄마가 이럴 때면 옆에 다가가서 한마디 거들어 볼까 하다
가 불똥이 나에게까지 튈까 무서워 슬쩍 자리를 피하곤 했다.

엄마는 고래고래 삿대질과 함께 외쳐 대더니 아빠의 사진
을 들고 안방 깊숙이 보이지 않는 곳에 처박아 놓았다. 엄마
가 보지 않을 때, 내가 제자리에 갖다 놓으면 어느 순간 분노
의 화신이 내려온 듯 분개하다가 다시 숨겨 놓는 줄다리기가
계속되었다.

엄마가 왜 이렇게 되었을까?

엄마는 결국 병원에서 치매 판정을 받았고 점점 나의 관찰
대상이 되어 갔다.

엄마가 매사에 소리 지르고 고약한 사람이 되어 주위 사람
들을 놀라게 하니 사람들은 내 기분 따위는 아랑곳하지 않고

가볍게 말을 하곤 했다. 치매에 걸리면 그 사람의 본래 성격이 나타난다고. 그런 말을 들을 때마다 나는 너무나 속이 상했다. 우리 엄마는 원래 그런 사람이 아니었기에.

엄마는 누구보다도 더 이타적이고 인자한 분이셨다. 엄마는 강인한 여성과 주부의 상징적인 인물이었고 맹모삼천지교의 맹자 어머니처럼 자식에 대한 교육열이 대단했다. 당시 시골에서 살고 있던 엄마는 자식들을 모두 도시로 유학하도록 하였다. 덕분에 나는 초등학교 입학할 때부터 부모와 떨어져서 도시에서 언니, 오빠들과 함께 자취하면서 공부하게 되었다. 내가 고등학교 다닐 무렵에는 정부에서 훌륭한 엄마에게 주는 '장한 어머니상' 대통령상을 받기도 했다.

어디 그뿐인가! 엄마는 무엇이든지 남에게 퍼주기 좋아하고 배려도 잘하는 사람으로, 주변 사람들을 하나하나 챙기는 분이었다. 동네를 지나치는 부랑인마저도 친절히 데려다가 밥상을 차려 주고, 밥도 고봉으로 퍼주었다. 그때 당시는 다들 어렵고 못사는 사람들이 많았던 시절이었다. 그렇다고 해서 우리 집이 넉넉한 편도 아니었다. 살림이 어려운 집 애들을 데려다가 당신 자식들 옷을 내어 주고, 떨어진 옷도 손수

꿰매거나 재봉틀로 정성껏 바느질해서 다시 입혀 보냈다.

우체부 아저씨나 지나가는 과객들조차도 그냥 보내지 않고 항상 맛있는 음식을 대접하는 일이 다반사였다. 시골집 강가에 낚시하러 오는 사람들에게 아침이면 바리바리 아침상을 차려서 머리에 이고 지고 가져다주곤 했다. 근처 소나무로 둘러싼 야영장에 군부대가 훈련차 오면, 김치며 반찬거리를 엄청나게 많이 가져다주는 것 외에도 필요한 것 있으면 뭐든지 집에 와서 가져가라고까지 하는 지나치게 마음 따뜻한 엄마였다.

우리 형제들이 모여서 어릴 적 얘기를 하다 보면, 엄마의 이런 행동들이 이해가 가지 않았다고 이구동성으로 말하곤 했다. 우리도 없이 사는 살림인데 왜 우리와 무관한 사람들까지 저렇게 챙기고 퍼주기만 하고 사는지 진짜 속상했다고 토로하곤 했다. '우리가 그 사람들에게 질투 감정이 있어서였을까?'라고 얘기하면서 이야기는 일단락이 되곤 했다. 그랬던 엄마가 어떻게 이렇게 180도 다른 엄마로 변했을까? 엄마가 하루가 멀다고 하는 욕지거리와 고함치는 소리는 아무리 들어도 익숙해지지 않는다.

염병할 년!

나는 어려서부터 효녀라는 소리를 자주 들으며 컸다. 할머니들과 함께하는 시간이 특히 즐거웠다. 결혼 당시에도 시댁에 할머니가 계신다고 해서 더 좋았다. 언제 어딜 가나 할머니들은 내 차지였다. 결혼 후, 나의 꿈도 양가의 부모님을 다 모시고 살 수 있는 2층집을 지어서 사는 것이었다. 결혼 초에는 형편이 넉넉하지 않아 그저 꿈에 그치고 말았지만, 내 꿈을 이룰 만큼 여유가 생겼을 때는 아쉽게도 두 어머니가 치매를 일찍 앓게 되어 그 꿈은 말 그대로 한낱 꿈으로 끝나고 말았다.

내가 나이가 들었듯, 엄마들도 할머니가 되었다. 그들과 지내는 것은 나에겐 어려운 일이 아니었다. 언니, 오빠, 동생도 있었지만, 엄마를 모시는 것은 내가 감당해야 할 당연한 도리로 여겼다. 오히려 엄마와 함께 더 많은 시간을 보내며 소중한 추억을 쌓을 수 있는 기회라 생각했다. 그러나 내 예상과는 달랐다. 엄마를 모시는 것은 더 큰 희생을 요구하는 일이 되어 갔다. 나의 희생을 통해 모두가 행복하고 엄마도 만족한 노후를 보낼 수 있을 거라 믿었지만 날이 갈수록 엄마의 이상 행동으로 인해 나는 지쳐 갔고, 더 이상 착한 효녀가 아니라 못된 딸로 변해 가고 있었다.

늙어 병들고 허리도 구부정하고 조금만 걸으면 숨차하는 모습이 어찌나 촌스러운지 엄마가 저 멀리에 나타나면 나도 모르게 인상이 써지고 어디론가 도망가고 싶었다. 치매로 하루가 다르게 달라지는 엄마가 점점 싫어지게 되었다.

엄마는 나에게 점점 더 함부로 말하고, 욕하고 야단치면서 나를 마치 부모 말을 무척 듣지 않는 초등학생 말썽꾸러기 대하듯 했다. 하루는 지인들과 점심을 먹고 있는데, 엄마의 전화를 받게 되었다. 그날따라 전화 목소리가 왜 그렇게 크게 들리는지 옆에 있던 사람들 모두가 궁금한 표정으로 나를 향해 시선을 집중했다. 전화를 끊고 나니 "누구예요?" 묻는다. 숨기지도 못하고 "우리 엄마"라고 하니 모두의 눈이 갑자기 두 배로 커졌다.

"아니! 엄마가 딸에게 그렇게 함부로 해도 돼? 진짜 치매가 무섭긴 무섭구나!"

모두 걱정하는 눈빛으로 위로하듯 한마디씩 했지만 얼마나 창피하던지! 그래도 이번엔 욕이라도 안 했으니 다행이었다.
엄마는 언제 어디서든 나의 마음을 상하게 하고 아프게 했다. 그때마다 나는 엄마에게 윽박지르듯 큰소리쳤고, 똑같은 악다구니로 되갚아 주었다. 엄마에게 마음의 상처가 될 말을 무수히도 많이 했다.

그러다 취미로 다니던 노래 교실에서 나훈아의 〈홍시〉라는 노래를 배우던 날, 난 한 구절도 따라 부르지를 못했다.

생각이 난다 홍시가 열리면 울 엄마가 생각이 난다
회초리 치고 돌아앉아 우시던 울 엄마가 생각이 난다
바람 불면 감기들세라 안 먹어서 약해질세라
힘든 세상 뒤쳐질세라 사랑 땜에 아파할세라
그리워진다 홍시가 열리면 울 엄마가 그리워진다

노래 속 가사가 예전의 엄마 모습을 말해 주는 것 같았다. 어릴 적 추억이 영화의 한 장면처럼 떠올랐다.

나는 아마도 엄마가 제일 이뻐하는 딸이었을까? 엄마는 어디를 가도 나를 데리고 다녔다. 엄마 등에 업혀 장에 가던 날도 어렴풋이 떠올랐다. 따뜻하고 인자하고 자랑스러운 엄마였는데 몹쓸 치매라는 녀석이 숨기고 싶은 엄마로 만들다니. 외롭게 혼자 있을 엄마를 생각하니 감정을 제어하기가 힘들었다. 눈물이 눈치도 없이 자꾸만 솟구쳤다. 마침내 노래 강사님이 무슨 일인지 물었고, 사정을 얘기하니 같이 모시고 오라는 배려를 해주었다.

원래 엄마는 노래도 잘하시고 흥이 많았던 분이라 부축해서 어떻게든 모시고 오면 좋아하실 거로 생각했다. 그러나 기대와는 달리 엄마는 어깃장 놓는 소리만 해댔다.

"뭘라, 여기 와서 이러고 있냐, 이런 것이 노래 교실이다냐, 선생님이 나보다 못하구만." 등등.

나는 노래 강사님뿐만 아니라 같이 있는 사람들에게도 너무 민망하고 미안해서 쥐구멍에라도 들어가 버리고 싶었다.

엄마의 치매는 점점 더 이해할 수 없는 수준으로 멀리 도
망가고 있었다. 도망가는 거리만큼 쫓아가는 나도 날이 갈수
록 언성이 높아졌다.

"그것도 몰라? 몇 번을 말해야 해! 울 엄마 맞아? 왜 그렇게
엄마는 내 말을 안 들어? 왜 그렇게 고집이 센 거야? 아니 다
른 집은 자식이 속을 썩인다는데, 우리 집은 어떻게 된 게 거
꾸로 됐어? 엄마는 자식들 속을 왜 이리 괴롭게 하는 거야?"

엄마와 마주할 때마다 잔소리를 해대는 나에게 엄마는 점
점 더 호랑이 같은 눈을 부라리며 입에 담지 못할 욕까지 아
무렇지도 않게 퍼부었다.

"염병할 년!"

"뭐라고? 염병할 년? 엄마는 딸에게 그렇게 욕이 하고 싶
어?"

"염병할 년 지랄하고 자빠졌네! XXXX 뭣이 어쨌다고 그
러냐?"

"딸이 염병에 걸렸으면 좋겠어?"

　나도 질세라 한마디 더 대구하며 소리 질러 보았지만, 엄마의 눈은 이미 분노로 활활 타고 있는 듯 무서워서 더 이상 엄마 옆에 머무를 수가 없었다. 뛰쳐나오듯 엄마 집 대문을 나서면서, 우리 엄마가 왜 이렇게 되었을까? 생각할수록 너무나 기가 막힐 일이고 내 신세도 불쌍하기 짝이 없었다. 눈에서는 눈물이 쉴 새 없이 흘러내렸지만 염병할 년이 된 나는 며칠간 엄마를 보지 않으리라 독한 마음을 먹었다.

　그러나 겨우 하루 만에 독하게 먹은 마음은 어디로 가버리고 다시 엄마에게로 향했다. 그때는 치매라는 병에 대해 너무나도 무지해서 엄마에게 필요한 것은 사랑과 이해인 것을 전혀 몰랐다. 180도 달라진 엄마를 이해하지 못해 치유되지 못할 마음의 상처와 앙금만 쌓여 갔다.

　그런 엄마의 변화 속에서, 무심코 내뱉은 말 한마디가 때론 내 마음을 찌르는 가시가 되었다. 엄마의 불평과 어깃장은 나의 인내심을 시험했고, 그 어느 때보다 엄마와 나의 관계는 멀어져 가는 듯했다.

나 혼자
감당할 수 있을까?

별 따기보다 힘든 요양 등급

가을에 접어들면서 엄마는 나를 당황하게 하는 일이 더 잦아졌다. 나는 딱히 한마디로 표현하기 어려운 심각한 스트레스와의 싸움에 시달려야 했다. 어쩔 수 없이 엄마를 혼자 두어야 하는 시간이 발생하면, 나는 불안해서 제대로 일을 할 수 없게 되었다. 취미생활로 일주일에 두 번 저녁 시간에 다니던 발레 수업도 더 이상 나갈 수 없게 되었다. 어쩌다 친구들과의 저녁 모임이 있는 날이면 참석해서 밥만 얼른 먹고 일찍 귀가해서 엄마를 보살펴야만 했다.

어느 날 마음 불편하게 참석한 학부모 모임에서 꿀 같은 정보를 알게 되었다. 아이들이 학교에 다닐 때부터 이어진 모임인데 이제는 다들 나이가 비슷비슷하여 자연스럽게 연로한 부모님들을 챙기면서 발생하는 애로사항들이 얘깃거리로 등장하는 경우가 많아졌다. 그중 한 명이 사회복지사로 주간보호센터에서 근무하고 있었다. 점점 다른 사람이 되어 가는 엄마로 인해 지치고 힘든 나의 어려움을 듣더니 요양 등급을 받아 방문요양을 받을 수 있다며 신청하라는 것이다. 그 당시만 해도 나는 그런 제도가 있다는 것을 전혀 모르고 있었다. 어렴풋이 들어 보긴 했지만, 엄마는 대상자가 안 될 거로 생각했다. 혼자서는 움직이지도 못하는 분들만 신청하는 것으로 알고 있었으니까.

잘 이용하면 여러 가지 면에서 많은 도움을 받을 수 있는 요양 보험제도가 있다는 것을 나처럼 잘 몰랐던 분들이 아직도 많은 듯하다.

얼마 전 치매 아버지를 8년간 병간호하던 50대 아들이 아버지와 동반 자살했다는 기사가 실렸다. 숨진 부자는 관할 구청이 제공하는 노인 장기요양 서비스를 받지 않고 있었다. 이들의 안타까운 사연은 병간호하면서 일상적인 경제 활동을 할 수 있는 돌봄 정책이 여전히 사각지대에 있음을 여실히 보여 주었다. 국가의 정책인 노인 장기요양 등급은 1등급~5등급까지 나누어지며, 등급을 받을 수는 없지만 도움이 필요한 노인에게는 가장 낮은 등급인 인지 지원 등급이라는 것을 받아 혜택을 받을 수 있게 하는 제도이다. 이 사연의 아버지가 인지 지원 등급이라도 받았더라면 주야간 보호센터 돌봄을 받을 수 있었을 텐데, 이들은 장기 노인 요양 등급을 신청한 기록조차 없었다.

이 기사를 보며 나는 치매 간병 초기의 무지했던 내 모습이 생각났다. 2015년도의 내 모습이었으나, 아직도 나같이 무지한 사람이 있다니 정부는 무엇을 하고 이웃은 무엇을 하는지 참으로 안타까운 일이 아닐 수 없다.

친구가 요양 등급을 신청해 보라고 했던 날이 금요일 저녁이라 나는 주말이 지나기를 기다렸다. 한 주가 시작되자마자 바로 건강보험관리공단에 요양 등급 신청을 했다.

일단 신청접수를 했지만, 등급이 나오기까지는 시간이 꽤 오래 걸렸다. 1차 심사에서 탈락하여 재수, 삼수까지 했기 때문이다. 접수 후 공단 직원이 처음 방문하던 날, 그날따라 내가 수업이 있어서 유독 바쁜 날이었다. 아침에 나가면서 엄마에게 엄마가 건강한지 검사하러 누가 올 거니까 어디 나가지 말고 그냥 집에 꼭 있어야 한다고 주의를 주고 나갔건만 수업이 끝나자마자 부리나케 집에 달려와 보니, 엄마는 공단에서 나온 직원들과 집이 아닌 밭에서 입씨름하고 있었다. 아침의 나의 당부는 까마귀 고기가 된 지 오래였다.

"뭘라 이 사람들이 왔다냐? 내가 다 해먹고 살 수 있는디!"
"어르신 건강하시네요? 혼자 밥도 다 해드신다고…"
"얼른 가란 말이요! 일 없응께!"

매일 "허리 아프다, 다리 아프다, 일어나기도 힘들다"라고 노래하던 엄마가 집 바로 옆 텃밭에서 밭일하며 화난 목소리로 고래고래 소리를 지르고 있었다. 나는 최대한 침착하게 엄마 때문에 생긴 난처한 상황들과 발생한 일들에 대해 공단 직원들에게 설명하느라 진땀을 빼야 했고, 엄마 혼자 두고 생활하기가 너무 힘들다는 점을 최대한 강조했지만, 직원들의 의아한 태도로 보아 이번엔 안 되겠구나 싶었다. 역시나 결과는 실패였다. 다시 신청하려면 3개월을 더 기다려야 했다. 땅이 꺼지라고 한숨이 나왔다. 엄마는 내가 봐도 건강한 사람처럼 밭에서 수확한 무를 한 아름 다듬어서는 씩씩하게 집으로 들고 들어가셨다.

두 번째 신청하고 면담을 기다리던 날은 수업이 없는 날을

택했다. 나는 아침부터 엄마 교육에 들어갔다.

"엄마! 내가 학교 수업하러 갈라, 엄마 챙길라, 우리 집 살림할라 얼마나 힘들겠어. 그분들이 그 사정을 알아야 도와주시는 분들이 집에 올 거 아냐. 도와주는 분이 계시면 내가 마음 놓고 학교도 갈 수 있어. 그러니 엄마는 그냥 일어나려고 애쓰지도 말아, 알았지?"

"응, 내 딸이 시키는 대로 해야재."

어째 오늘 아침엔 순순히 대답하신다. 오늘은 잘 되려나? 면담 시간이 다가오니 마음이 초조했다. 드디어 담당자분들이 오셨다. 여러 가지 기본적인 질문을 하고 신체 능력을 테스트해 볼 차례다.

"다리 한번 들어 보세요."

조마조마한 마음으로 엄마를 지켜보았다. 그런데 갑자기 무슨 생각이 들었는지 엄마가 벌떡 일어나셨다. '엄마, 그냥 가만히 있어야 해!' 질책하는 눈으로 엄마를 노려보았다. 그러자 엄마는 화장실을 가는가 싶더니 냉장고 문을 열었다.

"엄마, 왜?"

"아니, 이렇게 손님이 오셨는데 너는 뭐하냐? 얼렁 먹을 거라도 드려야재!"

환장할 일이다.

"어르신은 거동에 문제는 없는데요?"

"아, 그게 거동은 하시지만 늘 곁에서 붙잡아 줘야 해요."

애써 불쌍해 보이는 듯한 하소연을 해본다. 치매는 기복이 있어서 상태가 좋을 때와 나쁠 때가 있지만 조사를 나오는 날이면 정신이 더 멀쩡해지시는 엄마. 내가 조사원에게 아무리 영상을 보여 주며 설명하고 하소연해도 믿어 주지 않았다. 게다가 "나 혼자 밥도 해먹고 다 해요"라고 다시 한 번 강조하는 엄마다.

"아니, 엄마가 언제 혼자 밥을 해먹었어? 내가 다 해주잖아!"

엄마는 단기 기억을 못 하니 예전의 당신 모습을 얘기하신 듯하지만, 남들은 그 말을 믿기 십상이다. 애가 타는 사람은 나밖에 없었다.

직원 두 분이 교환하는 눈빛에서 또 뭔가 심상치 않다는 생각이 스쳤다. 나는 속으로 의사 소견서를 잘 받으면 될 거라고 생각했다. 그리고 병원에 가기 전 2~3일을 계속 엄마에게 말했다. 이렇게 해도 저렇게 해도 건강보험공단 직원들이 내 말을 믿어 주지 않으니 이렇게 세뇌시켜서라도 엄마를 통제해야겠다고 생각했다.

"엄마! 의사 선생님이 물으면 다 힘들다고 해! 못 한다고 하고! 일어서 보라고 하면 아예 일어나지를 말아! 알았지? 그래야 등급을 받는다고!"

"알았어, 알았어, 그만 말해야!"

엄마의 짜증이 묻어나는 대답이다. 그런데 엄마가 또 일을 망치고 말았다. 의사 선생님의 물음에 내가 대답하기도 전에 엄마가 나선다.

"아무 문제 없어요. 이 나이에 벌써 생활을 못 하믄 쓰것소?"

엄마의 자존심이 살아난 걸까? 누가 내 마음을 알아주

나…. 답답한 마음으로 발길을 돌렸다. 그날도 예외 없이 엄마랑 실랑이가 오간 것은 불 보듯 뻔했다. 머리가 지끈지끈 아팠다. 몰아세우는 나로 인해 엄마도 머리에서 김이 뽀록뽀록 올라왔음이 틀림없다.

삼수째 도전하던 그날은 날씨가 좋지 않아서인지 엄마의 인지 상태가 구름이 가득 낀 날이었다. 상담하는 사람과 대화도 안 되고 엉뚱한 말만 계속한다. 그동안 두 번이나 안 됐던 사정의 답답함을 호소하자 그 직원들도 공감하는 표정이다.

"아니, 이런 상태인데 왜 계속 안 됐지?"

직원들이 하는 말을 들으니 이제는 되겠다 싶은 생각이 들었다. 의사 소견서도 잘 받았고 얼마 지나지 않아서는 요양 등급도 5등급을 받았다. 치매 환자는 등급 받기가 참 힘들다. 같이 살지 않으면 의사도 그 심한 정도를 모르니까 나 혼자 '벙어리 냉가슴' 앓는 격이었다.

이렇게 조사 나오기를 삼세번 만에 엄마는 당시 가장 낮은 등급인 노인 요양 등급 5등급을 받았다. 이제 방문요양 제도를 이용할 차례였다. 나는 등급만 나오면 나의 걱정이 반으로 줄어들 거라고 생각했다. 그러나 그건 나 혼자만의 착각이고, 또 다른 복병이 기다리고 있었다.

요양 보호사의 방문요양이 시작되었다. 나는 하루 3시간만이라도 엄마에게서 벗어나 여유 시간이 주어질 기대감에 잔뜩 부풀어 있었다. 하지만 치매로 성격까지 변해 버린 엄마의 이상 행동으로 전혀 생각지 못했던 엄마와 요양 보호사 간의 갈등 문제가 불거졌다. 엄마는 낯선 사람들이 집에 찾아와 자신의 생활을 간섭한다고 받아들였다.

"여기가 어디라고 들어오요?"
"우리 집에 왜 왔소?"
"그거 만지지 말고 가만히 앉아 있쓰시오."

싸우는 사람처럼 악쓰고 소리 지르고 낯선 사람만 보면 눈빛이 달라지는 엄마! 보호사 선생님이 아무리 부드럽고 상냥하게 대해도 엄마에게는 전혀 소용이 없었다. 내 집에서 나가라고 쫓아내고, 꼬투리를 잡아 인격적인 모욕까지 일삼았다.

"머리가 왜 그렇게 지저분하요?"

"생긴 것도 요상하게 생겨 가꼬, 밥도 제대로 못 하겠구만."

요양 보호사가 몇 번이나 바뀌었는지 셀 수도 없다. 나중에는 요양 보호사를 파견해 주는 센터에서 가장 경력이 많고 노련한 분을 섭외해 보내 주는 노력까지 해주었지만, 그분마저 너무 죄송하다며 어머니를 감당할 사람은 없을 거라는 말을 할 정도였다. 결국에는 더 이상 오실 수 있는 분이 없게 되었고, 더 부탁하는 것도 민망하여 방문요양 제도 이용은 포기를 해야 했다.

방문요양을 활용하지 못하니 다른 프로그램이라도 이용해야 했다. 여기저기 수소문한 결과 평일인 월요일부터 금요일까지 아이들 유치원처럼 노인을 돌봐 주며 여러 가지 활동을 하는 주간보호센터, 일명 노인 유치원을 이용해 보기로 했다. 물론 엄마가 순순히 따라나선 건 아니었다. 절대 가지 않는다며 고집을 부리는 엄마를 겨우 설득하여 다니기 시작했는데, 그곳에서도 다른 노인분들과 가끔 싸우기도 하고, 노인네들만 있으니 절대 안 간다며 아이처럼 땡깡을 부리기도 했다.

"모두 다 병신들만 있는 곳에 내가 왜 가냐? 나는 똑똑해서 거기 갈 필요 없다."

애를 써서 센터에서 모시고 갈 수 있도록 일정을 미리 다 짜놓아도 막상 센터에서 차가 오면 안 간다고 악을 쓰니 도대체 어떻게 해야 잘 설득해서 보낼 수 있을지 막막하기만 했다.

우리는 엄마를 어르고 달래고 작전을 짜야만 했다. 아마 가시게 되기까지 한 달은 족히 걸렸을 듯싶다. 해결책은 젊은 남자 요양 보호사 선생님이었다. 키도 크고 젊으신 분이 엄마를 모시러 온 날부터 고집도 안 부리고 순순히 따라나섰던 것이다.

이런 우여곡절 끝에 다니게 된 센터에서 엄마는 조금씩 적응해 가기 시작했고, 나도 낮 시간에 학교 수업을 편하게 할 수 있었다. 물론 앞으로 또 다른 곡절이 기다리고 있었지만 말이다.

가족 중 치매 진단을 받은 사람이 있다면 노인 장기요양 보험제도를 적극 알아보자. 잠시 동안이라도 전문 보호사의 손에 가족을 맡기고, 자신만의 시간을 가질 수 있는 그 소중

한 순간들은 주 간병인에게 생각 이상의 큰 안식과 자유를
선사할 것이다.

 노인 장기요양 보험제도

국가에서 실시하는 65세 이상의 노인들을 위한 사회보험제도이다. 누군가
의 도움 없이 혼자서는 일상생활이 어려운 분들이 대상으로, 건강보험관리
공단에서 신청받아 심사하고 지원 대상을 확정하게 된다. 노인 장기요양 등
급을 받게 되면 등급에 따라 국가에서 85% 이상 지원하고 개인은 15% 이
하의 저렴한 비용으로 방문요양이나 방문간호, 방문목욕, 그리고 주간보호
센터 등을 이용할 수 있다. 신청하면 공단에서 직원들이 방문하여 해당되는
내용들을 검사해 가고, 이후 병원을 방문하여 받은 의사 소견서의 결과 내용
을 가지고 심사를 거쳐 장기요양 인정 등급이 확정된다. 당시에는 1~5등급
까지 있었으나, 지금은 지원 가능 범위가 확장되어 5등급 아래 인지 지원 등
급이 하나 더 추가되었다.

고행길인 병원 진료

치매는 우리가 인지하는 것보다 훨씬 더 일찍 시작된다. 전문가들에 따르면 치매 진단을 받는다는 것은 실제로 그 증상이 20년 전부터 시작되었을 가능성이 있다고 한다. 엄마가 가스 불에 음식을 올려놓고서도 그 사실을 까맣게 잊고 있다가 냄비를 태워 먹은 일이 비일비재 했을 때부터 알아봤어야 했다. 엄마가 내 곁으로 오시기 전 하마터면 집을 홀랑다 태워 버릴 만큼 아슬아슬한 일도 있었다.

지금 생각해 보니 내가 친정에 갈 때면 대청소를 해야 할 만큼 집안 여기저기가 너무 지저분했었다. 치우고 닦고 하면서 종종걸음으로 청소를 마치고 나면 온몸이 욱신거리며 아프고 몸살이 날 만큼 힘이 들었다. 그때 나는 엄마가 그저 다른 일이 바빠서 청소를 못 해 지저분한가 보다고 생각해 버렸다. 주변에서도 나이 들면 다 그렇다고 하니, 노화 현상이 진행되는 거라고만 생각했다. 인제 와서야 치매와 관련된 책을 읽고 보니 엄마의 집이 왜 점점 더러워졌는지 알겠다. 집이 점점 지저분해지면 그것도 치매 초기 증상 중의 하나라고 한다.

노인 요양 등급을 받고 방문요양 혜택은 받지 못했지만, 주간보호센터를 이용할 수 있어 여러 가지로 좋았다. 낮 동안 여러 가지 프로그램으로 노인을 돌봐 주는 주간보호센터를 이용하게 되니 나의 하루도 훨씬 여유가 생겼다. 무엇보다 엄마에 대한 걱정으로 늘 불안하기만 했던 마음에서 벗어나 그 시간이나마 자유로울 수 있음에 구세주를 만난 기분이었다.

그렇지만 치매 환자를 한 달에 한 번씩 병원에 모시고 가는 일은 난관 중의 난관이었다. 남편이 회사에서 나올 수 있는 날은 별문제 없이 다녀왔지만, 남편이 출장이라도 가고 없는 날이면 온전히 나 혼자 감당해야 했기에 정말 곤혹스러웠다. 엄마는 치매에다 무릎도 시원찮고 거동도 느린데다 몸을 움직이는 것을 힘들어하니 어찌해야 할 줄 모르고 동동거렸다.

병원에 도착하면 엄마가 걸음을 최대한 적게 걸을 수 있도록 병원과 가까운 곳에 엄마를 내려놓아야 한다. 그러나 그렇게 하더라도 주차하고 오는 동안에 말없이 사라지실까 봐 나는 전전긍긍해야 했다. 어디 가지 말고 그 자리에서 나를 기다리라고 여러 번 다짐을 받아 놓고 움직여야 하는 건 필수 절차였다. 하지만 "염려 마라"라는 엄마의 대답에도 나는 늘 불안에 쫓기게 된다. 엄마는 아무리 강조해도 금방 잊어버리기 때문이다.

엄마를 병원 근처에 내려 주고 나면 나의 눈은 순식간에 주변 사람들을 스캔한다. 내가 부탁할 때 어떤 분이 나를 도와주겠다고 순순히 손을 내밀 것인가? 바쁜 기색이 없는 사람, 인자한 얼굴 관상을 가진 사람을 찾기 위해 나는 모든 감각을 동원해야 했다. 운이 좋아 먼저 "도와 드릴까요?" 하며 다가오는 사람을 만나면 그날은 마치 로또에 당첨된 듯한 기분이 들었다.

치매 환자임을 설명하고 엄마가 그사이 어디로 사라지지 않도록 당부의 말을 한 후 주차장으로 향한다. 그러나 그렇게 선한 사람으로 보일지라도 혹시나 엄마가 그사이에 그 사람과 함께 어디로 사라질까 봐 나는 늘 노심초사했다. 마음이 급해져서 허둥지둥 주차하고서는, 마치 응급상황이라도 있는 사람처럼 앞만 보고 엄마가 있는 곳으로 돌진해야 했다. 엄마가 그 자리에 있어야 하는데 만약 그 자리에 없으면 '어떡하지?' 하는 초조감과 함께.

치매 환자는 대체로 매달 정기 검진이 있다. 진료가 있는 날에는 최소한 두 사람이 동행하면 좋다. 그래야 한 사람은 환자와 동행하고, 다른 한 사람은 차량 이동과 수납 등을 책임질 수 있기 때문이다. 사람이 붐비는 종합병원에 가는 날이면 내 불안감은 최고조에 달한다. 엄마를 의자에 앉혀 두고 접수하는 중에도 엄마에게서 눈을 떼지 말아야 하니 나는 늘 긴장 상태이다. 진료를 볼 때도 의사 선생님과 엄마와는 제대로 대화가 안 되기 때문에 반드시 동행을 해줘야 하고, 의사의 지시를 꼼꼼하게 기억해 두어야 한다. 진료가 끝나고 수납하는 도중에도 행여 어린아이처럼 무작정 어디론가 사라질까 봐 눈은 환자를 계속 살펴봐야 한다. 모든 과정이 종료되고 집에 가기 위해 차를 가져와 엄마를 온전히 차에 태울 때까지도 안심할 수 없기에 나는 긴장감으로 머리가 지끈거리는 날이 많았다.

그뿐만이 아니다! 엄마는 우리가 병원에 왜 왔는지도 모르니 계속해서 가자고 졸라 댔다.

"아이, 왜 이러고 있냐? 왜 집에 안 가냐? 뭘라 이렇게 맬갑시 앉아 있냐? 니 옷이 이것이 뭐냐?"

쉴 새 없이 나를 힘들게 했다. 다른 사람들이 들을세라 손가락을 입에 대고 "엄마 조용히, 조금만 기다려. 의사 선생님 만나고 가야 해!"라며 엄마를 이해시켜야 했다. 물론 효과는 몇 초에 불과하지만… 이런 과정이 반복되다 보니 우리를 쳐다보는 사람들의 시선이 따가웠다. "죄송해요. 치매라서 말을 해도 잘 모르셔서 그래요." 게다가 엄마는 또 사람들에게 "멀라 나를 봤샀소?" 하며 시비까지 걸라고 하니 병원에 있는 내내 보호자인 나는 안절부절못한 마음을 감출 수가 없다.

몇 번 이렇게 어려움을 겪은 후로는 혼자서는 도저히 엄마를 감당할 수 없어서 진료 날짜를 바꿔 가며 남편과 같이 다니게 되었다. 혼자 다닐 때보다 의지도 되고 화장실에 가고 싶을 때도 마음 놓고 다녀올 수 있어 좀 더 여유로운 동행이 되었다. 나 혼자 엄마 모시고 병원 다니던 어느 날은 아마도 생리적인 현상까지 참을 수 있을 때까지 참아야 했던 기억까지 있다. 나 혼자 전담을 해야 했던 때에 비하여 수월해지기는 했지만 둘이 함께 모시고 가도 이런저런 사건들로 진땀을 빼야 할 때가 한두 번이 아니다.

치매 환자가 있는 가족에게 가까운 친구나 이웃이 이런 사정을 잘 이해하고 먼저 손을 내밀면 얼마나 좋을까 생각해 본다. 매번 도움을 청하는 것은 너무나 미안한 일이니까.

03

안쓰러운
엄마

엄마에게 무슨 일이?

주간보호센터에서 귀가하는 시간은 보통 오후 4시 40분쯤이다. 집에 오면 몇 시간은 엄마 혼자서 지내야만 한다. 그 시간에 나는 무엇을 하더라도 늘 엄마 걱정에 안테나를 곤두세워야만 했다. 그러니 제대로 일을 못 하는 경우가 허다하다. 그 고충을 들은 아들이 어느 날 휴대폰에 앱을 깔고 홈캠 CCTV를 설치해 주었다. 그때부터 나는 밖에 있다가도 카메라로 엄마가 무엇을 하는지 혹시 넘어지지는 않았는지 엄마의 일거수일투족을 카메라로 지켜보곤 했다. 그 카메라 장치는 전화처럼 대화도 할 수 있어서, "엄마!" 하고 부르면 엄마는 너무나 신기해했다. "사람은 없는디 어디서 소리가 난다냐?" 하시는 엄마의 그 모습이 너무나 재미있어 우리는 한바탕 웃기도 했다.

그런데 오늘은 뭔가 이상하다. 엄마를 여러 번 불러도 아무런 반응이 없다. 이제는 일어날 만도 한데 소파에서 꼼짝도 하지 않고 계속 누워만 계신다. 엄마가 저렇게 가만히 움직이지 않고 누워만 있는 날은 없었는데 의아했다. 늘 부산하게 움직이고, 호기심 많은 아이처럼 서랍을 열어서 이것저것 꺼내고, 냉장고 음식을 이것저것 꺼내어 일을 만들곤 했는데 갑자기 무슨 일일까?

'어! 그런데 저게 뭐지?'

카메라 렌즈를 회전시켜서 확인해 보다 갑자기 불길한 느낌이 들었다. 왠지 방 안 공기가 심상치 않았다. 불길한 느낌이 마치 시간과 공간을 넘어 내 몸으로 흡수되듯 느껴졌다.

'방바닥에 굴러다니는 저건 뭐지?'

순간 용수철처럼 일어나 엄마 집으로 향했다. 옆집 엄마집까지 채 1분도 안 되는 거리지만, 달려가는 거리가 천 리나 멀게 느껴지고 시간도 엄청나게 오래 걸리는 것 같았다. 그 짧은 순간에 최악의 시나리오가 머릿속에서 복잡하게 얽혀 떠올랐다.

'혹시 잘못된 걸까? 숨을 안 쉬면 어떡하지? 돌아가셨으면 어떡하지?' 제발 악몽이기를….

방문이 부서져라 요란하게 문을 열었는데도 엄마는 꼼짝을 안 했다. 방바닥에 나뒹구는 약병이 먼저 눈에 들어왔다. 약병에 내용물은 안 보이고 뚜껑이 열린 채로 빈 병만 나뒹굴고 있었다. 매일 한 알씩 드셔야 하는 약을 다 드셔 버린 것이다.

'아니, 이건 영화에서나 나오는 장면인데…'

엄청난 긴장감이 엄습해왔다. "엄마! 엄마!" 몇 번을 흔들어 깨워도 정신을 차리지 못하는 엄마… 다행히 숨은 쉬고 계셨다. 너무나 놀라서 엄마를 모시고 어떻게 병원에 갔는지 기억조차 나지 않는다. 엄마가 응급실 들것에 실려 들어가고, 갑자기 바빠진 의사들과 간호사 선생님이 위세척을 시작했다. 나도 모르게 눈을 감고 기도하게 되었다. 하느님, 예수님, 부처님, 제발 엄마가 무사하기를….

'엄마가 잘못되면 어떡하지?'

바로 전날 엄마한테 퍼부었던 모든 가시 돋친 말과 행동들이 떠올랐다. 시골 마을이라 몇 명 되지도 않는 동네에서 엄마는 만나는 사람마다 얼마나 사납고 적대적이며 공격적인 언어를 써댔는지, 동네 사람들은 딸인 나와 엄마가 너무나도 다르다며 엄마가 무섭다고들 했다. 유순했던 엄마를 포악한 성격으로 바꾸어 버린 치매인지라 그러지 말라고 아무리 말을 해도 고쳐지지 않았다. 동네 창피해서 고개를 들고 다닐 수가 없었다. 시골 사람들 대부분이 그렇듯이 다들 착하신 동네 분들이라 이해해 주면서 같이 걱정도 해주시지만, 다른 한편으로는 마주치기를 꺼리는 눈치였다. 그러거나 말거나 엄마는 동네 분들을 만나면 또 눈을 부릅뜨고 사나운 소리를 해댔다.

망나니 자식도 아니고 말썽꾸러기 어린아이도 아닌데 엄마는 왜 이렇게 내 속을 썩이는지 "도대체 엄마는 어떻게 된 거야? 엄마는 진짜 이상해. 왜 그렇게 자식들 속을 썩여? 도대체 왜 그러는 건데? 엄마 때문에 동네 창피해 죽겠어! 진짜 미치겠어" 하면서 독설을 퍼붓곤 했다. 자식 중에서 제일 효녀라며 늘 마음 편하게 생각하고 부담 없는 상대가 나였는데 엄마에게 그런 막말을 퍼부었으니 엄마도 매우 괴로웠을 것이다. 엄마의 화난 듯 풀죽은 모습에 가슴이 아파 달래도 보고, 항상 웃는 얼굴로만 지내자고 손가락 걸고 약속도 하고, 잘 살아 보자고 손도장까지 찍었건만 늘 그때뿐이었다.

관을 삽입하여 위를 세척하는 동안 엄마는 극심한 고통으로 동물이 울부짖는 이상한 소리를 질러 댔다. 이대로 보내 드릴 수는 없었다. 지금 이 상황이 꿈이었으면, 빨리 악몽에서 깨어났으면…. 이 모든 것이 내 잘못인 것만 같았다.

'엄마, 꼭 일어나! 나에게 이 나쁜 년, 염병할 년, 아니 입에 담지 못할 더 심한 욕을 해도 괜찮아. 엄마한테 뭐라 하지 않을게. 내가 미안해!'

엄마가 혼자 있는 시간이 없도록 해야 했는데, 귀찮다고 힘들다고 소홀히 하지 말아야 했는데….

치매여서 모르고 드셨을까? 아니면 내 모진 말들에 더 이상 살아서 뭐 하나 비관하고 자살을 기도한 것일까? 엄마하고 정상적인 대화가 되지 않으니 진실을 알 수는 없는 일이지만 그 이유가 무엇이든 모두 내 책임임이 틀림없었다. 엄마의 의식이 돌아오기를 기다리는 동안 나는 연신 흘러나오는 눈물과 콧물을 손등으로 닦아 내야 했다.

위세척의 고통으로 더 수척해진 엄마의 얼굴을 쓰다듬으며 의식이 얼마나 돌아왔나 알아보기 위해 말을 걸어 보았다. 얼마의 시간이 지난 후 엄마가 "여기가 어디냐? 집에 안 가냐?"라고 묻는다. 이제 위험한 고비는 넘긴 것 같았다.

엄마는 의식을 회복한 후에도 중환자실에서 3일을 더 지내야 했다. 그곳에서는 엄마의 팔다리를 종종 묶어 놔야 하는 시간도 있었다. 중환자실에 있는 엄마를 면회하러 갔는데 간호사로부터 엄마가 링거 바늘을 가만히 놔두지 않고 다 빼버려서 할 수 없이 손발을 묶어 놓을 수밖에 없었다는 말을 들었다. 이미 알고 있었음에도 침대 난간에 양손이 묶인 채 바둥거리는 엄마의 모습은 충격적이었다. 이건 아닌 것 같다고 간호사에게 말하고 싶었지만, 꾹 참아야 했다. 집에 보내주지 않는다고 간호사를 이로 물고 발로 차고 난동을 부렸다고 하니 뭐라고 불만을 말할 수도 없는 상황이었다.

중환자실에서 마주한 엄마의 시선은 불안하기 짝이 없었다. 그런 엄마를 보는 나의 마음도 너무 아팠다.

"여기는 내 집이 아니여야. 왜 사람들이 나를 못 가게 붙들고 있냐?"

"엄마, 여기서 며칠 더 있어야 해. 엄마가 너무 아파서 이분들이 도와주고 있는 거야. 잘 참고 있어. 그리고 도와주시는 분들이니까 욕하지 말고 감사하다고 말해야 해!"

이해를 하는 건지 아닌 건지 엄마의 표정을 도저히 읽을 수가 없었다. 면회를 마치고 나오는 중에 나 좀 데려가라고 애원하는 듯한 엄마의 간절한 눈빛이 병실 문을 닫고 나올 때까지 나를 쫓아오고 있었다. 집에 와서도 그 모습이 뇌리에서 떠나지 않았다.

엄마는 3일 후 일반병실로 옮겨졌고, 기력을 회복하고 나서야 휠체어에 의지한 채로 퇴원했다. 엄마는 그렇게 죽음의 문턱에서 다시 우리의 품으로 되돌아온 것이다. 며칠 후, 평소 엄마가 좋아하는 순댓국집에 모시고 갔다. 주문한 순댓국이 나오자 엄마는 아주 맛있게 드셨다. 엄마와 함께 이렇게 나들이를 나올 수 있게 되니 새로운 날을 선물 받은 느낌이었다. 내 눈은 눈물 때문이었는지 뜨거운 순댓국물의 모락모락 올라오는 김 때문이었는지 시야가 흐려졌지만, 엄마를 마주 보고 있는 이 시간이 너무나 소중하고 행복했다. 엄마에게 더 잘해야지.

그때 이후로는 약병을 엄마의 손이 닿지 않는 나만 아는 곳에 보관하기 시작했다. 본인이 약을 먹었는지 먹지 않았는지를 모르기 때문에 치매 환자는 특히 약병 관리를 잘해야 한다.

꼭! 꼭 명심해 두자!

엄마의 첫 배변 실수

갈수록 심해지는 엄마의 치매로 나는 학교의 강의 시간을 줄여야만 했고 모든 취미생활도 중단해야 했다. 점점 더 엄마에게 매달려야 하는 날이 많아졌다. 게다가 엎친 데 덮친 격으로 엄마는 허리 골절까지 입어서 거동을 할 수 없게 되었다. 주간보호센터에 가는 것도 잠시 중단해야 했다. 수업이 없는 낮에는 무엇을 하든 엄마 곁에서 보내야 했고 밤도 같이 지내야 하는 지경까지 이르렀다.

강의가 있는 날 수업을 마치고 집에 오면 엄마는 머리부터 발끝까지 땀으로 흥건히 젖어 있을 때가 많았다. 의식은 있으시니 화장실에 혼자 가려고 시도하며 몇 시간 동안 발버둥치는 과정에서 생긴 것이었으리라. 거동을 못 하니 엄마를 화장실로 모시고 가는 일은 나에겐 너무나 버거운 일이어서 그때마다 초능력을 발휘해야 한다. 남편이 있는 시간엔 남편에게 SOS를 요청할 수 있지만, 그렇지 않을 땐 오롯이 나 혼자 밤낮으로 감당해야 하는 중노동 같은 일이었다.

엄마는 덩치가 큰 편이다. 나는 체구가 작아서 엄마를 안아 이동시킬 수는 없으니 나름대로 머리를 써야만 했다. 먼저 엄마를 일으켜 다리 방향을 화장실로 향하게 앉히고, 나도 엄마와 등을 맞대고 앉는다. 그다음 나는 엉덩이를 바닥에 밀착시키고 다리를 구부린다. 이때 양발을 바닥에 고정한 채 바닥을 박차고 밀면 엄마의 엉덩이가 조금씩 밀려 화장실 쪽으로 이동하는 방법이다. 그러나 무거운 엄마를 옮기려니 한 번에 움직일 수 있는 거리는 고작 한 뼘도 되지 않았다. 화장실 가는 여정은 십 리 길처럼 느껴졌다.

"엄마, 나 혼자 힘으론 안 돼! 엄마도 좀 앞으로 나갈 수 있게 힘을 좀 쓰란 말이야."

이처럼 화장실 한번 다녀오는 일은 우리 모녀에겐 엄청난 사투와도 같았다. 두 시간여 씨름을 하면서 한 번씩 다녀오고 나면 둘 다 땀으로 범벅이었으니까.

나중에 안 사실이었는데 요양 등급을 받으면 환자들이 필요한 복지 용구나 물품을 대여하거나 구매해서 사용할 수 있다고 한다. 엄마 같은 경우엔 골절로 일어나는 일 자체가 힘들었기 때문에 의료용 침대와 이동식 변기 등을 사용할 수 있었는데도 그 당시에는 정보를 몰라서 그렇게 몸 고생만 심하게 한 셈이었다.

나는 평상시 천연발효 식초를 만들어 먹곤 했다. 식초로 초란을 만들어 마시면 골절에 좋다는 말을 듣고 엄마를 위해서 초란을 만들어 드렸다. 엄마는 처음에는 절대 안 먹는다며 너나 먹으라고 소리를 지르며 고집을 피웠다.

"엄마가 이거 마시는 것을 봐야 나 학교 갈 수 있어. 안 마시면 나도 학교 안 갈 거야."

협박이 통했는지 한바탕 전쟁을 치르고 나서야 엄마는 초란을 마시기 시작했다.

두어 달 가까이 초란을 먹은 후 그 식초 효과였는지 알 수는 없지만, 어느 날 "니가 준 식초 덕에 깨끗이 나았다"라고 하시며 한참을 꼼짝없이 누워만 지내시던 엄마가 기적처럼 갑자기 벌떡 일어나셨다. 참 신기한 일이었다. 서울의 큰 병원에 수술 대기자가 많아서 예약해 놓고도 한참을 기다려야 하는 상황이었기 때문에, 병원에도 못 가고 누워만 계셨었는데, 아무튼 그 덕분에 수술은 하지 않아도 되었다.

그렇게 골절은 좋아졌지만 치매 증상이 나아지는 일은 없었다. 오히려 발생하지 않았으면 했던 우려했던 일까지 일어나고야 말았다. 어디선가 이상한 냄새가 나는 것 같아 킁킁거리는 나를 보고 엄마가, "왜 그러냐? 나 아무것도 안 쌌다"라고 하는데 그게 더 수상했다. "알았어. 근데 이리로 좀 와봐, 화장실 한번 가보게." 엄마를 살살 달래서 변기에 앉히고 속옷을 내리니 옷 속에 변이 들어 있었다. 그 모습을 본인 눈으로 확인하던 엄마도 깜짝 놀랐다. 우린 둘 다 너무 놀란 나머지 말문을 잃고 서로의 눈만 뚫어져라 쳐다보았다. 마치 온 천지가 멈춰 버린 듯했다. 시계 소리도 들리지 않았다. 눈으로 본 현장을 인정하기 위해 어느 정도의 시간이 필요했다.

본인도 놀라는데 나까지 수선을 떨면 안 될 것 같아 엄마를 씻기는 동안 나의 감정을 최대한 억제하려고 애를 써야했다. 엄마에게 어떻게 반응해야 할지, 머릿속에서는 여러가지 말들을 생각해 내느라 바빴고, 내 손은 부지런히 엄마를 씻기는 데 집중했다.

'어떡해야 하지? 이제는 어쩌지? 뭐라고 위로해야 하지?'

새 옷으로 갈아입히고 엄마를 소파에 앉혀 드렸다. 제정신
으로 돌아온 엄마는 눈물을 훔치면서 미안함에 어쩔 줄 몰라
했다. 수치스러움과 여러 가지 복잡한 감정의 눈물인 것 같
았다. 본인도 얼마나 당황하고 속이 상했을까! 나는 애써 태
연한 척하며 아무렇지 않은 듯 엄마에게 말했다.

"엄마, 괜찮아~. 그럴 수 있어! 나이 들면 다시 아기로 돌아
가는 거래! 나 어렸을 때 엄마가 내 기저귀 갈아 주며 키웠듯,
이제는 내가 엄마의 은혜를 갚을게! 걱정하지 마! 잘했어! 변
을 잘 봐야 건강한 거야. 너무 잘했어!"

"아이고, 어짜끄나, 내가 왜 이렇게 되붓다냐!"

"엄마 잘했어~. 엄마가 건강하다는 증거야! 변비면 더 힘
들지~."

"내가 이렇게 오래 살아서 우리 경미 고생시키네! 어쩌면
좋을꼬."

엄마의 흐느낌이 멈출 기미가 보이지 않았다. 나도 엄마를 안고 소리 없이 울었다. 엄마는 미안함과 수치심 그리고 절망 때문에, 나는 엄마가 불쌍하고 속상해서!

지금은 새벽 1시!

엄마는 점점 나에게서 떼려야 뗄 수 없는 거추장스러운 혹이 되어 가고 있었다. 잡아떼고 없애 버리고 싶지만 어쩔 수 없는 운명이 되었다. 남들이 알게 될까 봐 두려웠고, 치매 엄마라는 사실보다는 변해 가는 엄마를 숨기고 싶었다. 갑자기 고등학교 졸업식 날 친구들에게 숨기고 싶었던 엄마의 모습이 오버랩 되었다.

내가 고등학생이 되자 함께 자취했던 언니와 오빠는 대학생이 되어 모두 서울로 가고 나만 혼자 남게 되었다. 부모님은 내가 혼자서 자취하는 것이 마음이 놓이지 않는다고 고모 댁에서 잠시 기거하도록 했다. 그리고 얼마 후 학교 선생님의 소개로 부잣집 가정교사로 입주해서 그 집 아이들 셋을 가르치며 학교에 다니게 되었다. 그 집에서 거의 3년을 가족처럼 살았다.

고등학교를 졸업하던 날, 내가 가르치던 부잣집 가족들이 나의 졸업을 축하해 주기 위해 졸업식장에 왔다. 다른 사람들보다 예쁘게 차려입은 눈에 띄게 귀티 흐르는 아이들, 그리고 머리부터 발끝까지 눈이 부시도록 아름다운 사모님이 예쁜 꽃다발을 들고 졸업식장에 나타났다. 친구들의 부러운 눈빛이 느껴졌다. 난 친구들 보란 듯이 더 의기양양하게 세상에서 가장 행복한 미소를 머금고 그 가족들과 함께 관심을 한 몸에 받으며 기념사진을 찍었다.

그러나 그 행복감은 잠시! 부잣집 사모님에 비하면 눈에 띄게 남루한 옷차림의 엄마가 갑자기 내 눈앞에 나타났다. 엄마의 등장과 함께 졸업식장의 모든 스포트라이트를 받고 있던 나는 누군가 화려한 조명을 확 낚아채 가기라도 한 것처럼 갑자기 깜깜한 어둠 속에 갇힌 것만 같았다.

엄마는 딸의 졸업식에 참석하기 위해서 어둠이 채 걷히지 않은 시간에 새벽 첫차를 탄 게 분명했다. 차를 놓칠세라 어둠 속에서 서둘러 내디딘 발이 그만 미끄러져 물속에 한쪽 발이 빠졌던 모양이다. 엄마의 바지는 다 젖어 있었다. 게다가 영하의 추운 날씨에 물에 젖은 바지가 얼어붙어 걸을 때마다 서걱서걱 소리가 나는 모습이 얼마나 창피하던지!

난 학우들이 손가락질하며 수군대는 것 같아 부랴부랴 엄마 손을 이끌고 교문 바깥으로 탈출하다시피 집으로 돌아왔다. 마음 한편에서는 엄마의 남루한 모습에 대한 창피한 생각이 다른 한편에서는 엄마를 외면하고 싶었던 것에 대한 죄책감이, 그리고 엄마에 대한 연민으로 마음이 복잡했다. 세상에, 발이 얼어붙어 얼마나 추우셨을까? 동상은 걸리지 않았을까?

그날의 복잡한 감정이 성인이 되어서도 앙금처럼 늘 미안한 마음으로 남아 있다. 죄인처럼 마음 깊숙한 곳에 죄책감이 웅크리고 앉아 있는 것이다. 그런데 지금 치매에 걸린 엄마를, 나를 힘들게 하고 창피하게 만드는 혹이라고 생각하며 엄마를 또다시 멀리하고 싶고 숨기고 싶다.

이런 내 마음과 달리 엄마는 밤이나 낮이나 눈만 뜨면 나만 찾는다. 주간보호센터에 다녀오면 오후 4시 40분. 그때부터 나는 엄마 집에서 함께 지내며 엄마 시중을 들다가 저녁밥을 먹고 나면 잘 자라는 인사를 하고 옆집인 내 집으로 오는 일과였다.

제발 밤에라도 나를 찾지 말고 잘 주무시기를 바라지만 새벽이면 불편한 몸을 이끌고 나를 찾아오는 엄마. 혹시 남편이 깨서 알기라도 할까 봐 문소리가 나면 나의 몸은 용수철처럼 자동으로 튀어올라 엄마를 얼른 맞이했다. 그러니 깊은 잠도 잘 수가 없었다. 처음엔 지금이 새벽 1시인데 안 자고 돌아다니냐며 핀잔을 주곤 했지만, 계속되는 야밤의 불청객에게 질책을 추가해 더 소란스럽게 만들어 다른 가족까지 잠을 설치게 할 필요는 없었다. 그래서 작전을 바꾸기로 했다.

엄마의 인기척이 들리면 빠르고 낮은 소리로 "엄마, 이리와! 나랑 같이 자고 싶어 왔어?" 하며 따뜻한 말로 엄마를 꼭 껴안고 소파로 안내한다. 그리고 좁은 소파에 나란히 모로 눕는다.

"엄마, 나랑 이렇게 자자~. 나랑 자니까 좋지? 이제 일어나지 마~."

밤인지 낮인지 구별도 못 하고 이런 야심한 밤에 와서 모두의 잠을 방해하는 엄마를 남편에게서도 숨겨 주고 싶었다. 고등학교 졸업식에서 느꼈던 창피함과 달리 죽는 순간까지

고상한 엄마로 남았으면 하는 나의 마지막 바람이기도 했다. 어슴푸레 바깥 가로등이 거실까지 들어와 비춰 주는 엄마의 얼굴을 물끄러미 내려다보았다. 창백했다. 그리고 한없이 안쓰러웠다. 포개진 엄마의 근육 빠진 다리와 발을 보니 그 겨울에 발이 얼마나 시렸을지 모를 생각에 한 번 더 이불 매무새를 고쳐 덮어 드렸다.

'엄마, 미안해! 오늘은 따뜻하게 자~'

내 눈에 그렁그렁하게 맺혔던 눈물이 뚝 하고 손등으로 떨어졌다.

＊ 저자 유튜브 채널 〈춘천의 타샤〉의 '이쁜 치매인 귀요미 울엄마 My Mom Suffering from Dementia 8' 편에서 관련 영상을 확인하실 수 있습니다.

세상에 하나밖에 없는 엄마의 과꽃 차

엄마가 보이질 않는다. 불과 한 시간 전까지도 방에 앉아 계신 걸 확인했었는데. 텃밭에도 없고, 늘 다니던 산책길을 따라가 보아도 찾을 수가 없다. 이웃집에 전화해 보아도 보지 못했다는 대답이다. 점점 가슴이 두근거린다. 그때 마침 전화벨이 울려서 얼른 받아 보니 지인이다.

"자기네 엄마 집에 없지?"
"엄마 보셨어요?"
"얼른 와봐! 저기 큰길가에 가시는 분이 자기네 엄마인 것 같아 전화했어!"

큰길가라니! 거기는 고속도로처럼 차들이 쌩쌩 달리는 4차선 도로인데! 심장이 쿵쾅거리기 시작했다. 숨이 멎을 것 같은 가슴을 부여잡고 정신없이 차를 몰고 나갔다. 이리저리 찾아보았지만, 엄마가 보이지 않았다. 다시 반대편으로 돌아와서 살펴보니 세상에나! 차들이 왔다 갔다 하는 모습을 보며 큰 도로변 갓길에 쪼그리고 앉아 있는 것이다. 위험천만한 모습이었다. 차를 아무렇게나 세우고 엄마를 향해 질주했다. 제발 또 다른 방향으로 움직이지 말고 그대로 있어야 할 텐데…. '엄마 움직이면 안 돼, 가만히 있어.' 마음속으로 외치며 엄마를 향해 달렸다.

넋이 나가고 어리둥절한 엄마를 맞이한 순간, 찾기만 하면 '왜 소리도 없이 여기까지 혼자 나와서 걱정시키고 그래? 놀랐잖아!' 크게 소리 지르고 싶었던 마음은 어디론가 사라지고, 안쓰러운 마음이 앞선다. 말은 하지 않았지만 아마 본인도 놀랐던 눈치였다. 마치 길 잃은 아이가 겁에 질려 울기 직전의 표정이었으니까. 나는 엄마를 차에 태우고 또다시 이런 일이 일어날 것에 대비하여 경찰서에 가서 치매 노인 지문 등록을 하고 돌아왔다. 엄마는 얼마나 지쳤는지 씻자마자 눕더니 어느새 잠이 들었다.

잠든 엄마를 뒤로하고 한숨을 돌리고 나니, 그제야 방 안 가득 채우고 있던 뭔가 이상한 냄새가 느껴진다. 재빠르게 방 안을 둘러보니 가스레인지 위에 전기포트가 올려져 있다.

'아니, 전기용품이 왜 저기 위에 올라와 있지? 엄마가 물을 끓인다고 전기포트에 물을 담아 가스레인지 위에 올려놓고 불을 켰었나?'

분명히 내가 가스 밸브를 잠가 놓았는데 어떻게 불을 켰지? 깜짝 놀라서 확인해 보니, 전기포트 밑바닥이 제법 녹아내려 쭈글쭈글했다. 그래도 그만큼만 타기 정말 다행이었다. 올려놓고 안 끄고 나갔으면 어땠을까 생각만 해도 머리털이 곤두섰다. 엄마가 뭔가 타는 냄새에 불을 끄긴 했나 보다.

'잠시라도 내가 없으면 이렇게 사고가 나니 어쩌면 좋지?'
'그런데 뭘 끓였지?'

뚜껑을 열어 보니 물속에 웬 꽃이 피어 있다. 엄마는 부엌 살림에서 손을 놓은 지 오래됐지만 이렇게 한 번씩 물을 끓여 놓았다. 세상에 둘도 없는 엄마만의 독특한 물을. 마늘을 잔뜩 넣고 끓인 물, 쑥을 뜯어와 끓인 물 등. 그래도 엄마 나름대로 건강에 좋은 재료라는 지혜를 잊지는 않았나 보다.

여러 차례 가스레인지를 사용하다 불을 낼 뻔해서 나한테 싫은 소리도 많이 들었는데, 어쩌자고 또? 이제는 어떻게 가스를 켜는지도 잊어버린 줄 알았는데 갑자기 형광등처럼 생각이 돌아왔나?

그러다 문득, 엄마 방 바로 앞에 심어진 과꽃밭을 내다보았다. 군데군데 목이 잘려 나가 몸뚱이만 남은 과꽃 줄기 사이로 아직 목숨이 붙어 있는 몇몇 친구들의 얼굴이 매우 슬퍼보였다. 그런데 자세히 보니 특이한 점이 보였다. 보라색 과꽃과 핑크 과꽃을 심었는데 보라색 꽃만 목숨을 부지하고 있었다. 다시 한 번 전기포트 안을 들여다보니, 진한 핑크빛 꽃들만 마치 피를 철철 흘리며 마지막 절규를 하는 것 같았다.

'미안하다야! 그래도 엄마가 너네들을 얼마나 사랑했으면 몸속에 간직하고 싶었겠니? 더 이상 슬퍼하지 마라. 너희들의 희생으로 잠시나마 엄마를 행복하게 만들었을 테니까.'

엄마가 일어나면 꽃물로 잠시 분위기를 살려 볼 생각에 웃음이 피식 나왔다.

'예쁘긴 하네! 엄마 일어나면 불이 날뻔하지 않았냐고 왜 가스레인지 사용했냐고 야단치지 말아야지.'

엄마는 과꽃을 특히 좋아하셨다. 우리 어릴 적 앞마당과 뒷동산에 과꽃을 포함하여 철쭉이며 백일홍, 코스모스 등 여러 가지 꽃으로 우리들의 감성을 키워 주셨다. 모전여전인지 우리 자매들은 꽃을 다 좋아한다. 목포에 사는 동생과 나는 주위 사람들로부터 꽃 박사라는 칭호까지 들을 만큼 여러 가지 꽃을 기르고 있다. 그래서 우린 둘 다 넓은 정원을 갖고 싶어 한다. 나는 우리 집 정원이 너무 좁아 동네 길가에까지 꽃을 심었더니, 엄마는 산책하면서 늘 들여다보곤 좋아하셨다. 그런 까닭에 엄마 방에서 창문으로 보면 바로 보이도록 과꽃 씨앗을 파종해 드린 것이다. 새싹이 나오고 꽃봉오리가 올라오고 꽃이 인사를 하기 시작할 때면 엄마의 얼굴도 과꽃과 함께 활짝 피었다. 엄마는 사실 거의 매일 꽃들과 대화를 했음이 틀림없다.

엄마가 끓여 놓은 물은 늘 잔소리와 함께 버리기 일쑤였는데 이번엔 엄마가 좋아하는 과꽃 물 아닌가? 오늘은 엄마표 꽃차를 유용하게 써보자. 갑자기 없던 창의력이 꿈틀거렸다. 한잠 자고 일어난 엄마와 저녁을 먹고 과꽃 차를 분위기 있게 유리잔에 세팅해 보았다. 핑크빛 물 위에 담장 밑에 피었던 앙증맞은 삼색 비올라 꽃을·나비처럼 사뿐히 올려놓으니, 낮 동안의 긴장과 초조함으로 머리끝까지 올라왔던 스트레스도 어디론지 다 날아간 느낌이다. 어린아이처럼 호기심 어린눈으로 고개를 갸우뚱거리는 엄마가 너무나 귀엽게 보였다.

올해도 과~꽃이 피이었습니다
♬~ ♩~ ♪~
꽃이 피면 꽃밭에서 아주 살았죠

엄마와 나는 어릴 적 추억을 생각하며 〈과꽃〉 노래를 불렀다. 노래는 늘 엄마가 한 수 위다. 가사의 한 구절도 틀리지 않고 끝까지 부르신다.

'아니, 저렇게 기억력이 좋은데 왜 치매라는 건가?'

이해가 되지 않았다. 내친김에 꽃 이름 대기 놀이도 했다. 엄마가 뒷동산에 가꾸던 꽃 이야기로 낮 동안에 놀랐던 순간을 추억놀이로 애써 지우려는 심산이었다.

집을 잃어버려 놀랐던 불안감은 사라진 것 같았다. 그래도 오늘은 엄마랑 같이 자야겠다. 나란히 누워 엄마의 18번 〈섬 마을 선생님〉을 부르고, 그동안 언젠가 엄마에게 하고 싶었던 말을 해보았다. 적절한 답이 나오리라 기대하지는 않았다. 그저 엄마의 인지능력을 살짝 테스트해 볼 심산이었다.

"엄마, 나를 왜 이렇게 약하게 낳아 줬어?"

"왜 니가 약해?"

"난 야무지지 못해서 말도 잘 못하고 싸울 줄도 모르고…."

"**옳고 그름**을 판단해서 말할 건 야무지게 따져 물어야지, 왜 못 해?"

엄마는 마치 연단에 선 연사가 두 손 들어 강조하듯 옳고 그름에 힘주어 말했다.

"못 하겠어! 누가 조금 소리만 높여도 눈물이 나오려 하고 겁부터 나…."

"글도 잘 알고 영어도 잘하면서, 니가 왜 못 해?"

"영어도 잘하면서? 하하하!"

갑자기 엄마가 정상으로 돌아와서 깜짝 놀랐다. 내가 영어 선생님이란 걸 잊지 않으셨다니! 엄마가 이렇게 예전의 지혜로운 모습으로 오랜 시간 동안 같이 있어 준다면 얼마나 좋을까! 엄마 덕분에 과꽃 차와의 추억여행이 오래도록 기억에 남을 것 같다. 무슨 일을 하면서 맘이 약해지려 할 때마다 '**옳고! 그름!**'에 힘을 주어 말하던 엄마를 다시 떠올리며 힘을 내야겠다.

갑자기 없어진 엄마 때문에 지옥과 천국을 경험한 오늘 하루를 생각하며 잠을 청했다. 어릴 때처럼 엄마의 품에 얼굴을 묻었다. 어스름한 달빛에 희미하게 보이는 엄마의 얼굴을 다시 한 번 쳐다봤다. 웃음도 나고 눈물도 났다.

'아이 하나를 키우기 위해선 마을 전체가 필요하다'라는 말은 아프리카 나이지리아의 속담이다. 한 명 한 명의 아이들을 키워 내기 위해선 사회 전체가 동참하고 상호작용해야 한다는 것을 의미한다. 치매라는 질병도 마찬가지다. 마을 지인의 도움으로 엄마를 빠르게 찾을 수 있었던 것처럼 우리는 치매 환자라는 사실을 공유하고 충분한 사랑과 관심으로 서로 배려하는 마음을 가져야겠다.

상상도 못 한 모자간의 하룻밤

　나는 매일 카카오톡 그룹 채팅창에서 형제들에게 치매로 힘들어하는 엄마를 돌보는 일상과 고충을 털어놓고 위로받곤 했다. 그런데 내가 대화창에 쓰는 내용을 본 형제들의 반응은 늘 있는 일상이려니 하고 무심코 지나치는 것 같았다. 나에겐 심각한 일인데 그렇게 받아들이지 않아서 서운함이 밀려오곤 했다. 최소한 내가 느끼기로는. 물론 두 자매는 간호사이니 충분히 이해하고 있다손 치더라도, 직업으로서 환자를 돌보는 것과 집에서 내 부모를 24시간 돌보는 것은 천지 차이라고 생각한다.

　나의 이 치열한 하루하루를 제대로 다 알 수는 없을 것이다. 치매란 직접 경험을 해봐야 제대로 알 수 있으며, 같이 생활하지 않고 잠깐 들러서 얘기해 보는 정도로는 그 심각성을 죽었다 깨어나도 알 수가 없으니까. 요양 등급을 받을 때도 세 번이나 신청하지 않았던가? 전화 통화로는 더더구나 정상적인 사람으로 오해하기 쉽다. 그도 그럴 것이 안부 묻는 인사는 정상인처럼 너무 잘하시므로.

"잘 있냐? 모두 건강하재? 애들도 잘 있고? 니 사업은 어쩌냐? 어쨌든지 간에 늘 건강해야 한다, 잘 먹고 다녀라." 등등.
"엄마랑 통화했는데 상태가 엄청 좋아 보이시던데? 내 사업 근황도 물어보고 모든 식구 안부도 물어보고 아주 멀쩡하더라."
멀리 떨어져 자주 못 오는 오빠들은 이렇게 말하곤 했다.

오빠들이 가끔 오면 그날은 어찌 된 일인지 엄마는 반짝 더 좋아진다. 참 신기한 일이다. 아들에게 잘 보이고 싶은 건지, 아들이 와서 좋아서 그런 건지? 한번은 큰오빠가 엄마를 일주일만이라도 모시고 싶다며 자기 집으로 모셔 갔다. 힘들 것이 불 보듯 뻔해서 말리고 싶었지만, 그동안만이라도 엄마에게서 벗어나고 싶은 마음이 먼저 앞섰다. 더구나 진즉부터 오빠는 엄마 돌아가시기 전에 다만 며칠 만이라도 모시고 싶다는 말을 노래처럼 해오고 있었으니까.
혹시나 했지만 역시나 모시고 간 다음 날 새벽 이른 시간에 오빠가 엄마를 다시 모시고 왔다.

"도대체 몇 시에 출발해서 온 거야? 오빠 집에서 여기까지는 세 시간도 더 걸릴 텐데…."

하룻밤 사이 엄마가 얼마나 힘들게 했는지 오빠와 올케언니 그리고 엄마까지 세 사람 모두 지친 흔적이 역력하다.

"엄마 힘이 어찌 그렇게 쎄냐?"
"와~ 질려 브렀다. 아무리 내일 모셔다드린다고 해도 막무가내이고, 밤새 현관문을 열려고 난리를 피워 밤을 꼴딱 새브렀다."
"현관문 자물쇠를 다 뜯어 버렸다니까? 어디서 그런 힘이 나올까나?" 하는 말과 함께.
그날 무슨 일이 있었는지 다시 소상하게 설명해 달라고 하니 오빠에게서 온 이메일의 답장은 이러했다.

"집에 모시고 가서 일주간 맛난 음식도 해드리고 그동안 엄마와 보낸 시간이 거의 없었기에 항상 마음에 걸려 모처럼 모자간의 오붓한 시간을 보내려고 계획했지. 엄마가 돌아가

시기 전에 할 수 있는 마지막 효도라 생각하고 고상하게 최고의 추억을 만들고자 했다. 그런데 집에 도착하고서 불과 한 시간도 지나지 않아, 경미 집에 데려다 달라고 마치 다섯 살 난 어린애처럼 얼마나 떼를 쓰는지.

엄마가 하도 난리를 쳐서 우린 저녁밥도 제대로 못 먹었다. 게다가 당신 말을 들어주지 않는다고 발악하듯 오빠 팔을 여기저기 물어뜯어서 열 군데나 상처가 났다. 오빠도 엄마를 때리는 시늉을 하면서 허공에 대고 주먹을 휘둘러 보기도 하고, 회초리로 방바닥을 내리쳐 보기도 했지만 막무가내였다. 올케언니가 옆에서 엄마 놀랜다고 그러지 말라고 말렸지만, 성질 급하고 정신이 나간 오빠도 어떻게든 엄마를 제압해 보려고 했어. 급기야는 엄마가 내 팔을 물어뜯으면 오빠도 질세라 똑같이 엄마를 몇 군데 물기도 했는데 소용이 없더라. 나중에 보니 오빠 팔에도 엄마 팔에도 무슨 훈장처럼 파랗게 멍이 들어 있었어.

오늘 밤만 자고 나면 경미 집에 데려다준다고 수도 없이 말리고 달래고 해보았지만, 자꾸 네 집에 간다고 밖으로 나가길 시도하잖아. 현관 번호 키도 단단히 잠가 놓았고, 또 동그란 보조키도 잠가 놓았고, 옆으로 밀면 잠김으로 되는 자물쇠까지 3단계 잠금장치라 몇 번 하다 안 되면 말겠지 생각하고 내

버려 뒀지.

　그런데 엄마가 참 집요했어. 마치 자폐아가 뭔가 하나에 꽂히면 끝까지 해내듯 말이야. 땀을 뻘뻘 흘리면서 문을 열어보려고 수십 번을 시도하더니 급기야 문 열고 나가는 소리가 나는 거야. 어떻게 무슨 힘으로 그랬는지 모르지만, 자물쇠가 일부 뜯겨 있고 엄마는 밖으로 나가고 없었어. 급히 따라 나가 보니 엄마는 무슨 최면에 걸린 사람처럼 온몸이 땀으로 범벅이 돼서 완전히 정신이 나간 사람이더라. 그래서 깜짝 놀라 이러다가 돌아가시면 어쩌나 걱정이 되어 허겁지겁 짐을 챙겨서 꼭두새벽에 출발해서 너한테 간 거야."

　오빠는 본인이 어머니를 모시고 가서 효도 한번 해보려고 하다 무위로 끝난 것에 대해서 두고두고 죄책감을 느끼고 있다. 더구나 하루도 돌보지 못하고, 제대로 식사 한 끼도 대접하지 못한 채로 어쩔 수 없이 다시 춘천으로 발길을 돌려야 했으니 말이다. 지난 일이 아직도 마음속에 후회로 맺혀 아마도 천추의 한으로 남을 거라고 한다. 아들인 자신이 단 하루도 모시지 못했던 그렇게 어려운 일을 나를 비롯한 딸들이 지금까지 수년 동안 고생하면서 모시고 있으니 그 어찌 고맙고, 탄복하지 않을 수가 있겠냐고 하면서.

원래 불효자는 더 많이 운다고 했던가!

그런 사연 이후 오빠는 우리가 엄마를 함께 만날 때마다 형제 중 가장 많은 눈물을 흘리곤 한다. 만나서 헤어질 때까지, 아니 어떤 날은 엄마가 계신 목포에서 집에 도착할 때까지 6시간 이상을 펑펑 울었다고 올케언니는 전한다.

그런 일이 있고 난 이후부터 오빠는 나만 보면 "오메, 우리 집 효녀 심청이!" 하며 입이 닳도록 얘기한다. 어떨 때는 그런 말들이 내게로만 향한 것 같아 다른 자매들에게 미안한 마음이 들기도 한다. 우리 자매들과 오빠들 모두 효녀 효자이므로. 더구나 언니는 엄마가 요양 병원으로 보내지기 전 마지막 7개월을 함께 살며 직장 일도 병행하면서, 엄마에게 효가 무엇인지 진정으로 보여 준 사람이기도 한데 말이다.

오빠나 형제들이 이제야 제대로 내가 얼마나 힘든지, 엄마가 사실 얼마나 심각한지, 치매 부모를 모시는 중 난감한 일들이 얼마나 많이 발생하는지 알게 되어 속으로 조금은 고소(?) 하기까지 했지만, 그래도 오빠랑 있을 때 딱 하루만이라도 엄마가 아들이 효도할 수 있게 얌전히 계셔 줬으면 얼마나 좋았을까!

치매는 롤러코스터

놀이공원의 롤러코스터처럼 엄마와 함께하는 치매 돌봄의 여정도 예측 불가능한 감정의 기복을 경험하게 한다. 롤러코스터에 탑승하는 순간 사람들은 긴장과 기대, 두려움과 흥분을 동시에 느끼며, 그 모든 것이 한데 섞여 독특한 긴장감을 만들어 낸다. 엄마를 돌보는 일상에서도 이와 유사한 감정의 롤러코스터를 겪게 된다. 때로는 엄마의 갑작스러운 기억 상실이나 행동 변화 앞에서 두려움과 불안을 느끼지만, 엄마가 나를 알아보고 모성애를 보여 주는 순간의 기쁨은 그 어떤 스릴러 기구에서도 느낄 수 없는 진정한 기쁨을 맛보게 해준다.

치매 증상은 기복이 심해 그때그때의 상황에 따라 달라진다. 상태가 좋을 때가 있고 나쁠 때가 있다. 엄마의 경우 어떤 날은 고약한 폭언으로 사람을 난처하게 만들기도 하고, 어떤 날은 온순하게 변해서 고분고분하기도 했다. 또 어떤 날은 가위로 눈에 띄는 것마다 잘라 버리기도 하는 등 여러 기행으로 자주 돌변했다. 가위로 싹둑싹둑 자르는 시늉을 하며 내 머리를 잘라 준다고 접근해 올 때의 공포는 마치 공포영화 속 악당이 나를 헤치려 다가오는 것만 같았다.

혹시 잘못하여 살점이라도 베이면 어떻게 될까, 하는 생각만으로도 극도의 스트레스로 머리가 곤두섰다. 그런 엄마의 증상 때문에 감당할 수 없을 만큼의 스트레스로 평상심을 유지하기 힘들 때는 정신과 진료까지 받은 적도 있었다.

치매증세는 시시때때로 진화했다. 엄마는 텔레비전 속 등장인물이 자신과 함께 살고 있는 사람이라고 생각하며 허구와 현실을 구분 못 할 때도 있었다. 텔레비전을 가리키며, "저 사람이 우리를 지켜보고 있으니 조심해야 한다"든지, "나를 쳐다보고 있는데 여기서 어떻게 옷을 갈아입느냐?"는 등. 그런데 이렇게 오락가락하다가 언제부터인지 아무리 노력해도 영원히 계속될 것만 같았던 엄마의 난폭하고 두려운 증상들이 어느 순간 갑자기 사라졌다.

이제는 엄마와 함께 있는 것이 더 이상 도망가고픈 시간이 아니게 되었다. 이제 두렵다기보다는 즐거운 추억을 쌓기 위해 엄마의 변화무쌍한 삶을 공포감 없이 함께할 수 있게 되었다. 물론 행동은 여전히 뇌에서의 잘못된 명령으로 실례를 한 기저귀를 가방 속에, 서랍 속에, 옷장 속에, 이불 사이에까지 감추어 두어 나의 빨래양이 늘어나기도 했지만 말이다. 치매란 놈이 스멀스멀 강탈해 간 잘못된 시간개념으로 인해 자정을 넘긴 한밤중에 자다가 깨어나서 소파에 앉아 손뼉 치며 〈애국가〉를 부르기도 했고, 좋아하던 〈섬마을 선생님〉 노래를 부르기도 했다. 그렇지만 유순해진 것만으로도 다행이었고 오랜만에 내게도 평화와 행복이 찾아왔다.

어느 순간 엄마는 완전히 다른 사람으로 빙의된 것처럼 매일 자주 웃었다. 일명 '웃음 치매'로 변한 것이다. 뭐가 그리도 재미있을까? 엄마는 뭐가 그리 우스운지 너무도 웃겨 죽겠다는 듯이 웃는다. 화장실을 가다가도 배꼽을 잡고 웃고, 딱히 우습지도 않은 일에도 깔깔 웃는다.

하품과 웃음은 전염된다고 했던가? 그런 엄마를 보면 나도 덩달아 웃음이 나온다. 얼마 만에 웃어 보는 웃음인지! 주간보호센터에서도 "어머니가 너무 귀여운 아기가 되었어요"라고 한다. 너무나 신기하게도 엄마가 웃음 치매로 바뀌고 나니 표정까지 달라졌다. 화내고 성질내고 소리 지르고 욕하고 험악했을 때는 얼굴만 봐도 심술이 다닥다닥 붙어 있는 것처럼 보였다. 그런데 지금은 마치 천사가 된 것처럼 온화하고 이쁘게 변한 것이다. 얼굴만 봐도 그 사람의 성격을 알 수 있다더니 딱 맞는 말이다.

소파에 앉아 연신 내 머리를 쓰다듬으며 아기처럼 방긋방긋 웃는 엄마 옆에서 나는 엄마 무릎을 베고 서로 눈맞춤도 하며 사랑을 받는 호사스러운 날도 즐기게 되었다. 너무 많이 웃어 눈물까지 닦아야 하는 순간도 많았다.

엄마와의 평화로운 시간을 마치고 집으로 가기 위해 저녁 인사로 "굿나잇" 하면서 일어났다. 엄마는 갑자기 웃으면서 "사요나라"라고 대답했다. 엄마 입에서 일본말을 듣게 된 건 처음이었다. 아마도 엄마 어렸을 적 일제 강점기에 일본어를 배워서였을까? 갑자기 그 시절로 돌아간 것일까? "사요나라"를 시작으로 "오하이오 고자이마쓰, 굿모닝, 굿바이" 등등, 엄마가 아는 외국어가 가끔씩 튀어나왔다. 영어 선생님이었던 나는 엄마에게 새로운 영어 표현을 하나 가르쳐 볼까 하는 장난기가 발동했다.

"sleep tight! 엄마! 엄마도 나에게 슬립 타이트 해봐! 자다

깨지 말고 아침까지 쭉 잘 자라는 뜻이야."

"슬립 파이트."

엄마는 안 되는 발음으로 잘해 보려고 입술에 힘을 쥐가며 또박또박 말했다. 그런 엄마의 모습이 너무나 귀여웠다. 난 웃음이 나오려는 걸 간신히 참아 내며 다시 주문했다.

"엄마 다시! 파이트 아니고 타·이·트, 슬립 타이트!"

"슬립 파이프."

"파이프? 하하하. 아니고 타이트! 다시, 슬립 타이트."

"슬립 타이트!"

엄마는 다시 아랫배를 부여잡고 웃음을 참아 가며 침까지 튀겨 가며 간신히 발음했다. 동시에 마치 학생이 선생님의 합격 불합격 판정을 기다리듯 날 뚫어져라 쳐다보았다. 나는 터져 나오는 웃음 때문에 제대로 말을 할 수가 없어 엄지손을 치켜들었다. 우리는 둘 다 배꼽을 잡고 웃었다. 지금, 이 순간이 언제 돌변할지 모르는 순간의 행복감이었지만, 그래도 좋았다.

엄마의 치매는 점점 심해져 지금은 아무것도 기억도 못 하고 그저 누워만 계신다. 다행히 엄마의 영상들과 옛 모습들을 유튜브에 잘 보관하고 있어, 가끔 그때의 영상을 들춰 보곤 한다. 예전의 흥이 넘치는 엄마로 돌아와서 나에게 "노래를 좀 해봐라, 춤을 춰봐라" 하며 다양한 주문까지 하셨던 엄마가 너무나 그리워진다. 놀이공원의 롤러코스터는 즐기지 않지만, 엄마와 함께하는 이 감정의 롤러코스터의 여정은 울렁증을 느끼게 하기도 하지만, 동시에 엄마와 나누는 소중한 추억을 간직하게도 했다.

이제 엄마의 롤러코스터는 배터리가 다 닳아 수명이 얼마 남지 않은 주황색 주의등을 깜박거리고 있다. 그래도 나의 소원은 예측할 수 없이 두려움에 떨던 그 시절로 단 몇 시간만이라도 다시 돌아가 주었으면 하는 헛된 바람도 있다. 그깟 약간의 롤러코스터 울렁증이야 잠시 참으면 되는 것이니까.

＊ 저자 유튜브 채널 〈춘천의 타샤〉의 '웃음치매 엄마1(엄마의 치매롤러코스터)'과 '웃음치매 엄마2(엄마의 치매롤러코스터)' 편에서 관련 영상을 확인하실 수 있습니다.

엄마의 언어로 대화하기

주간보호센터를 다녀와서 엄마가 혼자 계시는 시간이었다. CCTV 카메라를 확인하는데 엄마가 전화기를 들고 누군가와 통화하는 듯한 모습이 포착되었다. 나는 누가 전화를 했나 보다 생각하고 내 일을 계속했다. 그런데 한참이 지난후에 다시 확인을 해봐도 엄마는 계속 통화 중이다. 30분이 지나고, 1시간이 지나도 그 자세 그대로다. 이상하게 생각되어 하던 일을 멈추고 가보니, 역시나 엄마는 누군가와 대화하면서 웃기도 하며 전화 통화를 계속하고 있다. '누구랑 통화하는데 저리 길게 통화를 하지?' 생각하며 집으로 다시 와서 내 일을 하고 저녁 식사 때가 되어서 갔는데도 엄마의 자세는 변함이 없다.

"엄마, 누구랑 통화해?"

엄마는 내 말에도 아랑곳하지 않고 계속 통화를 한다. 나는 가까이 다가가 엄마가 붙들고 있는 휴대폰에 귀를 가까이 댔다. 남자 목소리가 들린다.

"아 네 고맙습니다. 네네!"

엄마는 연신 반응하면서 전화를 끊을 기미가 보이지 않는다.

"엄마 누구야? 이제 그만하고 끊어."

나는 상대편이 들리지 않도록 엄마 귀에 속삭이며 손짓으로 끊으라는 시늉을 한다. 그런데 무언가 이상하다. 자세히 들어 보니, 상대방은 엄마의 말에 응대하는 것이 아니라 계속 같은 톤으로 쉬지 않고 말을 하는 것이다. 다시 보니 그것은 휴대폰이 아니라 휴대폰 크기의 소형 라디오였다. 그 순간 놀라움과 함께 어이없는 웃음이 터져 나왔다.

그 라디오는 엄마가 성경 말씀을 좋아하고 목사님의 설교 듣는 걸 좋아하셔서 얼마 전에 사드린 한 손안에 들어오는 소형 라디오였다. 엄마 휴대폰과 색깔도 크기도 비슷하다 보니 혼동하셨나 보다. 나까지 속아 넘어갔으니 말이다. 엄마에게 이건 휴대폰이 아니라 라디오라고 그만 듣고 저녁 식사를 하자고 설명해도 소용이 없다. 오히려 손사래를 치면서 나더러 조용히 하란다. 그대로 두면 언제 끝날지 모를 기세이기에 머리를 썼다. "목사님!" 하고 라디오에 대고 크게 불렀다. 마치 통화하듯 "네, 목사님, 죄송한데요. 엄마가 지금 저녁 식사를 앞에 두고 식사를 못 하고 계세요. 다음에 또 전화할게요. 네, 감사합니다. 안녕히 계세요." 재빠르게 말하며 엄마가 눈치채지 못하도록 순식간에 빨간 버튼의 전원을 껐다.

"너는 지금 목사님하고 통화하는데 끊으면 어떡해?"
"엄마, 내일 다시 전화 주신다고 했어. 걱정 마."
"그래? 아이고, 재미있게 통화했네."

그제야 엄마는 안심되는 표정이다. 엄마의 치매가 점점 진행되면서 나도 치매에 익숙해지기 시작했다. 하나씩 노하우가 쌓이기 시작한 것이다. 같은 내용을 묻고 또 묻고 해도 처음 듣는 것처럼 반응해 주고, 모르는 것을 가르치려 들지 말아야 한다는 것을 알게 된 것이다. 실제로는 없는 얘기, 말도 되지 않는 허황한 얘기를 해도 엄마는 실제로 있었던 일이라고 생각하기 때문이다. 치매 환자를 대할 때는 그들의 말을 부정하지 말고 적당히 맞추어 주면 된다. 내가 아무리 아니라고 설명해도 치매 환자는 본인 말을 들어주지 않는다고 생각해서 혼돈만 야기할 수 있는 일이기에.

엄마는 자기만의 세계에 갇혀 일어나지도 않은 이야기를 끝없이 한다. 어젯밤 큰오빠가 와서 하룻밤 자고 가면서 맛있는 것을 해주더라, 내일은 작은오빠가 온다고 하니 식사를 맛있게 준비해 두라느니. 오빠들에게 확인해 보면 둘 다 "그런 일 없는데?" 한다.

수시로 이어지는 엄마의 상상 속 이야기에 나는 늘 속고만 있는 셈이다. 그렇더라도 옛날처럼 나를 괴롭히는 엄마로만 돌아가지 않으셨으면 싶었다. 엄마의 세상으로 같이 들어가서 맞장구쳐 주고 추임새를 넣어 주면 엄마는 신이 나서 끝도 없이 이야기를 계속했다.

"그래서?"

"그다음에 어떻게 됐어?"

"와, 엄마 좋았겠네?"

"아, 그랬구나!"

위의 말들은 엄마가 좋아하는 나의 양념들이다. 딸의 호기심 냄새가 나는 이 말들이 맘에 드는지 엄마는 끝없이 샘솟는 옹달샘에서 물을 퍼올리듯 이야기를 꺼낸다. 엄마의 허구의 세상은 실제로 궁금하기도 재미있기도 했다.

이제 우리 모녀는 배우와 관객이 되었다. 엄마는 배우 겸 연출가이고 나는 적절한 추임새를 넣는 관객이 되어 웃고 또 웃는다. 엄마의 치매가 더 이상 다른 롤러코스터로 옮겨 가지 않고 이대로 멈추었으면, 돌아가실 때까지 이렇게 도란도란 속닥속닥 둘도 없는 콤비였으면 하고 간절히 바라본다.

04

엄마,
미안해!

엄마의 보물 보따리

　엄마 집 소파에는 늘 올망졸망한 보따리 3개가 엄마와 함께 나란히 앉아 있다. 그 보따리 속을 들여다보면, 어느 날에는 양파 썬 것과 당근이 랩에 돌돌 감겨서 들어 있었다. 또 어느 날에는 귤 껍질, 사과 껍질이 들어 있기도 하다. 엄마가 주간보호센터에 가고 나면 보따리를 풀어서 내용물을 다시 정리해 두는 게 하루의 일과 중 하나다. 물론 보자기는 잘 안 보이는 곳에 꼭꼭 숨겨 놓는다. 그러나 엄마 혼자 있는 시간이 되면 어떻게 찾았는지 보자기를 다시 찾아와 옷가지며 성경책이며 귤이며 이것저것을 골고루 야무지게 다시 챙겨 보따리 속에 다시 싸놓는다.

　"엄마, 왜 이렇게 보따리를 챙겨 두었어?"
　"집에 갈 거야!"

"여기가 엄마 집인데?"

"아니야~, 우리 집 가야재! 남의 집에서 너무 오래 살았어!"

"어떻게 가려고?"

"니가 돈 좀 주라. 내가 집에 가면 두 배로 보내 줄게."

"여기서 나랑 살면 되지 어딜 간다고?"

"우리 어머니, 아버지 산소 가서 엎드려 절도 해야재."

엄마의 눈에 눈물이 맺힌다.

"엄마 집이 어디인데?"

"반룡리 716번지!"

　엄마는 어렸을 적 자기 집인 친정집 주소를 어찌 지금까지 알고 있을까? 신기하고 기이할 뿐이다. 시집와서 자식 낳고 50년 이상을 살던 자기 집 주소는 까맣게 잊어도 어렸을 적 친정 주소는 기억에 남아 있나 보다. 엄마가 시집와서 고생하며 지냈던 외딴집에 대한 기억 등은 모두 사라져 버리고 틈만 나면 우리 집에 가야 한다는 말만 입에 달고 사신다.

　엄마 돌아가시고 나면 후회할 것 같으니 엄마가 입버릇처럼 말하던 '우리 집'에 언니랑 같이 시간을 내서 한번 외갓집에 다녀와야 할 것 같았다. 엄마의 유일무이한 목적이 오로지 친정에 가는 것인가 싶었다. 우리는 엄마를 모시고 친정 가족이 모두 모여 있을 추석 명절에 맞추어 외가로 향했다. 귀성 행렬로 차량 정체가 아주 심했다.

차 안에서 엄마는 "어디를 가냐?", "뭘라 이렇게 멀리 움직이냐?" 등등 아무리 설명해도 계속 묻고 또 묻는다. 잠이라도 주무시면 좋으련만 우리 모두를 피곤하게 만들었다. 남편이 8시간의 장거리 운전 끝에 드디어 엄마가 그렇게도 오매불망 못 잊어 하던 엄마의 친정에 도착했다.

치매는 가까운 일에 대한 기억은 못 하지만 과거의 추억은 다 기억한다는 말에 현혹되어 엄마가 보일 반응에 큰 기대를 했었다. 엄마가 옛날 어릴 적 기억이 되살아나면 어떻게 반응할까? 제일 예뻐하던 외삼촌을 만나면 어떻게 할까? 하지만 우리의 기대는 여지없이 무너지고 말았다.

당신이 태어나고 자란 옛날 그대로 보존된 친정집을 멀뚱멀뚱 쳐다보며 말했다.

"여기가 어디다냐? 왜 나를 여기로 데려왔냐?"

엄마는 안절부절못하며 집에 가자고 보채기 시작했다. 엄마의 피붙이들인 남매들을 만나도 전혀 기억을 못 했다. 엄마의 이런 모습을 처음 본 외가 식구들만 눈물바다에 빠뜨리고 말았다.

무엇이 엄마를 이토록 기억의 저편으로 데려갔을까?

외가에서 보낸 1박 2일 동안 엄마는 잠도 안 주무시고 집에 갈 생각밖에 없으셨다. 가져온 보따리와 성경책을 품에 안고 문마다 열어젖히며 "나가는 곳이 어디냐? 내 신발 어디 있냐?"라며 소란을 피우셨다. 당신 뜻대로 되지 않는 상황에 욕까지 해가며 소리를 지르기까지 했다. 모두가 겁에 질려 제대로 자지도 못하고 불침번을 서야 했다.

아침이 되어서야 겨우 잠이 들어 3시간쯤 주무시고 일어나셨다. 정신이 좀 드는지 "여기가 어디냐?"고 묻기도 하고, 외숙모를 보고 "동상댁인가?" 묻기도 해서 이제 정신이 들어왔나 싶었다. 마침내 내 누나, 내 형님으로 돌아온 것에 가족들은 감격하여 너무 좋아한 나머지 지난 밤의 악몽은 사라진 지 오래였다. 엄마의 막내 남동생은 "누님! 누님!" 하며 얼굴을 손으로 어루만지고 볼을 비비며 꺼이꺼이 우셨다. 슬픈 감정인지 울고 있음을 인지하신 것인지 엄마도 소리 없이 따라 우셨다.

언니는 엄마 손을 이끌고 어릴 적 추억이 깃들었을 만한 곳으로 모시고 갔다. 집 주위를 한 바퀴 돌았다. 뒷동산 대나무숲을 가리키며 "여기 생각나요? 죽순도 생각나요?", "몰라.", "이 토굴 알제?" 물어도 모른다고 고개만 젓는다. 6.25 전쟁 때 피난용으로 사용했던 토굴에 얽힌 사연을 한 가지라도 떠올릴까 싶어서 계속 옛일을 상기시켜도 모른다고만 하셨다. 잠시 동안 반짝 돌아왔던 정신은 다시 멀어져 가버렸다. 다시 집에 가자고 아기처럼 졸라 대기만 했다. 실망스러워 온몸의 기운이 쫙 빠졌다.

외가 가족들과의 이별 장면은 또다시 눈물바다였다. 엄마는 노래를 좋아하시기에 노래를 하게 해서 다시 도망간 엄마의 정신을 되찾아오고 싶었다. 내가 "시, 시, 시작!"이라고 말하면 엄마는 늘 반사적으로 엄마의 18번 노래 〈섬마을 선생님〉 노래를 부르기 시작했다. 그것은 나랑 살면서 자리 잡은 습관이었다. 외숙모도 노래를 잘하시니 분위기도 살아날 것 같았다.

"엄마! 시, 시, 시작!"

해~당화 피고 지이는~

♪~♬♩~~♬

서울~ 앨랑~ 가지~를 마~오

가~ 지~를~ 마~~~ 오

작별 인사를 나온 삼촌과 외숙모들 줄잡아 10여 명이 모두 엄마와 함께 합창했다. 노래가 끝나기 무섭게 외숙모가 또다시 이미자의 〈여자의 일생〉을 메들리 식으로 이어 부르기 시작했다.

참을 수가 없도록 이 가슴이 아파도
♪~ ♫♩ ~~ ♫
눈물로 보냅니다
여자~의 일~~생

이 대목에선 모두가 눈물 콧물 범벅되어 목이 메어 겨우 마무리를 지었다.

노래가 끝나자 갑자기 엄마가 정신이 들었는지 인사를 한다.

"모두 다 건강하게 잘 있소잉~."

엄마의 이 한마디에 또다시 오열하는 식구들의 모습을 뒤로하고 집으로 향했다.

돌아오는 차 안에서 "어디 갔다 왔어? 누구 만난 거 기억 안 나? 엄마가 그렇게 가고 싶어 했던 엄마 집에 갔다 왔잖아" 해도 아무 반응이 없고 모르겠다는 듯이 의아한 표정만 짓고 있을 뿐이었다. 언니와 내가 엄마의 기억에 생명을 다시 불어넣기 위해 노력했건만, 그 여정을 엄마는 하나도 기억하지 못했다. 누가 옛날 기억은 사라지지 않는다고 했던가? 주소를 물으면 여전히 친정집 주소는 정확히 기억해 냈지만, 아무 성과도 거두지 못하고 허탈하게 집으로 돌아왔다.

언니와 나는 그래도 엄마의 소원은 들어준 셈이라고 돌아오는 차 안에서 서로를 위로했다. 차 안에서도 엄마는 여전히 보물 같은 보따리를 옆에 소중히 끼고 최애 가방인 빨강 손가방을 오른손에 꼭 쥐고 계셨다. 그날 이후로는 두 번 다시 친정집 이야기는 하지 않게 되었다. 참으로 신통방통한 일이다. 어찌 되었든 엄마의 친정집에 가고 싶다는 소원은 이룬 셈이었다.

그래도 순간순간 기억이 날까?
엄마의 머릿속이 참 궁금하다.

※ 저자 유튜브 채널 〈춘천의 타샤〉의 '이쁜 치매인 귀요미 울엄마 My Mom Suffering from Dementia 7' 편에서 관련 영상을 확인하실 수 있습니다.

엄마, 나 찾지 마!

친정집에 다녀오고 채 한 달도 지나지 않은 어느 날, 엄마는 방에서 주저앉다 살짝 엉덩방아를 찧게 되었다. 별일 아니라 생각했는데 이후 엄마는 일어날 때마다 끙끙대고 걷는 것조차 쉽지 않았다. 병원에서 정밀 검사를 해보니 요추 10, 11, 12번 세 군데나 골절이 되었단다. 의사는 노인들은 뼈가 약해져 일상의 사소한 움직임도 주의가 필요하다고 강조하고 또 강조했다. 요추 골절 진단을 받은 엄마는 병원에 입원해 골절된 부분을 시술받게 되었다.

치매 환자이기에 병원에서의 생활은 도전 중의 도전이었다. 엄마의 병실은 6인실이었는데, 엄마는 그 병실을 당신의 집으로 착각하고 다른 모든 환자에게 시비를 걸었다. "왜 우리 집에 당신들이 있소? 왜 이렇게 시끄럽게 허요?"라고 묻는가 하면, 누가 가래 뱉는 소리라도 내면 "오메, 더러워 죽

것네!", "내 집서 나가써요!"라며 소리를 지르기도 했다. 그리고 온갖 인상을 쓰고 사람들에게 인격 모독적인 발언을 서슴지 않았다. 낯선 사람이 옆에 나타나면 극도로 불안해지면서 자기방어를 위해서인지 날카롭게 변하고 사나운 사람으로 변한다는 것을 그제야 알았다. 방문요양 보호사마다 못살게 굴었던 일련의 사건들이 이해가 갔다.

  병원에서는 계속 한숨도 못 자고 집에 빨리 가자고 나를 가만두지 않았다. 골절 부분의 시술이 끝나자 엄마의 난동을 더 감당할 수 없게 된 나는 예정보다 빨리 엄마를 퇴원시키고 대신 집에서 재활을 시작했다. 아무것도 못 하고 엄마에게 24시간 꼼짝없이 매달려야만 했다. 기껏 수술해 놓고 도로아미타불이 되면 안 되니까! 그러나 퇴원하고 일주일이 지나도 엄마의 상태는 더 악화되는 것 같았다.

  작은오빠가 서울에 있는 큰 병원의 응급실로 엄마를 모시고 갔다. 그러나 병원 측에서는 시술을 이미 했기 때문에 재활의 목적으로는 입원이 곤란하다며 협력병원을 소개해 주었다. 입원이 거절되고 다시 들것에 실려 나오는 엄마를 보고 가슴이 미어지는 것 같았다. 나는 눈물을 몰래 훔치느라 바빴다.

당장 동생이 근무하고 있는 요양 병원으로 옮기자고 오빠는 제안했다. 그 소리를 들은 엄마는 내가 왜 그 병원엘 가냐며 경미만 있으면 나는 혼자 생활할 수 있다고 불같이 화를 냈다. 그도 그럴 것이 우리 부모 세대들은 요양 병원이나 요양원을 죽으러 가는 것쯤으로 굳게 믿고 있었기 때문이었다.

"엄마, 지금 경미가 어떻게 살고 있는지 봐! 경미 삶이 얼마나 힘든지 보라고!"
"걱정하지 마라!"

엄마는 목소리 높여 강경하게 말하는 오빠의 말에 아랑곳하지 않고 단호하게 답했다. 이에 오빠의 목소리가 더 커졌다.

"엄마는 왜 그렇게 자기밖에 모르는 이기주의자야! 엄마, 둘째 딸을 봐. 엄마 때문에 얼마나 고통받고 있는지 알아? 저상한 얼굴 좀 똑똑히 쳐다보라고!"

병원 복도를 오가는 사람들의 시선이 모두 우리에게로 쏠렸다. 그러나 오빠는 신경 쓰지 않았다. 계속해서 엄마를 다그치기만 했다.

나는 사람들의 시선을 의식하며 오빠에게 그만하라고 말렸지만 소용없었다. 오빠는 우리 6남매 중 최고의 효자이며 자상하기로는 오빠를 능가할 사람이 없지만 화가 나면 딴사람이 되었다. 이성을 잃은 듯한 오빠의 모습을 보고 있자니 너무 무서웠다. 나도 겁이 나는데 엄마는 자식에게 버림받을까 봐 얼마나 불안하고 두려웠을까? 잠시 동안 우리는 오빠의 지시만 기다리고 있었다. 오빠는 앰뷸런스를 불러서 동생이 수간호사로 근무하고 있는 요양 병원으로 바로 이송하라고 단호하게 결정했다.

하지만 나는 엄마를 향한 안타까움과 연민으로 가득 차서 오빠 말을 따를 수 없었다. 오빠에게 오늘 딱 하루만 내가 더 엄마를 보살핀 뒤 내일 요양 병원으로 직접 모시고 가겠다고 간곡히 부탁했다. 내 말에 오빠는 다소 누그러지더니 알아서 하라고 했다. 그렇게 엄마를 집으로 모셔 왔는데, 다음 날도 그다음 날에도 차마 엄마를 보낼 수가 없었다.

한참이 지나도 요양 병원으로 엄마를 보냈다는 소식을 듣지 못하자 큰오빠가 직접 찾아왔다. 큰오빠가 온 김에 나는 그동안 처리하지 못했던 일을 위해 외출을 했다. 내가 없는 동안 엄마를 돌본 큰오빠는 엄마가 이렇게까지 움직임이 힘든데 그동안 어떻게 엄마를 간호했냐며 혀를 끌끌 찼다. 더는 미룰 수 없다고 오빠는 다시 단호하게 말했다. 이제는 정말 엄마를 보내야 할 때가 온 것이다.

다음 날, 큰오빠와 나는 엄마를 모시고 목포의 요양 병원을 향해 떠났다. 초겨울이라도 날씨는 화창했다. 차를 타고 가는 내내 엄마는 계속 불안한 표정으로 주변을 둘러보며 어디를 가냐고 몇 번씩이나 물었다. 뭔가 낌새를 느낀 엄마는 "나는 아무 데도 안 간다!" 하며 소리를 지르기도 했다. 하지만 우리는 애써 못 들은 척했고, 5시간의 장거리를 달려 결국 병원에 도착했다.

이미 엄마는 이곳에 본인을 두고 가려 한다는 걸 눈치채고 있었다. 엄마는 안절부절못하며 겁에 질린 표정이었다. 환자복으로 갈아입히기 위해 엄마 앞에 옷을 놓으니 엄마는 기겁하며 왜 이런 옷을 입게 하냐고 소리쳤다. 수간호사인 동생과 여러 명의 간호사가 엄마의 마음을 돌려 보려고 애를 썼다. 주의를 다른 곳으로 돌리기 위해 간식도 갖다 드려 봤지만 아무 효과가 없었다. 엄마가 저항할 거라고 어느 정도 예상은 했지만, 점점 강경하게 나오는 엄마의 태도에 나는 적

잖이 당황했다. 매월 실시하는 정기 검진 때의 병원 대기실에서도, 주말마다 찻집에 가서 분위기를 즐기려는 딸들과의 시간도 참지 못하고 늘 집에 가자고 조르는 엄마답게 빨리 집에 가자고 계속 보채기만 했다.

마치 아이를 유치원 보내던 첫날 등원 모습을 연상케 하는 불안한 순간을 방불케 했다. 오빠와 나는 엄마의 시야에서 모습을 빨리 숨겨야 했다. 마치 숨바꼭질을 하듯 수간호사인 동생이 엄마의 시선을 잠시 다른 곳으로 돌리게 하는 사이, 간호사들의 신호에 따라 몰래 엄마의 시야에서 재빨리 도망쳤다. 이제는 나도 현실을 받아들여야 했다. 여기까지 왔으니 엄마가 나를 쫓아 다시 나서겠다고 하기 전에 모습을 감추어야 했다. 돌이켜보면 그렇게도 힘들게 했던 지긋지긋했던 그 길을 다시 돌아가고 싶지 않았다. 그 무거운 짐을 내려놓고 싶었다.

마지막 잠시 문틈으로 보이는 엄마를 향해 '엄마, 이제 더 이상 날 찾지 마!'라고 마음속으로 엄마에게 이야기했다. 그 순간 참았던 눈물이 와르르 쏟아졌다. 나는 엄마에게 내 모습을 들키지 않으려고 잽싸게 문을 닫고 돌아섰다. 내가 생각해도 참 냉정했다. 나는 천하에 엄마를 버린 나쁜 딸이 되

었다. 엄마에게 묶여 있는 생활이 아무리 지긋지긋했어도 그
렇지, 내 안에 이런 차가운 면이 있었다니.

집으로 돌아오는 길, 그동안 엄마와 함께 지지고 볶으며
지냈던 일들이 떠오르며 다시 그렁그렁 눈물이 차올랐다. 이
렇게 엄마와는 이생에서의 생활이 끝나는 것인가 하는 생각
을 하니 더욱 그랬다. 큰오빠 몰래 눈물을 훔치고는 아무렇
지도 않은 척하고 싶었는데, 한번 시작된 눈물은 집에 간다
며 난동을 피우던 엄마의 마지막 모습이 계속 떠오르면서 폭
포수가 되어 흐르고 있었다. 마음 약한 큰오빠도 틀림없이
운전하는 내내 울고 있었으리라.

하지만 인간은 망각의 동물이라고 했던가. 엄마를 보낸 무
거운 마음은 시간이 지나니 까맣게 잊혀 갔다. 나는 늘 그랬
던 것처럼 친구도 만나고, 엄마 돌보느라 시도할 엄두도 내
지 못했던 여행도 다니며 평온한 일상을 보냈다. 잠도 잘 잤
고 일도 열심히 했다. 가끔 엄마 생각이 났지만, 동생이 엄마
의 상태를 영상으로 찍어 가족 단톡 대화창에 매일 공유해
주었기에 걱정은 줄어들고 안정을 찾아갔다. 그나마 다행인
것은 자식 중 한 명이 날마다 엄마를 볼 수 있는 환경에 있기
에 우린 모두 엄마 걱정 없이 지낼 수 있었다. 동생아, 미안하
고 고맙다!

가족들이 부모를 시설에 모시는 결정은 쉽지 않다. 우리 가족은 동생이 요양 병원에서 수간호사로 근무하고 있으니 다른 가족들이 갖는 고민과는 비교도 안 될 것이다. 하지만 다른 가족들은 이런 상황에서 온 가족들의 의견 갈등부터 시작하여 어려움이 많을 것이다. 더구나 가끔 들려오는 요양 병원이나 요양원의 관리 소홀로 인해 불미스러운 사건들의 뉴스를 듣게 되면 더욱 시설에 맡기기를 꺼리게 되는 건 당연하다.

　환자들의 욕창이나 세균 감염 등이 발생할 우려와, 돌봄 인력의 부족으로 약을 먹여 재운다든지 행동이 난폭해진 환자를 침대에 결박하여 관리하는 곳도 있다는 사실은 가족들을 더욱 고민하게 만든다.

　부모님이 시설에 가서 천덕꾸러기 대접을 받는 것은 아닐까? 어쩔 수 없이 계속 누워만 있어 욕창이 생기고 금방 못 걷게 되어 건강이 급속하게 나빠지는 건 아닌가 하는 수많은 걱정으로 온 가족이 괴로움을 겪게 된다. 어떤 시설이 괜찮은 곳인지 수소문하고 발품을 팔다 보면 좋은 시설을 만날 수도 있다. 병원의 마인드가 환자를 마치 내 가족처럼 모시는 곳도 점점 늘어나고 있다고 하니 그런 곳이라면 걱정 없이 맡길 수 있을 듯하다.

그런 이유로 나는 치매와 장애를 가진 노인들이 삶의 마지막까지 존중받고 자기다운 삶을 살 수 있도록 노력하는 '사람중심케어(Person Centered Care) 실천네트워크'와 같은 활동의 중요성을 강조하고 싶다. 이를 통해 환자를 더 나은 환경에서 돌볼 수 있게 하는 문화가 빠르게 확산되기를 희망해 본다.

엄마의 자살 소동

엄마를 요양 병원에 입원시킨 후, 우리는 이제 엄마에 대한 걱정에서 벗어났다고 생각했다. 하지만 입원한 지 4개월이 지나도 병원에 적응하지 못하고 여전히 내 집 타령을 하는 엄마로 인해 병원 직원들이 애를 먹고 있었다. 처음에는 환자복도 입지 않겠다고 거부하고, 병실에도 들어가지 않고 휴게실에서 행패를 부리기 일쑤였지만, 보통의 다른 환자들처럼 며칠 지나면 적응할 거라고 기대했다. 허리 골절로 허리에는 늘 보호장구가 채워져 있었지만 잠시라도 감시가 소홀해지면 어느새 보호장구를 벗어 던져 버리기 일쑤여서, 병원 식구들의 감시는 필수였다. 그나마 동생이 근무하는 시간에는 조금 온순해지지만, 동생이 퇴근하거나 비번으로 동생이 없는 시간에는 다른 간호사 선생님들과 요양 보호사 선생님들이 더욱더 힘들어했다.

엄마는 여기는 내 집이 아니라며 요양 병원 복도를 오가며 내 방이 어디냐고 늘 서성거렸다. 집에 보내 주지 않으면 죽어 버리겠다고 하다가, 급기야는 창문에서 뛰어내린다고 의료진을 협박하기까지 했다. 밤이 되면 내 방이 없다며 휴게실로 샤워실로 이리저리 다닐 때가 많았다. 어느 주말 집에서 쉬고 있는 동생에게 병원에서 한 장의 사진이 전송되었다. 엄마가 화장실 타일 바닥에서 웅크리고 자는 사진이었다. 동생이 그 사진을 가족 대화창에 올렸다. 그 사진을 마주한 순간 내게는 큰 충격이었다. 가슴이 조여들었다. 슬픔과 무력감이 동시에 몰려오며 가만히 있을 수가 없었다.

적응하지 못하고 지낸다는 소식이 전해질 때마다 늘 불안하게 지냈는데 그 사진은 마치 엄마를 집으로 데려오라는 신호처럼 느껴졌다. 오히려 저런 스트레스로 인해 치매가 더 악화되는 건 아닐까 걱정이 증폭되었다. 남편의 눈치를 봐가면서 조심스럽게 엄마 사진을 보여 주며 엄마를 당장 모시고 오자고 했다. 착한 남편은 두말없이 하던 일을 멈추고 엄마를 모시러 갈 채비를 해주었다. 엄마를 모셔 오려면 최소한 왕복 10시간 이상은 소요되기에 서둘러야 했다. 아침도 먹기 전이라 간단한 먹거리를 챙겨 쉬지 않고 달려갔다. 엄마를 다시 모시고 오면 우리의 생활에 또다시 제약받는 일이 많아질 거라는 걸 알면서도 흔쾌히 장거리 운전까지 마다하지 않는 남편이 너무나 고마웠다. "여보, 고마워!" 하며 남편의 손을 잡았다. 남편은 자기 걱정은 하지 말라며 오히려 내 건강이 더 걱정된다고 위로해 주었다.

도착하니 동생은 퇴원 절차를 다 끝내고 엄마와 함께 병원 현관에 나와 있었다. 엄마를 보니 너무 반가워서 먼저 꼭 안아 주었다.

"엄마, 이제 다 나았으니 집에 가자."

엄마의 표정이 환해졌다.

엄마의 소지품들과 휠체어까지 엄마의 이삿짐을 차에 실었다. 동생은 또 고생할 언니가 안쓰러워 근심 어린 얼굴을 한 채 엄마를 태운 우리 차가 보이지 않을 때까지 손을 흔들고 서 있었다. 다행히 엄마는 압박골절로 인한 부위는 거의 나았는지 더 이상 보조기구를 안 해도 되었다. 멀리 나갈 때는 휠체어를 사용하면 되고 집 안에서는 엄마 혼자서 거동을 할 수 있으니 천만다행이었다.

'불쌍한 우리 엄마, 더 잘해 드려야지!'

더 이상 날 찾지 말라고 도망치듯 병원을 빠져나왔던 지난 날이 생각났다. 내가 얼마나 원망스러웠을까? 이젠 엄마 품에서 잘 수 없을 거라 생각했는데 소중한 기회가 다시 찾아온 것이다. 다시 또 얼마나 힘들어질까 까마득하게 느껴지기도 했다. 하지만 병원에서 매일 집을 그리워하며 소동을 피웠던 엄마가 내 곁에 오니 늘 불안했던 마음에 평화가 찾아온 것 같았다. 그 불안했던 4개월간의 병원 생활을 보상해 주기 위해 엄마를 더 많이 사랑해 주기로 결심했다. 언제 또 찾아올지 모를 이별 앞에 절대로 후회스러운 일을 만들지 않기로 말이다.

허리는 나아졌지만 누우면 혼자서 일어나기 힘들고, 그렇다고 내가 일으켜 세우기에는 엄마의 덩치가 커서 한번 일으키려면 보통 힘든 게 아니었다. 그때 병원에서 사용하는 침대를 복지 용구사에서 대여 가능하다는 것을 알게 되어 사용하기 시작했다. 그러나 밤사이에 소변 실수가 잦아져서 침대에 방수포를 깔았지만 엄마의 빨래를 해내는 것도 보통 일이 아니었다. 다행인 것은 나와 엄마 간병을 같이하자며 직장까지 바꿔 가며 달려온 언니 덕분에 밤에는 온전히 나를 위한 시간을 쓸 수 있었다. 직장생활을 하는 언니는 밤사이 엄마의 돌발 행동 때문에 힘든 나날을 보내야 했지만 말이다.

엄마는 다시 주간보호센터에 다닐 수 있을 만큼 거동이 좋아지게 되었다. 그러나 인지능력은 중증 치매 환자가 되어 갔다. 매일 아침 옷을 챙겨 주면 늘 내 옷이 아니라며 내팽개치고, 내 옷 달라고 생떼를 부리기 일쑤였다. 겉옷을 두 벌 세 벌씩 껴입질 않나, 여름인데도 겨울 코트를 꺼내와서 입는다고 고집을 부리질 않나 마치 유치원생이 떼를 쓰듯 끊임없이 말썽이었다.

그래도 아주 초기의 고약한 치매가 아니었고 언니와 두 사람이 분담하는 간호였기에 그런대로 견딜 만했다. 주말이면 세 자매가 모여 맛있는 거 사드리고 가까운 곳 구경도 다니며 다시 못 올 엄마와의 추억을 쌓아 갔다. 다시 모시고 오기 참 잘했다는 생각이 들었다. 우린 이런 모녀들 간의 데이트를 소중하게 생각했다. 하루하루가 감사하고 귀하게 여겨졌다.

시설에 모시는 것은 환자 가족뿐만 아니라 환자에게도 커다란 심적 부담을 갖게 된다. 물론 환자가 새로운 환경에 금세 적응하게 되면 훨씬 수월하게 진행되어 모두의 걱정을 덜겠지만, 우리 엄마처럼 몇 개월 동안 이런 사태가 지속된다면 병원 관계자들뿐만 아니라 가족 전체가 이 문제로 편할 날이 없다. 당신 딸이 있는데도 적응을 못 하는 우리 엄마를 보면 다른 어르신들은 얼마나 더 고단한 적응 기간을 보낼까 하는 생각이 든다. 병원마다 적응 프로그램도 있지만 이런 경우 자식들이 수시로 방문하여 적응을 쉽게 도와주는 방법도 있지 않을까 싶다.

이제, 엄마 집은 요양 병원이야

엄마가 요양 병원에서 집으로 오신 지 7개월이 지나면서 또다시 골절 사고로 불가피하게 동생이 있는 요양 병원으로 다시 가게 되었다. 처음 입원했을 때와 같은 거부의 몸짓은 없었다. 치매가 중증으로 발전한 엄마는 아무 반항 없이 순조롭게 입원하셨다. 이제 엄마는 요양 병원이 엄마의 집이 되어 내 집에 가겠다고 떼를 쓰지도 않았다. 여기가 어디인지도 모르는 인지 상태가 된 것이다.

벌써 엄마가 요양 병원으로 가신 지 만 6년이 지나고 있다. 우리 형제들은 매년 한두 번씩(모두 멀리서 살기에) 엄마와의 재회의 날을 잡는다. 병원에 외박 신청을 하고, 엄마를 모시고 나와 동생 집에서 하루나 이틀 모여 그간 못다한 사랑을 나눈다. 모일 때마다 늘 이번이 마지막 만남이 되는 건 아닐까 아쉬워하며 엄마와의 시간을 보냈다.

그러나 코로나 팬데믹 기간에는 면회 금지로 엄마와의 재회 파티를 못 하게 되면서 2년이 그냥 지나갔다. 만남이 성사됐더라도 우리 식구는 코로나가 시작되면서 시부모님 간병을 시작했기 때문에 아마도 참석하지는 못했으리라. 만약 코로나 시기 중에도 그 행사를 계속했더라면 시부모님 때문에 참석을 못 하는 내 심정은 과연 어땠을까!

다행히 코로나가 종식되고 작년부터 가족들이 엄마를 만나는 특별한 기회를 다시 얻게 되었다. 시어머니 간병 때문에 한 번은 참석을 못 했지만 우리는 오랜만에 요양 병원에 계신 엄마와 형제들과의 1박 2일 가족 행사에 참석할 수 있게 되었다. 이번에는 모시고 있던 치매 시어머니도 요양원에 보내 드린 지 3개월이 지나가고 있었다. 우리도 오랜만에 보살펴 드려야 할 가족 없이 홀가분한 마음으로 엄마를 보러 가게 되었다. 친정 식구들은 보통 모이게 되면 4대가 모이게 된다. 그래서 더 기대되고 설레는 날이었다.

동생이 매일 같이 보내 주었던 사진이나 영상으로 미리 엄마의 상태를 알고 있었지만, 실제로 본 엄마의 모습은 또 현저하게 달랐다. 작은오빠가 엄마를 업고 동생 집 2층 계단을 올라오는 순간 우리 모두는 가슴이 미어졌다. 힘을 제대로 쓰지 못해 오빠 등에서 축 처진 엄마의 모습은 뭐라 말할 수 없이 내 마음을 아프게 했다. 소파에 엄마를 여럿이 붙들고 조심스럽게 내려놓으니 엄마의 눈빛과 표정이 밝아지는 것 같았다. 뭔가 알 것 같은 사람들, "반갑다, 얘들아! 오메 오메, 우리 자식들이구나!" 엄마의 눈은 그렇게 말하는 것 같았다.

"너희 보고자퍼 나는 절대 눈을 못 감을 거다."

이렇게 말하던 엄마가 생각이 났다. 지금 얼마나 반갑고 좋을까. 엄마가 움직일 수만 있다면 아마도 덩실덩실 춤이라도 추었을 게 분명하다.

"엄마! 오메, 엄마 자식들 다 모였네! 엄마, 우리 알겠어? 여기 엄마가 좋아하는 작은아들, 여기는 큰딸, 또 맨날 경미! 경미! 하면서 잊지 않았던 둘째 딸, 여기 치과의사 막둥이도 있네! 손주들도 있고, 여기 증손녀도."

엄마 눈가에 이슬이 맺혔다. 엄마의 눈동자는 기쁨에 넘쳐 출렁이듯 흔들리는 모습이 역력했다. 분명 우리를 잊지 않으셨나 보다. 우리는 모두 눈물이 펑펑 쏟아질 것 같았지만 억지로 힘들게 숨을 죽이며 감정을 억누르고 있었다. 엄마는 이제 말하는 방법까지 잃어버렸다. 여기저기 고개를 돌려 가며 모두를 둘러보고 약간 밝아지다가 뭔가를 말하고 싶어 하는 듯한 모습이었지만 입 밖으로 내뱉지를 못했다.

그 순간, 우리는 엄마에게서 말없이도 서로를 이해하고 공감할 수 있는 가족의 끈끈한 연결고리를 느낄 수 있었다.

엄마의 팔다리는 점점 굳어서 펴지질 않았고, 살도 다 빠져서 팔이며 다리며 겨우 뼈를 감싸고 있을 뿐이었다. 내일이라도 당장 관 속에 들어간다고 해도 놀라지 않을 모습이었다. 삶이 얼마 남지 않아 보였다. 그나마 여태껏 생존해 계신 것은 날마다 간식에 보조식품에 여러 가지로 정성을 쏟은 동생 부부의 헌신 덕이리라.

이번이 정말 마지막 만남일까?

우리는 후회가 남지 않도록 엄마한테 해줄 수 있는 모든 것을 하나씩 하나씩 해보았다. 마지막으로 엄마의 따뜻한 가슴팍에 얼굴을 파묻어 보기도 하고, 엄마가 좋아하는 노래를 불러 드리기도 하고, 엄마 볼도 한 번 더 비벼 보고, 손녀딸을 안겨 드리기도 했다. 손녀도 무엇을 아는지 증조할머니에게 애교를 부리고 볼에 뽀뽀도 해주었다. 간식과 식사도 돌아가면서 시중을 들었다. 가족 모두 행복한 시간이었다. 물론 엄마도 행복해 보였다. 엄마의 눈빛과 표정을 통해 당신이 말로 표현할 수 없는 가족들에 대한 무한한 사랑의 감정을 확실히 느끼고 있음을 알 수 있었다.

마지막으로 엄마를 다시 병원으로 모셔다드리기 전, 정해진 식순처럼 항상 해왔던 목욕을 시켜 드리는 차례였다. 목욕은 항상 내가 도맡았다. 그러나 엄마가 점점 스스로 앉지도 못하게 되고 팔과 다리도 굽어져서 자세가 어색했기에 이제는 두세 명이 필요했다. 특히 엄마는 눕혀야 하고 우리는 엎드려서 목욕시켜 줘야 했기 때문에 더욱 힘들었다. 이번에는 막내와 오빠도 함께 도와야 했다. 뼈만 남은 엄마의 몸은 가벼웠지만, 엄마가 다칠세라 세심한 주의를 해야 했기에 우리는 모두 땀으로 범벅이 되었다. 물기를 닦아 주고 머리를 말리고 새 옷을 입은 엄마는 얼굴이 발그레지고 화사해졌다. 입 밖으로 서로 내뱉지는 않았지만 우리는 마치 엄마를 보내는 마지막 의식처럼 엄숙하기까지 했다.

엄마를 요양 병원에 다시 보내야 하는 시간이 가까워져 올수록 우린 점점 말이 없어졌다. 엄마도 그것을 인지하고 있는지 눈가에 또 이슬이 맺혔다. 우린 돌아가면서 차례대로 엄마를 꼬옥 안아 드렸다. '엄마, 안녕! 잘 가! 또 올게!' 마음 속으로 말하면서…. 입 밖으로 내뱉으면 애써 참고 있던 감정의 무게가 쓰나미처럼 순식간에 몰려와 모두를 울음의 도가니로 넣을 것만 같아서였다.

엄마가 살아 계실 날이 얼마 남지 않은 것 같아 우리 형제자매는 두세 달 후 봄이 되면 다시 한 번 더 모이기로 했다. 그때까지 엄마가 살아 계시기를 기원하며!

우리는 이렇게 부모님이 우리의 손으로 돌보기가 버거워질 때 요양원이나 요양 병원을 기웃거리게 된다. 그러나 지금까지의 우리의 전통으로는 그렇게 부모님을 내 손에서 떠나보내는 것 자체가 절대 쉽지 않은 일이다. 더군다나 우리처럼 동생이 있는 병원에 보내는 것도 수십 번 고민하고 결정하는 것에 어려움을 겪었는데 하물며 다른 많은 치매 가족은 오죽하겠는가!

우리는 엄마를 동생이 있는 요양 병원으로 모시려는 결정을 내리기까지 여러 차례 망설이기도 했다. 동생이 근무하는 병원이 너무 멀어서 가까운 요양 병원과 요양원 등 여러 곳을 방문하여 대기자 명단에 등록까지도 해놓았었다. 가능한

한 자식들이 많은 곳에 엄마를 모시고 싶었던 이유는, 엄마가 외롭지 않도록 우리가 돌아가면서 자주 찾아갈 수 있기를 바랐기 때문이다. 많은 고민 끝에 다른 자식들이 사는 곳과 거리상으로는 가장 먼 곳이었지만, 수간호사인 딸이 함께할 수 있는 동생이 있는 병원을 최종 선택했다. 가까운 곳에 모셨다면 코로나 시기에도 방문할 기회가 없었을 것이다. 하지만 동생과 함께 있어 엄마가 외롭지 않게 코로나 시기를 잘 견뎌 낼 수 있었다.

가족들이 서로를 지지하고 감정을 공유하며 치매 부모님을 또는 배우자를 돌보는 것은 참으로 소중한 일이다. 간병의 마지막 단계로 시설에 모셨더라도 이렇게 정해진 날을 함께함으로써 부모님의 외로움도 덜어 주고 가족 간의 사랑과 따뜻함을 재확인하는 소중한 순간들이 덤으로 오기도 한다. 이러한 끈끈한 가족애가 모여 가족 간의 연결을 더욱 깊게 만들어 주고, 힘든 상황 속에서도 서로를 의지하고 어려움을 함께 극복할 수 있는 에너지가 되는 것이다.

05

이번엔
잘할 수 있을까?

아버님의 어머니 병구완

시댁의 시외할머니가 치매를 앓다가 돌아가셨다. 그 가족의 내력이 있기에 우리는 어머니도 그러하지 않을까 늘 예의 주시하며 살아왔다. 역시나 어머니의 치매는 잦은 건망증으로 시작되었다. 건망증이 점점 도를 지나치더니 하루에도 수십 번씩 어머니의 전화가 이어졌다. 발신인이 어머니로 표시된 전화는 벨이 두세 차례 울리다가 바로 꺼지기를 반복했다. 곧바로 다시 전화하여 "어머니, 왜 전화하셨어요?"라고 물으면 "그냥 궁금해서…"라고 했다. 처음에는 무슨 말 못할 고민이 생겼나, 그래서 자꾸 망설이며 전화하시는 건가 생각했지만, 뒤늦게야 모든 자식에게 하루에도 수십 차례 전화한다는 사실을 알게 되었다. 사실은, 바로 전에 본인이 전화했다는 사실조차 기억하지 못했던 것이다.

그 이후 베트남 효도 여행 중에 더 경악할 만한 사건이 있었다. 리조트의 야외수영장에서 어머니는 실내와 실외를 구별하지 못하고 야외에서 수영복을 갈아입으려 하는 것이 내 눈에 띄었다. "어머니, 안 돼! 저기 봐봐, 사람들이 많잖아! 우리 호텔 방에 들어가서 갈아입어야지~" 나는 소스라치게 놀라서 소리쳤다. 그뿐인가! 남편의 옷을 본인 것으로 알았는지 아들의 셔츠를 입고 있던 어머니. 어머니의 건망증이 점점 심해진다고 생각했는데, 그 정도로 빠르게 발전하다니 걱정이 점점 커졌다. 결국 어머니는 걷는 것도 점점 힘들어지면서 격년으로 같이 다녔던 효도 여행도 더 이상 다니지 못하고 여기서 막을 내리게 되었다.

어머니의 치매가 심해질수록 아버님의 불만 섞인 전화가 잦아지기 시작했다. 하루가 멀다 하고 이렇게 말하며 속상해하셨다.

"느그 어머니가 시장을 봐와도 이제 반찬도 못 한다."
"느그 어머니가 이제 똑같은 반찬을 여러 개 차린다."
"현관 비밀번호도 몰라 집에도 못 들어온다."

또 어머니는 어머니대로 화가 잔뜩 묻은 목소리로 전화를 걸어왔다. 이번엔 아버님을 향한 의부증 증상이었다.

"느그 아버지가 지금 저 작은방에서 그년하고 같이 있다."

"느그 아버지랑 식당에서 밥을 먹고 나왔는디~ 그 식당 여자랑 머라 머라 소곤거리고 시시덕거리더라."

"느그 아버지랑 못 살겠다 어쩌끄나? 이혼을 해야 쓰것냐?"

내 전화는 번갈아 걸려오는 두 분의 전화로 새벽이든 밤이든 가리지 않고 울려 대기 일쑤였다. 나는 나대로 스트레스가 쌓여 갔다.

어머님의 이런 의심은 아버님의 기분 따위는 안중에도 없고 때와 장소를 가리지 않았다. 손주들까지 다 모인 자리에서도 욕까지 섞어 가며 거리낌 없이 "그 여자랑 만나니 그렇게 좋소? 대답을 왜 못하요? XXX.", 아버님의 당황한 모습에 눈치 빠른 나는 얼른 어머니 손을 이끌고 부엌으로 잡아끌어 다른 것으로 주의를 돌려야 했다. 어머니 관심은 오직 하나 아버지와 그 여자에게 꽂혀 있었다. 대상은 실존하지도 않은 인물이었다. 그 여자는 어머니의 머릿속을 온통 차지하고 앉아 있을 뿐이었다.

아버지 말로는 어머니는 자다가도 눈만 뜨면 시간과 관계 없이 악다구니를 쓴다고 했다. 어떤 날은 우리가 보는 앞에서 장롱에서 아버님 옷들을 죄다 꺼내 던지셨다. 더 이상 같이 못 산다며 가방 챙겨 나가라는 것이었다. 어머니는 억울함과 분한 마음이 역력했고, 눈에서는 불꽃이 뿜어 나왔다.

상황이 이렇다 보니 자식들이 돌아가면서 시간 나는 대로 시댁으로 달려가 싸움을 중재하고 화해시켜야 했다. 우리는 억울해서 어이없어 하는 아버님을 붙들고 아버님이 진실로 사과하는 제스처를 보여 주라고 주문했다. 아버님은 어머니의 두 손을 부여잡고 다시는 그런 일은 없을 거라고 다짐하며 잘못했다고 사과했다. 그러나 어머니는 그때뿐이었고, 돌아서면 같은 말을 반복했다. 치매란 그런 것이었다. 자식들의 노력은 결국 물거품이 되었고 원점으로 돌아갔다.

매일 같이 어머니의 의심과 폭언에 시달리던 아버님은 죽어 버리고 싶다고 했다. 본인을 그 나이에 바람이나 피우고 다니는 사람으로 소문을 내니 창피해서도 못 살겠다고 아우성치셨다. 그러한 스트레스로 아버님은 거의 매일 술로 사셨고, 술김에 매일 나에게 전화로 하소연하곤 하셨다.

"쓸데없이 니한테 미주알고주알 하고 있구나! 미안하다! 그런데 솔직히 살고 싶지 않다. 느그 어머니는 나만 보믄 나가라고 난리다. 시도 때도 없이 밤에 일어나 소동을 피우니 잠도 제대로 못 잔다."

아버님의 반복되는 하소연이었다.

지금에야 돌이켜 생각해 보니, 그때 아버님께 조금 더 공감하고 위로해 주면 좋았을걸! 그 당시엔 내가 친정엄마를 돌보며 골머리를 앓던 중이었기 때문에, 내 입장과 똑같은 주 간병인의 위치에 있는 아버님을 이해해 줄 여유조차 없었다. 아버님도 나처럼 지옥에서 살고 계셨던 것을…. 너무 힘드신 시간을 참아 내느라 암에 걸리신 건 아니었을까? 아버님을 이해해 주지 못해 더욱 죄송스럽고 미안하기만 하다.

사람이 어떤 일을 겪든 공감해 주고 이해해 주는 것은 한계가 있다는 걸 알았다. 그 일을 직접 겪어 보지 않는 이상 우리는 그들의 마음을 오롯이 이해하고 공감해 줄 수 없다. 그러나 노력할 수는 있다. 상상을 해보는 것이다. 만일 내가 아버님이라면, 만일 내가 그 입장이라면 이렇게 말이다. 그러나 나는 당시 내가 처한 내 사정만 중요했지 아버님의 입장은 간과하고 있었다. 내가 조금이라도 아버님의 입장을 헤아려 보려 노력했다면 지금처럼 가슴 아픈 후회는 없지 않았을까? 지금에라도 아버님께 말하고 싶다. 아버님, 그간 정말 고생 많으셨습니다. 인제 그만 편히 쉬세요.

느그 어머니가 쓰러졌다잉!

아버님은 시간이 갈수록 지쳐 갔다. 의부증뿐만 아니라 집 안 살림도 엉망이 되어 갔기에 도우미가 절실히 필요했다. 부랴부랴 어머니의 노인 장기요양 등급 신청을 하게 되었다. 사실 어머니가 치매로 들어선 시점이 훨씬 빨랐는데, 당시에는 그 제도가 있는지도 몰랐고, 친정엄마 요양 등급을 받으면서야 비로소 어머니도 도움을 받아야겠다고 생각하게 된 것이었다.

어머니의 치매는 누가 봐도 알 수 있을 만큼 진행되었기에 등급은 쉽게 나왔다. 엄마처럼 5등급 인정을 받으며 방문요양 보호사가 집으로 와서 하루에 3시간씩 돌봐 주도록 했다. 나는 늘 요양 보호사와 전화로 소통했고, 필요한 것이 무엇이며 어머니가 어떤 상태인지를 확인했다. 왕복 10시간 이상의 거리에 본가가 있으므로 자주 방문하지는 못하고 매달

2박 3일의 일정으로 부모님을 정기적으로 뵈러 다녔다. 그럴 때마다 요양 보호사분께 선물 세례도 주저하지 않았다. 자식들이 모두 타지에 나가 있으니 응급상황이 발생하면 그분께 부탁하고 기대는 방법 외에는 마땅한 방법이 없었으니까.

그러나, 엄마 때와는 다르게 이번엔 혜택을 받는 치매 환자 본인의 문제가 아니라 아버님이 복병이었다. 아버님은 여러 가지 불만사항으로 요양 보호사를 계속해서 바꿔 달라 요청하셨다. 이유는 다양했다.

"어머니 옷만 다려 주고 내 옷은 다려 주지도 않는다."
"버릇이 없다."
"옷을 방정맞게 입고 다닌다."
등등.

그뿐만이 아니었다. 전문가인 보호사 선생님을 파출부쯤으로 생각하시고 요구사항이 많았고 함부로 대했다. 그 좁은 동네에서 더 이상 아버지의 요구를 감당할 수 있는 요양 보호사가 없게 되었다. 그러니 아버님 본인이 모든 것을 다 할 수밖에 없었다. 그때부터는 3시간 거리에 사는 딸이 수시로 반찬을 해다 나르고 부모님을 들여다보았다. 그러나, 장사를 하고 있는 시누이도 늘 시간에 쫓겨 잠시 들렀다 갈 뿐이었으므로 점점 부모님에 대한 걱정은 늘어만 갔다.

"아야! 느그 어머니가 쓰러져 이상하다잉?"

아버님의 다급한 목소리다. 무슨 일만 있으면 아버님은 나에게 전화를 하셨다. 우리는 너무 놀라 단숨에 5시간여 거리를 운전하여 시댁으로 달려갔다. 어머니를 보면서 "내가 누구요? 알아보겠어요?"라는 질문에 "딸!"이라고 말하는 어머니의 눈동자는 이미 이 세상 사람이 아닌 듯했다. 눈은 초점이 없고 몸은 축 처져 있었다. 일단 병원은 다녀오셨다고 하지만 이대로 두면 안 될 것 같아 다시 5시간을 달려 우리 집으로 모시고 왔다. 그 당시는 다음 날 수업도 있었고 돌봐 드려야 할 엄마도 있었기 때문에 당일에 돌아와야만 했다. 잠깐이긴 했지만 졸지에 치매 환자 두 분을 동시에 모시게 되었던 것이다.

10여 일 동안 보양식으로 기운을 차리도록 돌보며 어머니의 상태를 지켜봐야 했다. 아들 중 한 명이 의사여서 어머니는 수년 전부터 뇌 영양제를 복용하고 있었고, 딸이 만들어 다 주는 반찬으로 아버님과 두 분이 일상생활을 어려움 없이 살아가고 있다고 생각했다. 어머니가 이렇게 갑자기 일어나 지도 못하고 우리를 몰라보다니 이해가 가지 않았다. 지금의 어머니 상태로 봐서는 다시 기력을 되찾기 힘들 것 같다는 생각이 들었다.

요양 병원에 입원하는 것이 좋을 것 같아 몇 군데 어머니 를 맡길 만한 병원을 알아보기 시작했다. 이리저리 수소문 하다 보니 다행히 우리 집에서 멀지 않은 곳에 있는 요양 병 원에 지인이 간호사로 근무하고 있었다. 그분과 연락이 되어 사정을 설명하고 병원비까지 협상하여 입원 대기자 명단에 올려놓았다.

우리의 보살핌이 효과가 있었던 것일까? 불행 중 다행으 로 어머니는 하루하루 눈에 띄게 좋아졌다. 그러던 어느 날 아침이었다.

"뭐야, 뭐야, 어머니 잠깐!"

부엌에서 아침 식사 설거지를 하던 나는 어머니의 모습에 너무도 놀라 거실 바닥에 손에 묻은 비눗방울이 뚝뚝 떨어지는 것을 미처 신경 쓸 사이도 없이 어머니에게로 돌진했다. 그리고 순식간에 어머니 손에 있던 약을 낚아챘다. 조금만 늦게 발견했다면 어머니는 약을 입안에 다 털어 넣고 삼키고 말았을 게 분명했다. 놀란 가슴을 진정시키고 보니 어머니는 약상자를 꺼내 탁자에 진열해 놓고 있었다.

"어머니! 약 아까 내가 챙겨 줘서 먹었잖아~."
"얘가 왜 그런다냐? 약을 못 먹게 채가면 어떡해?"
눈썹을 치켜뜨고 못마땅한 모습이다.
"아냐 아냐, 먹었어."
"이리 줘~ 약 안 먹었다니까!"

이제는 탁자에 있는 약들을 모조리 움켜잡을 태세다.
약을 가지고 한참을 실랑이해야 했다. 아, 이제 알 것 같았다. 어머니는 약이 보이면 무조건 먹어야 하는 것으로 알고 입에 털어 넣는다는 것을. 어머니가 쓰러진 이유는 여러 회분의 약을 한 번에 복용하셨음이 틀림없다는 것을. 기억이 없으니 이런 사고가 터질 수밖에. 우리 집에 와서 점점 좋아지는 걸 보니 그 이유가 확실해졌다. 그날 이후로 약은 어머니 눈에 보이지 않는 곳에 숨겨 두어야 했고 요양 병원행은 없던 일이 되었다. 2주 정도 지나니 점점 기운도 차리고 좋아져서 다시 고향의 아버님 곁으로 보내 드려도 되었다.

지금 생각해 보니 친정엄마의 위세척 사건이 있었음을 망각하고 있었다. 왜 그 사건을 미리 아버님께 말해 드리지 않았을까? 치매 환자가 있는 가족들은 꼭 알아야 한다. 환자의 약 관리는 주 간병인이 반드시 해야 한다는 것을! 치매 환자가 잘 알아서 챙겨 먹고 있을지라도 어느 순간 뇌가 오작동하여 예기치 못한 사건이 발생할 수 있기에!

이번 약 과다복용 사건으로 아버님에게는 전화위복의 기회가 찾아왔다. 오래전 주간보호센터를 이용해 보려고 여러 번 시도했지만, 그런 곳은 바보가 된 노인들이나 가는 거라며 절대 안 가겠다고 버티시던 어머니가 태도를 바꿨다. 2주간 우리 집에 계시면서 사돈(우리 엄마)을 보고 질투심이 발동한 것일까? 사돈이 주간보호센터를 즐겁게 다니시고 본인보다 훨씬 상태가 좋은 것을 확인한 어머니가 본인도 다녀야겠다고 결심을 한 계기가 되었다. 게다가 의부증의 치매 증세가 2주간 아버님과 별거 후 어머니의 기억 저편으로 싹 사라진 것이었다.

시댁에 도착하자마자 우리는 그곳의 주간보호센터를 수소문하여 어머니를 등록했고 바로 다음 날부터 나가기로 약속했다. 약물 과다복용으로 일어난 사건을 설명해 주고 센터에서 어머니의 약을 관리해 주도록 부탁했다. 그 센터에서는 점심과 저녁 식사까지 제공할 뿐만 아니라 토요일도 다닐 수 있었기에 더할 수 없이 좋았다. 아침에 센터에 도착하면 바로 아침 약을 드시게 하고, 저녁 식사가 끝나면 저녁 약까지 잘 챙겨서 복용시키고 귀가하니 일요일만 아버님이 수고해서 주시면 되었다.

여러 가지 걱정거리가 한 번에 해결되어 가벼운 마음으로 다시 5시간을 달려 집으로 돌아올 수 있었다.

＊ 저자 유튜브 채널 〈춘천의 타샤〉의 '치매로 고생하시는 두 엄마(My Mom Suffering from Dementia 13)'와 '시어머니와의 지난 3년간의 기록' 편에서 관련 영상을 확인하실 수 있습니다.

더 이상 아버님께 맡길 수는 없어

약 과다복용 사건이 있고 2년의 세월이 흘렀다. 어머니가 다니던 주간보호센터에서 어머니를 우려하는 전화가 자주 오게 되었다. 어머니의 상태가 너무 심각해져 이제는 시설로 모셔야 할 것 같다는 것이다. 어떻게 해야 하나? 우리가 본가로 합쳐야 하나? 부모님을 모시고 와야 하나? 이래저래 걱정만 하다가 그해 추석을 맞이하였다. 명절을 지내기 위해 부모님이 우리 집으로 오셨다. 집에 머무는 2~3일 동안 어머니는 익숙하지 않은 환경 때문인지 화장실을 찾지 못해 헤매고, 집 밖으로 나가면 현관문이 어딘지도 찾지를 못해 계속 집주변만 맴돌기만 했다. 이제 배회 증상까지 생긴 것이다. 우리 집이 산 밑의 끝 집이기에 망정이지 도시에 살았다면 어머니를 잃어버리기 쉬웠을 것이다. 기저귀도 수시로 점검하여 갈아 주어야 했다.

그때까지 우리는 온통 어머니에게만 관심을 쏟았지 아버님의 불평은 그다지 신경 쓰지 않았다. 직접 며칠을 어머니랑 살다 보니 어머니의 실체를 실감했다. 역시나 실제 같이 살면서 겪지 않으면 치매환자의 증상은 정확히 모를 일이었다. 두 분이 고속버스를 두 번이나 갈아타고 오시는 동안 대변 실수라도 했으면 어쩔 뻔했나?

너무나 심각해질 정도의 중증으로 변한 어머니를 또다시 대중교통을 이용해 귀향하게 할 수는 없었다. 그렇다고 명절의 자동차 물결 속에 장거리를 운전한다고 생각하니 끔찍했다. 다행히 큰손주가 할머니 할아버지를 모셔다드린다고 했다. 아들(큰손주)네 집은 비록 한 시간 반을 돌아가야 했지만, 누구라도 희생해야 했다. 기저귀 등 필요한 물품들과 반찬 등을 챙겨 손주 차에 실었다. 아버님에게 주의해야 할 사항들을 빠짐없이 당부하고 다시 본가로 보내 드릴 수밖에 없었다. 이렇게 보내 드리는 마음이 편치는 않았지만 달리 방법이 없었다.

몇 개월이 지나 크리스마스 무렵이 되었다. 어머니가 폐렴으로 입원했다는 소식을 듣고, 퇴원하는 날에 남편과 함께 시댁으로 갔다. 우린 3박 4일 정도 같이 지내면서 어머니의 기력이 회복되는 것을 확인하고 돌아올 계획이었다. 그러나 막상 시댁에 도착해 보니, 상상하지 못한 상황이 펼쳐져 있었다. 도착하자마자 내가 식사 준비를 하는 동안 남편이 화장실 청소를 하는지 요란한 물소리와 함께 바닥을 박박 솔로 문대는 소리가 들렸다.

'웬일이지? 우리 집 화장실 청소도 거의 나한테 맡기는 사람이? 마누라가 고생한다는 생각이 들어서 화장실이라도 청소해 주려는 걸까?'

맛있게 저녁 식사를 하고 어머니가 화장실을 간다고 일어섰다. 남편이 나에게 따라가 보라는 눈짓을 보냈다. 어머니의 바지를 올려 주다가 어머니의 몸과 옷을 비롯해 화장실 곳곳에 변이 묻어 있는 것을 발견했다. 기저귀 안에 변이 있는 것도 모르고 계속 변기를 이용하니 여기저기에 변이 묻어 있을 수밖에 없었다. 그제서야 남편이 그렇게 부지런히 청소했던 이유를 알게 되었다. 아내인 나에게 그 모습을 보여 주기 싫었던 것이 첫 번째 이유였고, 또 아내에게 그 일까지 시키고 싶지 않았던 마음이 두 번째 이유였을 것이다.

아버님은 이런 상황이 될 때까지 무얼 하셨지? 아버님께

이 사실을 알리니, 여태껏 혼자서 잘 처리하는 줄 알았다고 한다. 본인은 안방 화장실을 쓰기 때문에 어머니가 사용하는 거실 화장실은 신경도 쓰지 않았다고 한다. 기저귀는 자주 갈아 줬냐고 여쭤보니 그것마저도 확인한 적이 없단다.

"오줌 안 쌌어?" 물어볼 때마다 안 쌌다고 하니 그 말을 믿었다고 했다. 순간 화가 치밀어 올라왔다. 치매 환자의 말만 믿고 기저귀도 갈아 주지 않고 그대로 센터에 보내곤 했다니, 부부로서 그렇게 관심이 없다는 사실이 나에겐 충격으로 다가왔다. 어머니를 잘 돌보고 있다고 믿었는데 아버님은 아침밥을 같이 먹는 것만으로 어머니를 잘 챙겨 준다고 여겼던 것이다. 어머니가 센터에 가기만 하면 그만이었다. 아침 밥상도 어머님이 차려야 했으니 부엌살림도 냉장고 안도 엉망이었다. 저녁 식사까지 센터에서 드시고 오니 귀가해도 특별한 대화 없이 그저 텔레비전만 보면서 시간을 보냈음이 틀림없다. 말 그대로 방치 수준이었다.

그런데 참으로 신기한 일이었다. 상황이 이렇게 심각해졌는데도 전화상으로는 전혀 눈치를 챌 수가 없었다. 어머니는 보이지 않는 전화상의 대화에서는 거의 정상 수준에 가까웠으니 말이다. 반찬 걱정을 덜어 드리려고 가끔 방문하는 딸조차도 바빠서 바로 가는 경우가 허다하니 이렇게 심각하다는 사실을 알 리가 없었다. 어머니를 위한 아버님의 간병 수준이 어떤 것인지를 알고 나니 대책이 필요했다. 이런 실상을 눈으로 보고도 그대로 가버린다면 이해할 수 없을 정도로 어머니를 방치한 아버님과 뭐가 다르겠는가!

부모님을 모셔 가야겠다고 했을 때, 대소변도 가리지 못하는 치매 환자를 어떻게 하려고 집으로 모시고 가냐고 사람들은 한결같이 말했다. 요양 병원에서 엄마를 돌보고 있는 동생은 치매 환자를 너무나 잘 이해하고 있기에 더욱 완강하게 반대했다.

"언니! 죽으려고 환장했어? 그러다가는 언니까지 입원하게 돼!"

이렇게 말하면서 엄마가 입원해 있는 자기 병원으로 보내라고 성화였다. 동생은 엄마 간병에서 벗어나 겨우 안정을 찾은 언니가 또다시 시어머니 수발을 한다니 심히 걱정이 되었던 것이다. 그것도 엄마보다 더 심한 상태인 어머니를 말이다. 나는 이런 모든 만류에도 내 남편의 엄마니까, 내 손으로 모셔야 하는 게 당연한 도리라고 생각했다. 그 징글징글

했던 치매 간병의 험난한 여정을 누구보다도 잘 알지만, 아버님과의 임무 교대를 거부하고 싶지는 않았다.

"아버님 우리 집에 가서 두어 달 사실 채비하세요."

"두 달이나? 우린 그냥 여기서 살란다. 여기 내 집이 있는데 왜 너희 집에 가냐?"

"아버님, 어머니를 보세요. 아버님이 제대로 돌봐 주시지도 못하는데 어떡하시려고요?"

"그럼 느그 어머니만 델고 가라!"

"혼자 어떻게 사시려고요? 일단 저희 집에 가서서 한두 달 살아 보고 어머니가 조금 더 좋아지시면 다시 오시든가 하세요."

아버님은 못마땅해했지만 다른 방도가 없기에 순순히 따라나섰다. 그러나 이게 어찌 된 운명의 장난인가? 한 달여가 지날 즈음 갑자기 아버님이 오른쪽 팔을 움직일 수가 없다며 통증을 호소했다. 병원 검진을 해보니 폐암 말기라고 한다. 암세포가 전이되어 팔을 움직이기 힘들게 된 것이란다. 어머니 때문에 스트레스를 받아서 그렇게 되었을까? 그대로 두면 남은 수명이 길어야 1년 6개월이라고 하는데…. 어떡해야 하지?

내 가슴에 무거운 바위가 짓누르는 것 같았다. 숨을 쉬기 위해 크게 심호흡해야 했다. 중증 치매 환자 어머니도 모자라 1년 6개월의 사형선고를 받은 말기 암 환자 아버님이라니. 나의 운명인가! 그까짓 거, 덤벼라 맘껏, 덤벼라! 운명의 신이여! 더한 놈도 다 나에게로 보내라! 내가 다 받아 주리라! 오기가 발동했다.

엄마를 간병할 때는 학교 수업의 일부를 줄이고 취미활동도 접고 엄마를 돌보았다. 이번에는 모든 외부 활동을 포기해야만 했다. 어머니의 치매가 심한 것도 있었지만, 3주마다 아버님의 항암치료를 위해서 수도권에 있는 대형병원으로 다녀야 했기에 어쩔 도리가 없었다. 이렇게 되고 보니 한두 달만 우리 집에 계시다 당신 집에 가신다는 바람은 물 건너간 지 오래였다. 결국 시댁 집을 팔고 합가하게 되었다.

본인의 아픔이 심해서인지 아버님은 어머니를 간병하는 데 전혀 도움이 되지 않았다. 어머니를 위한 치매 극복 프로젝트 중 하나인 신체활동이라도 같이 해주길 바랐으나 같이 하기는커녕 마치 귀를 틀어막은 사람처럼 대답도 안 하고 보고만 있었다. 기억을 잘 못하는 어머니에게 늘 핀잔을 줄 뿐만 아니라 밖에 잠시 나갈 때는 늘 어머니 손을 붙잡고 다녀야 한다는 사실도 무시하기 일쑤였다.

어느 날, 거실 창문으로 부모님 산책하는 풍경을 보고 있던 남편이 다급하고 놀란 목소리로 나를 불렀다.

"여보! 여보! 큰일 났다."

"왜?"

"어머니가 넘어지셨어!"

마음이 급해진 남편은 슬리퍼를 미처 발에 제대로 끼우지도 못한 채 뛰쳐나갔다. 신발 한 짝이 미끄러져 벗겨졌고, 비틀거리는 남편이 한쪽 슬리퍼만 겨우 신은 채로 어머니를 향해 절룩거리며 뛰어가는 모습이 저 멀리 보였다. 남편이 어머니를 부축하고 일으켜 세우는 걸 보면서 뒤따라 나선 나는 아버님을 향해 싫은 소리를 내뱉었다.

"제가 뭐라고 했어요? 어머니는 균형감각이 없어서 반드시 손잡고 다녀야 한다고 했죠? 지난번에도 넘어지게 하시더니, 이 상처 좀 보세요!"

아버님이 야속하기만 했다. 아무리 젊은 시절부터 당신만 생각하시며 살았다고 해도 혼자서 제대로 몸을 가누지도 못하는 어머니를 매번 이렇게 넘어지게 내버려 두다니!

"잘 따라올 줄 알았재! 니가 엄마를 매번 잡아 주니까 버릇이 돼서 그런 거지, 혼자 걸을 수 있는데, 맨날 잡아 주니까 더 못 걷는 거 아니냐? 뭣 할라고 손을 잡아 주냐?"

비난은 나에게로 쏟아졌다. 영문도 모르는 채 서 있는 어머니 손을 이끌고 들어와 구급상자를 열었다. 얼굴에 난 상처에 약을 발라 주면서, 물었다.

"어머니 아프겠다! 어디서 다쳤어?"
"몰라."
"넘어졌어?"
"몰라, 그랬는 갑다."

상처로 벌겋게 부어오른 어머니 얼굴을 볼 때마다 무슨 일이 일어났는지 기억도 못 하는 어머니가 너무 불쌍했다. 그날은 아버님이 미워서 밥상도 차려 주기 싫다는 생각까지 들었다. 비슷한 일이 여러 번 더 생겼고, 그에 비례하여 아버님을 향한 나의 미움은 커져만 갔다.

치매 환자들의 말은 믿을 수가 없다. 그러나 많은 사람이 그 사실을 간과하고 있다. 전문가들도 치매 환자와 대화하는 법에 대해서는 여러 가지 팁을 제공하지만 치매 환자의 말을 곧이곧대로 믿지 말라고 하는 사람은 보질 못했다. 어머니의 약 사건만 해도 그 심각성을 이미 알았을 것이다. 치매 환자의 말을 그대로 받아들이기보다 모든 것을 내가 직접 관찰하고 점검해 보아야 한다. 치매로 인해 생기는 혼란과 현실과의 간극을 이해하고 잘 대처해야 하는 지혜가 필요하다.

※ 저자 유튜브 채널 〈춘천의 타샤〉의 '친정엄마에 이은 #시어머니치매 #치매와의 사투' 편에서 관련 영상을 확인하실 수 있습니다.

치매 극복 프로젝트

"어머니 지금 몇 살?"

"팔십둘."

어머니의 나이는 87세이지만 고장 난 시계처럼 늘 82 한 지점에 멈춰 있다.

어머니가 집으로 오신 지 두 달이 되는 시점이었다. 첫 2 주는 눈물이 마를 날이 없었다. 너무나도 절망스러워 희망의 빛이라고는 전혀 보이지 않았다. 어떻게 해서든 어머니의 죽어 가는 뇌를 살려 보기 위해 유익하다는 정보들을 밤낮으로 찾아보게 되었다.

눈 운동, 지압, 손가락 운동, 치매 예방 체조, 웃음 치료, 보폭 늘려 걷기, 일기 쓰기, 노래하기, 셈하기, 돈 세기, 동화책 읽기, 치매안심센터 도구 이용하기(퍼즐 맞추기, 그림 그리기, 교구에 바느질 끼우기, 도형 맞추기), 그 외에도 공진단을 직접 만들어 매일 식전에 드시게 하기, 치매에 도움이 되는 식단 준비하기 등등, 할 수 있는 모든 노력을 다했다.

그러한 정보를 바탕으로 여러 가지 도움이 되는 활동과 교육을 시작했고, 그 효과는 정말 대단했다. 불가능이란 없다고 생각될 정도였다. 한 달이 지나면서부터 서서히 효과가 나타나기 시작했다. 우린 일명 치매 극복 프로젝트를 시작한 것이다. 하루도 빠짐없이 진행되는 우리의 노력에 아버님도 감동하셨는지, 어느 날은 내 인감도장을 달라시며 당신이 가진 땅 중에서 가장 노른자위를 내게 주겠다고 하셨다.

"니가 우리에게 잘하는 줄은 진즉부터 알고 있었지만, 똥오줌 다 싸는 어머니를 그렇게 극진히 대하고, 늘 안아 주고 뽀뽀해 주고, 하루도 빠짐없이 운동시키고, 공부시키고 하는 걸 보니, 내 모든 재산을 다 주어도 아깝지 않다는 생각이 든다."

나는 아버님의 귀한 재산을 덥석 받을 수는 없었다. 그리고 마음 깊은 곳에서 '받으면 안 돼!' 하고 속삭이는 양심의 소리가 들리는 것 같았다. 그 땅덩어리가 나의 족쇄가 될 것 같은 불안함이 드는 것을 부인할 수 없었다. 나는 아버님 기분 상하지 않도록 조심스럽게 거절했다. 대가를 바라고 한 일이 아니었기에 자존심이 허락하지도 않았다. 어떤 사람은 "맏며느리니까 그렇게 모시고 있구나"라면서 내가 간병하는 것을 당연히 여기는 사람들도 있었다. 그러나 내가 맏며느리여서 모든 것을 책임진 것은 아니다. 막내며느리였더라도 내 성격상 스스로 자원하여 부모님을 돌보았을 것이다.

치매 간병과 관련한 여러 가지 유튜브 자료들을 찾아보았다. 국내 영상이든 외국 영상이든 시부모님을 간병하는 틈틈이 밤낮을 가리지 않고 시청했고, 필요한 부분은 메모해 가면서 공부했다. 영상 속 전문가들 대부분은 하나같이 치매는 고칠 수 없고 좋아질 수 없다고 하였다. 그러나 외국의 영상들에서는 희망을 품을 만한 내용들이 더 많았다. 매일 운동하고, 뇌를 활성화시키는 활동을 같이 하고, 가족들이 치매 환자인 자신을 정말 사랑하고 소중하게 여기고 있음을 느끼게 해주는 편안한 환경에서 꾸준히 소통하면 많이 좋아진다는 것이다.

그 많은 영상 중에서도 〈농촌 및 소외된 지역사회를 위한 교육(Education for Rural and Underserved Cummunities)〉 채

널에서는 어떻게 간병해야 좋은지를 좋은 예와 나쁜 예로 나누어 알기 쉽게 실제 영상을 제작하여 보여 주었다. 제대로 된 치매 간병이 어떤 것인지를 알려 주어 정말 많은 도움이 되었다. 나탈리 에드먼드(Natali Edmonds)가 진행하는 〈채널 캐어블래이저(channel Careblazer)〉에서는 '오늘 당장 멈춰야 하는 간병의 실수들(Caregiving Mistakes to Stop Doing Today)'이라는 제목으로 다음과 같은 것들을 설명해 주었다. 고쳐 주는 것(Correcting), 말다툼하는 것(Arguing), 논리적인 근거로 장황하게 설명해 주는 것(Reasoning), 시험 보는 것(Testing)이, 바로 그것들이다.

뜨끔했다. 난 엄마를 간병하면서 이 4가지 해서는 안 될 사항을 늘 자행했다. 엄마에게 한없이 미안한 마음이 밀려왔다. "엄마는 왜 이렇게 말을 안 듣냐? 왜 이렇게 고집이 세냐? 도대체 몇 번을 말해야 아냐? 제발 사고 좀 치지 마라" 하면서 훈계하고 지적하고 언쟁을 벌였으니 말이다.

어머니에게는 똑같은 실수를 더 이상 하지 말자고 마음속으로 다짐했다. 나는 전업으로 24시간 어머니의 간병인이 되었고, 개인 전문 치매 강사가 되었다. 이전까지는 치매란 그저 기억력이 사라지는 병, 종국엔 벽에 똥칠까지 하게 되는 병, 우리 힘으로는 고칠 수 없는 병이라고만 잘못 알고 있었다. 그러나 어머니의 뇌를 살리기 위한 방법, 치매 극복을 위한 간병 방법은 도처에 있었다. 여러 번 똑같은 말을 되돌이표처럼 말을 해도 늘 새로이 들은 것처럼 반응해 주고, 여러 번 말한 것을 기억 못 해도 늘 처음 말하는 것처럼 친절하게 설명해 주며, 단기 기억(Short-term memory)에 해당하는 다음과 같은 질문은 삼가야 한다는 것도 배웠다.

며칠이냐?

무슨 요일이냐?

이 사람이 누구냐?

아침에 뭐 먹었냐?

좀 전에 뭐 했냐?

예를 들어 자식이 왔을 때는 누군지 알겠냐고 질문하지 말고, "둘째 아들 ○○○가 왔네요" 하면서 미리 관련 정보를 주고 환자의 반응에 맞추어 그다음 말을 이어 가라고 했다.

그러고 보면 어머니는 복이 참 많으신 분이다. 치매 엄마로 인해 이미 유경험자가 된 며느리가 있으니 말이다. 대소변을 가리지 못하고 거의 동물에 가까운 행동을 하는 어머니를 집으로 모신 지 거의 2개월 만에 어머니는 감정이 있는 사람으로 변해 가고 있었다.

며느리인 나를 제대로 알아보지 못했던 어머니, 표정도 없고 초점 없는 눈으로 감정표현도 없는 식물인간 같았던 어머니, 가족이 모여 시끌벅적하게 떠들어도 무표정한 얼굴에 한 곳만 응시하던 어머니, 어머니에게서는 희망은 아주 먼 이야기였고 다시 좋아질 것이라고 아무도 짐작하지 못했다.

"아~, 입을 크게 벌리고 따라 해봐요."

"아~."

어머니는 입을 벌리지도 못했고 소리는 겨우 들릴까 말까 한 기어 들어가는 목소리였다.

"어머니, 나처럼 이렇게 입 모양을 크게 하고 소리도 크게 해봐요. **아!**"

"아~."

"좀 더 크게! 다시 배에 힘을 꽉 주고! 소리 내서! **아!**"

"아~."

어머니 소리는 여전히 잘 들리지 않는다.

어머니에게 감정이 돌아오게 한 일등 공신은 웃음 치료였다. 처음에 어머니의 표정은 딱 하나였다. 눈의 초점이 이미 사라져 버려서 말하자면 생선가게 앞에 진열된 죽은 동태 눈깔(이렇게 말하기 죄송스럽지만)과 흡사했다. 그래도 남편과 나는 포기하지 않고 유튜브 웃음 치료 영상을 이것저것 찾아가면서 공부했다. 그중에서 어머니가 따라 하기에 안성맞춤인 영상 하나를 골라 시험해 보기로 했다. 우린 무표정의 어머니를 위해 마치 미친 사람처럼 웃기 시작했다. 어머니를 웃기기 위해 별짓을 다 해보아도 변화가 없었다. 그런 어머니가 안타까워 남편이 어머니 겨드랑이에 간지럼을 태웠다. 순간 어머니 얼굴에 웃음기가 묻어 나왔다.

"그래, 그래 그렇게 웃는 거야."
"바로 그거야. 그게 시작이야!"

우린 서로 눈빛을 교환하며 그 가능성의 빛에 환호했다. 희망의 신호탄이었다.

우리 부부는 어머니를 웃기려고 얼마나 용을 썼던지 웃음 치료 후에 우리는 온몸이 땀으로 흥건했다. 배를 얼마나 세게 힘을 주며 웃었던지 다음 날엔 마치 윗몸일으키기 50개는 한 사람처럼 뱃살이 아파 걷기도 힘들었다. 직접 경험해 보니, 계속 웃는다는 것은 절대 쉽지 않은 운동이었고, 몸으로 직접 운동한 효과와도 같았다.

우리가 여러 가지 활동을 하는 모습을 보며 "지금 몇 교시예요?" 하는 며느리의 질문이 힌트가 되어 어머니를 위한 활동을 치매 탈출 프로젝트라고 명명했다. 매일 7교시까지 이어졌으며 웃음 치료 요법이 그 프로젝트의 마지막 교시에 해당하는 것이었다. 우리 집에 오는 사람은 누구라도 어머니를 위한 프로젝트 시간에 같이 동참해야 했다. 손자들을 비롯하여 자식들 그리고 친척들까지도. 이 치료 활동을 다 같이 해야 한다고 말했을 때, 누구 하나라도 싫다는 기색 없이 동참해 주니 너무나 감사했다. 게다가 그들도 운동이 많이 된다며 즐거워했다. 무엇보다 어머니의 병구완에 일조했다는 흐뭇함을 그들의 얼굴에서도 읽어 볼 수 있었다. 이렇게 모든 사람의 도움이 어머니의 뇌를 살리는데 부스터 역할을 한 셈이었다.

꾸준히 하다 보면 뭔가 좋은 결과가 기다리고 있을 거라고 믿었다. 눈에 생기가 돌기 시작했고 점점 감정이 있는 어머니가 되어 갔다. 나는 세상에 외치고 싶었다. 누가 치매는 고칠 수 없다고 했냐고! 치매 환자가 있는 가정마다 찾아가서 알려 주고 싶었다. 우리 어머니를 보라고. 증거가 있다고. 여러분도 이렇게 해보라고.

＊ 저자 유튜브 채널 〈춘천의 타샤〉의 '치매어머니 모시기 50일째', '올어머니 손운동시키기', '시부모님 모시기에 필요한 것들!', '시부모님 모시기~~ 필요한 일들이 줄줄이~~' 편에서 관련 영상을 확인하실 수 있습니다.

어머니에게 기적이…

간절히 바라면 꿈은 이루어진다고 했던가! 치매 진단을 받고 나서 9년이 경과된 어머니의 중증은, 우리 집에 오신 지 6개월 만에 완전히 새로 태어난 것처럼 상태가 많이 좋아지셨다. 치매 3등급으로 치매의 끝자락까지 진행되었는데, 7교시까지 진행된 우리 부부의 치매 극복 프로젝트 덕이었을까? 항상 오늘 정도만이라도 유지할 수 있게 해달라고 기도하곤 했다. 점점 좋아지고 있는 것을 눈으로 확인할 때마다 어머니의 의지도 한몫하고 있음을 느꼈다.

가끔 치매 극복 활동을 하기 싫어하는 모습이 보이면 "어머니 하기 싫어? 그럼 그만하고"라고 말하며 어머니의 의중을 살펴보았다. "아니, 나 좋아지라고 니들이 애쓰고 해주는 건데 힘들어도 해야지!" 하시며 끝까지 해내는 집념을 보여주셨다. 희망을 가지고 꾸준히 소통하고 무엇보다 환자가 편안한 마음이 들도록 따뜻한 말씨로 대하면 환자의 성품도 좋아지게 되는 것 같았다. 우리의 노력을 어머니가 인식하고 있으니 얼마나 다행인가!

치매 극복에 관한 여러 가지 방법을 찾아보니 제일 눈에 띄는 중요 포인트가 있었다. 치매 환자도 일반인과 똑같이 어떤 일을 제대로 이행하지 못했을 때는 좌절감, 불안감, 스트레스로 더 위축되고, 더 우울하게 되어 치매 증상이 악화될 수 있다고 한다. 엄마에 대한 죄책감이 다시 몰려왔다. 엄마에게 계속 알려 줬는데도 왜 모르냐고, 몇 번을 말해야 알겠냐고 했던 일들이 오히려 엄마를 불안하게 만들어서 사태를 더 악화시켰던 것. 엄마만 이상한 사람, 고집이 엄청나게 센 사람으로 여기며 엄마 탓만 했던 것이다. 그런데 정작 주범이 바로 나의 무지한 행동 때문이라니! 왜 몰랐을까? 나도 누가 나에게 질책이라도 한마디 하게 되면 금방 좌절되고 속상해서 잘하던 것도 실수 연발이 되었던 순간이 생각났다.

엄마 정말 미안해!

치매 증상이 악화되지 않도록 하기 위해서는 늘 자신이 성공적이고(successful) 쓸모가 있다고(useful) 느끼도록 하는 것이 중요하다고 한다. 단기 기억은 없을지라도 감정은 그대로 살아 있어서 우리 일반인처럼 칭찬과 질책의 의미를 알고 반응도 똑같이 한다는 것이다. 치매이긴 하지만 '여전히 성과를 내고 있다'고 느끼게 하고, '아직은 내가 쓸모가 있구나'라는 생각이 들도록 해서 자존감을 느끼게 해주는 것이 치료의 핵심이라고 한다. 나는 이 두 단어를 포스트잇에 써서 잘 보이는 곳에 붙여 놓고 매일 다짐을 했다. '칭찬은 고래도 춤을 추게 한다'는 말이 있지 않은가? 우린 매번 "와 우리 어머니 최고!", "똑똑하시네!", "대단하시네!", "그걸 어떻게 했지? 나도 힘들던데?" 등등의 칭찬 일색으로 어머니의 자존감을 올려 주기 위해 노력했다. 기억을 못 한다고 불평하면서 반복해서 알려 줘봤자 실패의 신호만 줄 뿐이고, 끊임없이 비참하게 만든다고 하니 이것을 염두에 두자.

무표정한 모습으로 곧 저세상 사람이 될 것만 같던 어머니가, 온 가족의 노력으로 점차 눈빛이 살아나고 걸을 힘이 생기면서, 처음 주간보호센터의 문을 두드렸던 날이 생각난다. 어머니 상태를 확인하고 '혹시나 받아 주지 않으면 어쩌지!' 하는 불안감을 갖고 센터를 방문했다. 치매 증상이 너무 심한 분들을 주간보호센터에서는 받아 주지 않기 때문이다. 예전에 다녔던 고향의 주간보호센터에서 어머니의 상태가 심해져 이젠 돌보기 힘들다고, 시설로 보내 드리는 것이 좋겠다는 권고를 여러 번 받았기 때문이다. 점점 기적을 보이고 있긴 했지만, 상담하기 위해 방문했던 그날, 어머니는 묻는 말이 무슨 말인지 이해하지도 못했다. 몸의 중심을 잡지 못해 제대로 걷는 것도 불안해서 24시간을 늘 따라다녀야 했는데도 입학 심사(?)에 통과한 것이다. 원장님께 너무 감사했다. 집에서 매일 하는 치매 탈출 프로젝트 외에도 센터에서의 다양한 활동들이 시너지가 되어 어머니의 상태는 그 이후로 더욱더 좋아졌다.

"어머니 나 몇 살로 보여?"

"70살 정도 됐냐?"

"어머니! 내가 그렇게 늙게 보여?"

"그러믄 몇 살이냐?"

"내가 70이면 어머니는 몇 살인데?"

"미쳤냐? 내가 82인디, 니가 무슨 70이여?"

아니 이건 무슨 조화인가? 이랬다가 저랬다가 치매 어머니가 한 말이지만 잠시 짧은 순간 내가 그렇게 늙어 보이나?

하며 속이 상했다. 그러나 겉으로는 재미있다는 듯 웃어 보였다.

"어머니 나도 이제 환갑이 되어 가네."
"벌써? 뭔 거짓말을 하냐? 내 눈엔 50이나 됐으까, 그렇게 보인디?"
"와! 오늘 어머니 상태 너무 좋으시네!"
"내가 니 어리게 보인다 하니 내가 좋아졌다고 지금 말하는 거냐?"

어? 어머니가 정상으로 왔나? 아니면 내 속마음을 읽으셨나? 어머니의 인지 상태는 오르락내리락 들쭉날쭉했지만 가끔은 이렇게 웃음을 선사해 주기도 했다. 어머니가 이렇게 반짝 제정신으로 돌아올 때면 남편과 나는 그간의 고통과 피로가 싹 달아났다. 그 외에도 잊어버린 단어를 생각해 낼 때는 믿기지 않는다는 눈빛을 서로 교환하기까지 했다. 특히 자주 쓰지 않는 어휘 '싱글벙글, 실랑이, 소곤거리다' 등의 표현을 할 때는 "그런 단어도 생각해 내셨네!" 하며 너무나도 신기해서 치매 환자가 맞는 건지 의아해하기까지 했다.
산수 시간의 난이도도 점점 높여 갔다. 10부터 거꾸로 세기에서 시작했으나, 점점 좋아지는 것을 보며 100부터 거꾸로 세기까지 도전하게 되었다. 중간중간 생각하느라 가끔 시간을 요하기도 하고, 포기하려는 순간도 있었으나 결국 ~ 5, 4, 3, 2, 1 하고 마지막까지 완주했을 때의 기쁨은 이루 말할 수 없었다. 돈을 가지고 하는 인지 활동에서는 처음엔 100원 동전이 1만 원이라고 말할 정도로 전혀 구분을 못 했으나 이제는 셈은 못하더라도 돈의 단위 구별은 할 수 있게 되었다. 치매 예방에 좋은 여러 가지 어려웠던 손가락 운동도 이젠 버벅거리지 않고 바로바로 해내는 최고 선수가 되었다.

그뿐이 아니었다. 걷는 것도 혼자서 중심을 잡을 수도 있게 되어서, 가끔은 잡고 가던 손을 놓아도 되었다. 물론 언제 넘어질지도 모르는 순간을 위해 바짝 긴장을 하며 바로 옆에서 나란히 걸어야 하긴 했지만 말이다. 대소변의 실수도 눈에 띄게 줄어들었다. 이런 어머니가 너무 이뻐 늘 사랑한다고 안아 주고 볼에 뽀뽀하고, 비비기도 하는 등 스킨십을 아끼지 않았다. 이 모든 것이 어머니를 기적으로 이끌어 주는 촉매제가 되었다. 15초 웃기부터 시작한 웃음 치료도 이제는 2분까지도 할 수 있게 되고 억지 웃음에서 진심으로 웃는 단계까지 올라왔다.

우린 어머니의 일과에 대한 기억을 상기시키기 위해서 일기 쓰기를 하도록 시도하였다. 물론 혼자서 생각하고 쓰는 것은 불가능했다. 일기 쓰기는 우리의 치매 극복 프로젝트 활동 중에서 가장 도전적인 과제였다. 날짜를 기록하는 일에서부터 난관에 부딪혔다. 몇 개월째 매일 알려 드렸지만 소용없었다. 여러 번 지우고 쓰고를 반복해야 그날의 날짜를 겨우 써낼 수 있었다. 내용을 쓸 때는 그날 했던 일을 되짚어 주고 어머니 기분은 어땠는지 얘기를 나눈 다음 그것을 써 보라고 했는데 그것도 무리였다. 어떻게 써야 할지를 몰라서 내 얼굴만 멀뚱멀뚱 쳐다보기만 했으니까. 그래서 우리가 나눈 얘기를 다시 한 문장씩 말해 주며 그것을 받아쓰게 했다.

일기 쓰기를 시작한 지 6개월여 지난 어느 날 밤, 저녁 식사를 하고 일기 쓸 탁자를 준비해 주고 남편에게 어머니 일기 쓰기를 지도하도록 했다. 그런데 하필이면 남편은 누군가에게서 걸려 온 전화를 받느라 바빴다. 어머니는 빈 노트만 쳐다보고 우리를 기다리고 있는 눈치였다. 아무래도 남편의 전화가 길어질 분위기여서 설거지하는 나의 마음은 바빴다. 그런데 어머니가 일기장에 무언가를 쓰기 시작한다. 나는 애써 모른 체하며 설거지를 마무리했다. 곁눈질로 어머니를 슬쩍슬쩍 훔쳐보았다. 아니 그런데 이게 웬일인가! 어머니가 혼자서 스스로 일기를 쓴 적이 없었는데 뭔가를 끄적거렸다. 길지는 않았지만, 그 속에는 어머니의 속마음이 그대로 담겨 있었다.

　일기를 쓰려는데 생각이 안나 못쓰고있다. 이렇게 멍청해 가지고 ?~~~?~~~? 걱정이다. 그래서 생각을 많이 하고 있 다. ?~~~?~~~? 멍청해 가지고 생각이 안난다. 이래가지고 큰일이다.

　(?~~?~~?는 내가 글씨를 못 알아본 것)

남편과 나는 또 하나의 기적이 이루어졌다며 얼굴이 기쁨으로 후끈 달아올랐다. 내용을 여러 번 읽어 보았다. 본인의 생각을 제대로 쓴 어머니가 너무 대견하고 신기하기만 했다. 게다가 내용을 가르쳐 주지도 않았는데 본인이 처한 답답한 심정을 그대로 표현한 것이 아닌가! 우리가 느끼는 기쁨과는 별개로, 어머니가 자신의 처지를 이해하고 있는 사실에 안타까운 마음이 더 크게 다가왔다.

다음 날 아침, 또 한 번 놀라운 일이 일어났다. 그동안 당신의 이부자리를 정리한 적이 한 번도 없던 어머니가, 자신이 덮었던 이불의 네 귀퉁이를 정성스럽게 맞추며 꼼꼼하게 정돈하고 있는 모습을 발견했다. 그날의 일은 마치 영화 속 주인공이 길고 긴 절망의 터널 끝에서 밝은 빛을 향해 걸어 나오는 마지막 상징적인 장면처럼 지금까지도 각인되어 있다. 아침 햇살이 환하게 비추면서, 어머니의 느리게 움직이는 행동이 새로운 희망을 암시하고 있었다.

어머니는 실제로 2년 전의 상태로 되돌아가신 것이었다.

＊ 저자 유튜브 채널 〈춘천의 타샤〉의 '#치매와의 사투 한 달'과 '치매어머니의 기적은 어디까지?' 편에서 관련 영상을 확인하실 수 있습니다.

내 아기가 된 어머니

어머니의 감정은 많이 회복되었지만, 인지능력은 어린아이 수준이었다. 밥을 먹는 것도, 씻는 것도, 이를 닦는 것까지 모든 것을 곁에서 도와주어야 했다. 사실 아기 키우는 것보다 손이 더 갔다. 어머니는 마치 마네킹 같은 느낌이었다. 틀니를 빼서 닦아 주고 다시 끼우라고 하면, 거기까지는 따라 했지만, 그다음에는 무엇을 할지 몰랐다. 그저 이를 닦던 자세 그대로 가만히 서서 나만 쳐다보고 계셨다.

"어머니 이제 다 끝나서 가셔도 돼요."

이렇게 지시해야만 움직였다. 그러다 보니 답답해서 복장이 터져 죽어 버릴 것 같은 순간도 많았다.

지시사항이 없으면 아무것도 하지 않고 그저 누워 있기만

하였다. 엄마를 한순간이라도 놓치기 싫어하는 아이의 눈동자처럼 어머니의 시선은 24시간 나를 쫓아다녔다. 밥을 먹을 때조차도 어머니의 눈은 항상 나에게 고정되어 있었다. 때로는 그 시선이 부담으로 느껴지기도 했다.

하지만 아이를 육아할 때 하루하루 커가는 아이를 보면서 환희를 맛보았던 그 시절의 부모 마음과 같은 기쁨도 있었다. 아기가 첫 옹알이를 할 때, 고개를 가누었을 때, 기어가기 시작했을 때, 첫걸음을 뗄 때, '엄마, 아빠, 맘마'로 시작해서 아는 단어가 하나씩 늘어 가던 그때처럼 어머니가 기억해 내는 단어가 하나씩 늘어 갈 때마다 우리는 손뼉을 쳐주고 마치 부모처럼 함께 기뻐했다. 그 순간 솟은 엔돌핀은 그간의 고충을 다 지우고도 남았다.

"우리 어머니가 아기가 되어 버렸네? 나는 어머니 엄마고 어머닌 나의 아기!"

"아이고, 어린 아기는 귀엽고 이쁘기라도 하지~."

"저에게는 넘 이쁘기만 한걸요?"

"그래요? 감사하네요!"

어머니의 "감사하네요!"는 늘 경쾌하게 들렸다. 기분이 좋다는 표현이다. 어머니와 인연을 맺은 지 33년 만에, 『벤자민 버튼의 시간은 거꾸로 간다』의 주인공처럼 어른에서 아기가 되어 내 품으로 온 것이다.

"어머니 잘 주무셨어요?"

아침에 눈을 뜨면 내 귀여운 아이처럼 어머니를 꼭 껴안아 주고, 볼에 뽀뽀해 주면서 나와 아기 어머니의 일상이 시작되었다. 그다음 아버님, 어머니 두 분에게 내가 만들어 놓은 공진단을 드시도록 했다. 그러나 그 일은 내가 챙기지 않아도 되는 날이 많았다. 아버님 본인이 죽음의 문턱에 있는 간절함 때문인지 잊지 않고 챙겨 드시기 때문이었다. 어머니에게 깨물어 먹지 말고 천천히 입속의 침으로 녹여 가면서 드시라고 해도 금방 잊어 먹고 깨물어 드시기 일쑤였다.

어머니는 생선과 고기를 제일 좋아하므로, 둘 중 한 가지는 꼭 상 위에 올라와야 했다. 생선 가시 하나하나를 발라 주는 건 늘 아들인 남편의 몫이다. 어머니는 식사하다가도 갑자기 멍때리기를 하는 것처럼 일시 정지되는 모습이 여러 차례 보였다. 그럴 때마다 밥숟가락 위에 반찬과 밥을 올려 드리고 빨리 드시기를 재촉해야 한다. 가끔 젓가락이 있다는 것도 잊고서 손으로 반찬을 집어 드시니 손도 닦아 드리고 입가에 묻은 지저분한 것도 닦아 드려야 한다. 이렇게 식사가 끝나면 칫솔에 치약 묻히는 것부터 양치가 마무리될 때까지 돌봐야 한다. 이 일과는 그날그날의 사정에 따라 남편과 교대를 했다.

기저귀 갈아 드려야지, 양말과 신발도 신겨 드려야지, 외출할 때는 넘어질까 다른 곳으로 사라질까 걱정하는 마음으로 24시간 나의 레이다 망에 있어야 하는 우리 집 아기 어머니!

하루는 틀니를 씻고 나서, 끼우라고 얘기를 하고 내가 잠깐 그 자리를 벗어난 적이 있었다. 돌아와서 보니 얼굴 모양이 이상하게 일그러져 보인다. 틀니를 위아래 양쪽에 끼워야 하는데 잊어 먹고 하나만 끼고 온 것이다. 가끔은 아예 세면대에 그대로 두고 오기도 한다. 합죽이가 된 얼굴 모양을 보고 "어머니 틀니 어디 있어요?" 하면 "몰라" 한다. 그러니 일거수일투족 늘 챙겨 주어야 할 수밖에.

아기는 떼를 쓰기도 하고 고집을 부릴 때가 많지만 아기 어머니는 절대 떼를 쓸 줄도 모르고 고집도 피우지 않는다. 며느리가 하라는 대로 따라 해주고, 말도 좋은 말만 골라서 하시니 예쁘기만 하다. 게다가 대부분 존댓말이다.

"고맙습니다."
"감사해요."
"시킨 대로 할게요."
"말이라도 잘 들어야지요".
"날 위해서 하는 건데, 하기 싫어도 해야죠!"
"잘 알았습니다."

이것들은 어머니가 자주 쓰는 어머니의 어록이다. 항상 예쁜 말만 쓰셔서 어머니 돌아가신 후 어머니를 추억하고 싶을 때마다 꺼내 볼 수 있도록 노트에 따로 기록해 두기까지 했다. 아들에게도 며느리에게도 존댓말을 쓰시지만, 정신이 제대로 돌아올 때는 예전의 말투로 되돌아간다.
"니가 해준 음식은 다 맛있어!"처럼.

저녁 식사가 끝나고 치매 예방 운동을 하는 동안 우린 가끔 춤을 추기도 했다. 어머니는 서서 몸을 흔드는 것이 힘든지 금방 주저앉아 버린다. 1분을 못 버티는 것 같다. "내가 업어 줄게" 하며 등을 내밀면, 말로는 "안 돼"라고 하면서도 행동은 업히는 어머니. 나는 어머니를 업고서 마치 아기를 업은 것처럼 흔들흔들해 본다.

이런 시간 때문일까? 어머니는 나에게 더 의지하는 것 같다. "굿나잇!" 하고 키스해 드리면 나에게 아기처럼 뽀뽀 세례를 퍼붓는다. 요렇게 이쁜 88세의 아기 어머니가 어디 있을까! 꿈속에서라도 정말 귀엽고 예쁜 옛날의 어린 시절로 돌아가 맘껏 뛰어다니고 맘껏 재잘거릴 수 있기를, 나비를 쫓고 꽃을 찾아 친구들과 신나게 재미난 놀이를 하며 행복한 시간을 보내고 있기를 매일 밤 기도한다.

나의 가장 큰 바람은 이 기억을 잃은 아기 어머니가 나와 마지막 작별을 고하는 그날까지, 비록 치매이긴 하지만, 이렇게 건강한 모습으로 있다가 내 품에서 떠날 수 있기를 바랄 뿐이었다.

"며늘아, 니 덕에 내 생은 아주 행복했단다. 참으로 고맙다. 수고했다."

이런 마지막 대화를 나누고 갈 수 있기를….

때로는 어머니가 잠이 안 온다고 뒤척일 때, "왜? 잠이 안

와? 내가 자장가 불러 줄까?" 하면, 어머니는 정말로 아기처럼 내 품속으로 쏙 들어와 폭 안기던 아기 어머니!

"잘 자라, 우리 아가~."

내 속삭이는 듯한 자장가에 새근새근 단잠에 빠져들던 아기 어머니!

어머니가 나의 아기가 된 또 다른 증거가 있다. 아기의 똥은 모성애로 인해 전혀 더러운 생각이 없다던데, 어느 날 내 손에 어머니의 똥이 묻었는데도 더럽다는 생각이 전혀 들지 않았다. 그 순간에는 내가 그렇게 인지하고 있다는 사실 자체도 모르고 그냥 지나쳤다. 같은 날 화장실에서 내 뒤처리를 하면서 손끝에 변이 살짝 묻었는데, 얼마나 역겹고 토할 것 같던지 속으로 '아이 더러워' 하며 인상을 썼다. 그 순간 갑자기 생각이 났다. 어머니 똥이 더럽다고 느껴지지 않았었다는 사실이! 참 신기한 일이다. 자기 아이의 똥은 달콤하기까지 하다던데, 나의 뇌에 어머니가 진짜 내 아이로 입력이 된 것일까? 이렇게 아기가 된 어머니가 너무 사랑스러운 나머지, 어떤 때는 더러운지도 몰랐다.

미치 앨범(Mitch Albom)이 쓴 『모리와 함께한 화요일(Tuesdays with Morrie)』에서 모리 교수가 마지막 죽음에 이르러 아이처럼 모든 것에 도움을 받아야 하는 장면이 생각이 난다. 모리 교수는 '루게릭병'을 앓고 있었다. 다리에서부터 시작한 마비가 결국 폐를 점령하고 죽음에 이르는 병이다. 병이 진행되면서 점점 더 많은 사람의 보살핌이 필요하게 되었다. 그런데도 모리 교수는 다른 사람들의 도움을 받는 것을 부끄럽거나 이상하게 느끼지 않고 오히려 그 순간을 즐기며 사랑과 관심을 받고 있다는 것을 느낀다고 말했다. 모리 교수는 또 이렇게 말한다. 실제로 우리 인간은 모두 어린 시절 엄마로부터 받았던 보살핌과 무조건적인 사랑, 그러한 관심을 그리워한다고. 그렇지만 모두가 그 스킨십인 '사람의 손길(Human Touch)'을 충분하게 받았다고 느끼지는 않는다고.

즉, 스킨십은 아무리 과해도 지나치지 않는다는 뜻이었다. 그런 이유로 나의 이 모든 스킨십이 어머니의 치매 증상을 완화시키는 묘약이었나 보다! 어머니가 이 스킨십의 느낌을 잊어버리더라도 한순간이라도 기억하는 찰나의 시간이라도 있었으면 좋겠다.

＊ 저자 유튜브 채널 〈춘천의 타샤〉의 '치매어머니와의 오붓한 시간'과 '시부모님과 마지막 효도여행!' 편에서 관련 영상을 확인하실 수 있습니다.

생일날 쏟아 낸 눈물 한 바가지

내 생일이었다.

나도 생일상을 받아 봤으면 하고 바라고 있었는데 아버님이 갑자기 부르셨다.

"내일이 니 생일인데 미역국도 끓이고, 니가 먹고 싶은 거로 생일상 차려 봐라."

아버님이 봉투를 내밀었다. 감사하다는 인사와 함께 봉투를 받아 넣으며, 옆에 있는 남편에게 살짝 애교를 섞어 가며 말했다.

"당신이 좀 해보지~. 누구네는 남편이 미역국도 끓이고 고기 반찬에 생일상을 봐줬다는데? 미역국만 한번 시도해 봐!"

내 말이 끝나기가 무섭게, 아버님의 불호령이 나를 멋쩍게 했다.

"아무리 세상이 변했다고 무슨 마누라 생일에 어째야?"

아차 싶었다. 누구보다 가부장적이고 유교 사상이 투철하신 아버님 앞에서 내가 말을 잘못 꺼낸 것이었다. 기분이 가라앉아 도망치듯 그 자리를 벗어났다. 다음 날 아침, 아버님이 돈까지 주셨으니 미역국을 비롯한 몇 가지 새로운 반찬을 만들어 생일상을 차렸다. 남편은 어느새 생일 케이크를 준비해 두었다. 그런데 이것이 내 생일을 위한 상차림인지 부모님을 위한 상인지 알 수가 없었다. 그래도 애써 긍정적으로 생각하기로 했다. 케이크를 앞에 두고 어머니와 아버님, 남편이 생일 축하 노래를 부르기 시작했다. 가만히 있기가 멋쩍어 나도 같이 따라 불렀다.

'사랑하는 우리 ○○○'

우리는 마치 약속이나 한 듯이 ○○○ 부분에서 어머니가 뭐라고 하나 궁금해하며 모두 입을 다물고 귀를 쫑긋하며 어머니에게 시선이 모아졌다.

"우리 며느리 정경미!"

어머니는 노래를 부르는 게 아니라 마치 우리의 시선이 어머니에게 질문이라도 한 것으로 인식했는지 답을 하듯 내뱉었다. 한순간 우리는 귀와 눈을 의심했다.

'아니, 어떻게 그 긴말을 기억했지? 어떻게 알았지?'

물론 오늘 며느리 생일이라고 노래 시작 바로 전에 말은 했지만 말이다. 곧바로 잊어버리는 증상이 심한 어머니였기에 전혀 예상하지 못한 반응이었다.

"생일 축하~ 합~니~다~ 짝짝짝!"

우리는 어머니의 이 놀라운 반응에 너무 기뻐서 마지막 구절을 기분 좋은 박수 소리와 함께 마무리했다. 바로 이어 내가 답사를 했다.

"어머니! 아버님! 저에게로 오셔서 이제 어머니도 많이 좋아지니 너무 행복하고 좋네요. 저의 소원은 더 나빠지지 말고 이대로라도 여생을 우리와 행복하게 보냈으면 좋…겠…."

그만 울컥하여 눈물이 쏟아지는 바람에 말을 마칠 수가 없었다. 애써 울음을 억누르려 했지만, 목이 꿀렁꿀렁 울려 말이 되지 않았다.

아침부터 시작된 눈물이 마중물이 되었는지, 오후에 깜짝 등장한 아이들을 보자 또다시 봇물이 터졌다. 아이들은 나를 깜짝 놀라게 해주려고 집에서 백 미터 이상 떨어진, 보이지 않는 곳에 차를 주차해 놓고 살금살금 걸어왔다고 한다. 방문을 열고 갑자기 내 눈앞에 나타난 선물 같은 우리 아이들! 꽃다발을 가슴에 안은 둘째 아들이 먼저 눈앞에 보였다. 내 눈은 놀라 휘둥그레지다 못해 입까지 쩍~ 벌어졌다. 그가 살짝 옆으로 몸을 비켜 주니 큰아들과 며느리 그리고 막내가 차례대로 나타났다.

내가 꿈을 꾸고 있는 건가? 남편도 반가운지 평소보다 목소리가 높아졌다. 꿈이 아닌 현실이었다. 아침부터 꾹꾹 참았던 눈물이 또다시 주책없이 흘러내렸다. 아이들의 사랑이 느껴졌다. 엄마가 자신의 생활도 포기하고 할머니, 할아버지를 돌보고 있는 것이 아이들의 마음마저 아프게 했나 보다.

깜짝 선물은 계속되었다. 아이들과 마주하는 그 순간에 걸려 온 전화벨 소리! 내가 늘 엄마처럼 생각하고 의지하는 언니 전화다. 발신자가 언니라는 글씨를 본 순간 눈물은 이미 제어할 수 없는 단계가 되었다. 그 순간 첫아이를 낳고 입원실로 돌아왔을 때, 멀리서 사는 엄마를 대신해 언니가 병실에서 나를 기다리고 있었던 모습이 떠올랐다. 그때도 언니를 마주하자마자 엄마를 만난 것처럼 펑펑 울었는데… 언니의 전화는 마치 엄마가 나를 꼬옥 안아 주며 "오메 내 새끼 얼마나 힘드냐! 미역국은 먹었냐?"라며 말을 건네 오는 느낌이었다. 이를 악물고 참아 내느라 숨을 멈추고 침을 삼키는 사이 벨 소리가 여러 번 더 울리며 빨리 받으라고 재촉했다.

"어 언니."

"경미야! 오늘 니 생일인디 진화(언니 딸)가 이모 고생하니까, 이모랑 함께 하루 호캉스 하라며 호텔을 예약해 놨어. 미역국은 먹었냐? 너 지금 바로 서울로 출발해! 너 생일이기도 하고 시부모님 모시느라 얼마나 고생하니? 지금 당장 기차 타고 와! 니 생일날이니 오늘은 다 잊어블고!"

내 생각이 맞았다. 언니는 나에게 마치 엄마 같은 존재였다. 다시 한 번 입술을 야무지게 다물며 가까스로 눈물을 참으며 대답했다.

"못 가, 언니, 시부모님은 어떡하고!"
"김서방한테 하루 돌보라고 해."
"안…돼… 기저귀도 갈…아…야…그리고… 얘들이… 서프라이즈… 해…준다…고… 지금 막… 들어왔어… 못…가…."
흑흑흑!

이젠 눈물이 마구 마구 흘러서 더 이상 통화를 할 수가 없었다. 옆에서 며느리가 끼어들면서 수화기에 대고 크게 말한다.

"이모님! 어머니 보내 드릴게요."

그리고 며느리는 나에게 아예 애원하듯 말을 했다. 자기에게도 할머니, 할아버지 돌볼 기회를 주라고 했다.

"어머니 다녀오세요. 할머니 할아버지는 저희가 돌봐 드릴게요."

"니네들이 어떻게? 미리 얘기했어야 먹을 거리도 더 준비해 놓았을 텐데, 지금은 준비해 놓은 것이 아무것도 없어."

"걱정하지 마세요. 제가 시장 봐서 할게요. 무조건 가세요."

"야~, 나 머리 염색도 해야 해. 머리도 하얗게 되어 보기 싫잖아!"

"제가 지금 해드릴게요. 염색하는 데 얼마나 걸려요?"

결혼한 지 아직 1년도 지나지 않은 며느리가 나에게 더 큰 감동을 주었다. 며느리가 등을 떠밀어서 못 이기는 척 머리 염색을 시작했고, 남편은 기차표를 예매하고, 아들은 차를 대기시키면서 나의 출발 준비를 돕느라 모두가 분주하게 움직였다. 가족들의 따뜻한 마음들이 나를 감싸 안았다. 서울로 향하는 기차 안에서 부모님이 오시고 나서 하루도 벗어날 수 없었던 나의 처지를 되돌아보았다. 그리고 나를 생각해 주는 자식들의 사랑과 친정 식구들의 배려가 오버랩 되면서 눈물은 끝없이 흘러내렸다. 기차 객실 안에서 힐끗힐끗 쳐다보는 주변의 시선이 부담스럽게 다가왔다. 그러나 그들의 호기심을 자극한 눈물은 감동으로 가득 찬 행복과 감사의 눈물이었다.

세상에 태어나서 이렇게 많이 울어 본 적이 없는 것 같다.

종착지인 용산역에 다 왔다는 안내방송을 듣고 나서야 눈물 흔적을 닦아 냈다. 더 이상 울지 말아야지 다짐하며 열차에서 내렸다. 그러나 이미 고장 난 나의 눈물샘은 먼발치에서 기다리고 있는 엄마 같은 언니를 보자마자 또 빗물처럼 쏟아지기 시작했다. 언니가 들썩이는 내 어깨를 어루만지며 "세상에 얼마나 고생하고 사냐! 맛난 거 사먹고 호텔에 들어가자"라고 다독였다. 언니의 눈에도 이미 눈물이 그득했다.

"언니 나 아무것도 먹고 싶지 않아."
"그래? 그럼, 편의점에서 맥주랑 안주 그리고 빵 조금 사서 체크인 하자."

언니는 내 마음이 어떤 상태인지 이미 공감하고 있어, 분위기 있는 곳에서 맛난 것을 먹어 봐야 맛을 음미하지도 못할 것이라는 것을 알았는지, 더 이상 저녁 먹자고 조르지 않았다.

그날은 마치 엄마 품에 안겨 아무런 걱정 없이 편안한 밤을 보낸 것처럼, 엄마 같은 언니에게 마음껏 털어놓았다. 치매로 힘든 시기를 보내고 있는 어머니와 암으로 투병 중인 아버님을 모시며 겪은 모든 어려움을 솔직히 이야기했다. 끝없이 토로하는 내 이야기에 지치기도 하고 지루하기도 했을 텐데, 언니는 내 이야기에 100퍼센트 공감하고 위로해 주었다. "내 동생이지만 진짜 대단한 일을 하고 있구나!" 하며 격려도 빼놓지 않았다. 그녀의 따뜻한 말 한마디가 마치 엄마의 자상한 손길처럼 나를 안심시켜 주었다.

"정말 죽을 만큼 힘들다는 생각이 들면 그만해도 된다."
"미련스럽게 끝까지 해보겠다고 고집부리지 말고, 니 몸은 해치지 않았으면 좋겠다."

언니는 안타까워하며 내게 조언해 주었다. 언니의 존재로 인해 마음속의 짐을 조금이나마 덜었고, 마치 엄마 품에서 푹 자는 듯한 안락함도 느낀 행복한 생일날 밤이었다.

생일이라고 시댁 가족들의 꽃다발과 케이크뿐만 아니라 지인들 그리고 SNS 친구들로부터의 축하 세례가 줄을 이었다. 행복해서 울고, 감동해서 울고, 힘들어서 울고, 위로받아 울고, 사랑받아 울었다. 너무 울어서 눈은 팅팅 부었고 머리는 멍해졌지만, 이 모든 사랑의 에너지 덕에 모든 시련이 상쇄되고도 남았다.

호텔에서의 하룻밤 휴식이 끝나고 집으로 돌아가는 내 손에는 어느새 아버님이 좋아하는 명란젓과 어머니가 좋아하는 멸치가 들려 있었다. 어서 가서 또 새로운 마음으로 더 잘해 드려야지!

환자를 간병하는 중에 주 간병인의 관심은 오로지 환자의 건강과 회복에만 쏠려 있다. 그것이 임무고 책임이니까! 본인의 건강도 본인의 의미 있는 날도 챙길 여유가 없다. 힘겨운 나날 속에 늘 외롭고 지친 시간만이 쌓여만 갈 뿐이다. 이럴 때 지인들의 사랑과 관심은 모든 난관을 이겨 낼 커다란 힘을 준다.

위대한 시인 위스턴. H. 오든(Wystan H. Auden)의 말처럼 사랑이 우리를 이끌어 주고 있다는 것을 느낄 때마다, 어떤 고난도 이겨 낼 수 있음을 믿게 된다. 가족이 지켜봐 주고 있다는 안정감은 이 세상 어느 것과도 견줄 수가 없다.

'사랑이 모든 것을 이긴다(Love wins all)'는 말이 우리에게 의미하는 것이 이런 것이 아닐까!

* 저자 유튜브 채널 〈춘천의 타샤〉의 '눈물로 얼룩진 나의 생일날!' 편에서 관련 영상을 확인하실 수 있습니다.

나도 울고 어머니도 울고

"어머니 자식이 몇 명?"

"아들 이름은?"

"딸 이름은?"

"내 이름은?"

"어머니 이름은?"

"아버님 이름은?"

매일같이 하루도 빼놓지 않고 하는 질문들이다. 전문가들은 치매 환자에게 테스트하지 말라고 충고하지만, 가족만큼은 끝까지 잊지 않았으면 하는 마음에 위 질문들을 포기하는 것은 쉽지 않다. 매일 하는 질문이지만 자식이 몇 명인지에 대한 어머니의 답은 계속 바뀐다. 보통은 대답을 잘하다가도 "또 테스트냐?", "넌 쓸데없는 걸 맨날 물어보냐?" 하며 대답하기 싫은 표정을 짓기도 한다.

어느 날 남편은 항암치료를 위해 입원해야 하는 아버님을 모시고 병원으로 가고 어머니와 단둘이 남았다. 그날도 위의 질문 세례가 끝난 후에, "아버님은 어디 가셨어요?" 하니 "밖에 어디 있겠지!" 하신다. 수십 번도 넘게 상황을 설명해 드렸지만, 기억을 못 하시는 것이다. 처음으로 말해 주는 것처럼 아버님이 암에 걸려 3주마다 항암치료를 다니고 있다는 설명을 또 해야 했다. "너가 많이 힘들겠구나!" 하신다. 갑자기 맑은 날이 된 어머니의 모습이다.

때는 이때다 싶어 진지하게 말을 이어 갔다.

"어머니 내가 체조를 하라고 시키고, 일기도 쓰게 하고, 그림 그리라고 하고 여러 가지 시키니 너무 귀찮지?"

"아니! 니가 나를 위해서 하는데 해야지."

"어머니! 나는 어머니가 지금 정신이 제대로 돌아와서 너무 좋아요. 더 이상 잊어버리지 않고, 화장실도 잘 갔으면 좋겠어요. 아버님도 암 말기라 힘들어하시고, 어머니도 제가 하나에서 열까지 다 챙겨 드려야 하니 너무 힘들고 속상해요!"

"고맙다, 그니까 나를 왜 데려왔니? 너 고생하는데."

"그럼 어떻게 해요? 두 분이 생활하기는 힘든데, 요양 병원으로 보낼 수도 없고."

"고맙다. 니 같은 며느리는 이 세상에 없을 거다."

"그래도 어머니는 너무 이뻐! 내가 하라는 대로 다 하잖아. 고집도 안 부리고."

"니한테 미안해 어쩌끄나! 죽어야 할 건디 내 맘대로 못 해!"

정신이 깜박거리는 와중에도 며느리에게 신세를 지고 있어 미안함을 다 알고 계시는 어머니. 자식에게 짐이 되어 힘들게 하고 있다고 죽어야 한디 안 죽는다고 하는 어머니! 내 눈에서도 어머니 눈에서도 눈물이 또르르 흘러내렸다. 우리는 서로의 눈물을 닦아 주며 잠시 누웠다. 얼마나 지났을까? 나도 모르게 어머니 옆에서 잠이 들었나 보다. 눈을 떠보니 어머니가 나를 물끄러미 쳐다보며 말씀하신다.

"나 때문에 니가 많이 피곤한가 보다! 코를 골고 자더라!"

다음 날 어머니의 머릿속 지우개는 평상시처럼 제 역할을 완수한 것이 분명하다. 어머니는 또다시 자기만의 세계에 갇힌 채로 나를 주시하며 내가 내릴 명령만 기다리고 있었다.

식사 후 약을 챙겨 드리고 다른 일을 하다 어머니를 돌아보니, 약을 손에 들고 계속 나를 쳐다보고 계셨다. 물 달라는 소리를 잊어버린 것이다. "어머니 물이 필요해?" 하니까 그제서야 "물 주세요!" 하신다. 우리에게 존댓말을 하는 어머니가 안쓰럽기도 하면서 또다시 마음이 답답해지기 시작했다.

치매 환자를 돌보다 보면 아무것도 모르는 것 같지만 본인의 상황이나 가족들의 감정까지도 이해하고 있다는 것을 알 수 있다. 물론 아주 짧은 찰나의 순간이지만 말이다. 이런 순간을 잘 포착하여 진지한 대화를 나누는 것은 환자와 간병인의 답답함을 해소하고, 서로의 사랑을 확인하고 위로받는 금쪽같은 시간이 된다.

지옥이 이런 거구나

　코로나가 한창 기승을 부릴 때의 일이다. 어머니가 고열이 있다고 주간보호센터에서 전화가 왔다. 정원에서 하던 일을 내팽개치고 남편과 함께 부리나케 센터로 향했다. 무슨 일일까? 코로나에 걸린 것은 아닐까? 여러 가지 걱정으로 내 가슴은 두근두근 박동수가 고르지 않았다. 어머니를 모시고 응급실로 향했다. 접수를 하면서 배가 아프고 머리도 아프고 열이 난다고 하니 일단 격리병동에 입원시키라고 했다. 코로나 검사를 먼저 해보고 그 결과를 확인해야 다음 단계를 진행할 수 있다고 했다.

　그동안 호전되었던 어머니의 총총한 눈빛은 어디론가 사라지고, 어둠 속 깊은 곳 어딘가에서 헤매는 듯한 눈빛이었다. 걸음걸이도 심상치 않았다. 힘들게 겨우 발을 떼듯 불편한 기색이 역력한 어머니! 코로나 백신 2차 접종을 했다는 확인 메시지를 보여 주었는데도, 일단 몸에 열이 있으니 병원에 들어오면 안 된다고 병원 밖에서 기다리라고 했다. 문전박대를 당한 느낌이었다. 코로나바이러스에 감염되면 열부터 나기 때문에 병원으로서는 그럴 수밖에 없겠지만 아픈 환자와 함께 내동댕이쳐진 기분은 너무나 쓸쓸했다.

보호자인 남편과 나를 여전히 병원 현관문 밖에 세워 두고, 직원이 격리병동 응급실로 어머니를 이송한다고 따라오지 못하게 했다. 보호자는 다음 날 연락을 받으면 그때 다시 오라고 한다. 그런데 직원과 함께 가던 어머니가 갑자기 뒤돌아보더니 나를 향해 "사랑한다!"라는 말을 했다.

밤마다 어머니의 잠자리를 정리해 드리며 "어머니, 사랑해요~" 하면 "나도 너를 많이 사랑해~"라고 하셨는데, 갑자기 이 시점에서 사랑한다는 말을 남기고 멀어져 가는 어머니의 뒷모습을 보니 갑자기 불안하고 불길한 생각이 앞섰다. 어머니가 나와 이생의 작별 인사를 하는 건가? 오만 가지 생각이 머리를 스쳐 지나갔다. 가족과 떨어져서 격리병동에서 혼자 하룻밤을 지내야 할 어머니를 생각하니 안쓰러움에 가슴이 미어졌다. 차마 발걸음이 떨어지지 않아 어머니를 모시고 들어간 건물만 한동안 멍하니 바라보고 있었다. 어머니의 애틋

한 뒷모습이 내 마음속에 각인되는 순간이었다.

"아무 일 없을 거야~"

남편이 어깨를 다독거리며 내 손을 잡아끌었다.

어머니가 어젯밤을 잘 보냈을까? 오전 9시가 지나도 연락이 없었다. 여러 가지 기본 검사 결과가 나오면 연락한다고 했으니 무작정 병원으로 가볼 수도 없는 노릇이었다. 일이 손에 잡히지 않아 그저 휴대폰만 쳐다보며 안절부절못하는 사이 전화가 왔다. 다행스럽게도 병명은 요로감염으로 심각한 병은 아니었지만, 일주일 정도는 입원하여 치료받아야 한단다.

일단 입원 준비물을 챙기고 눈이 빠지게 가족만 기다리고 있을 어머니 생각에 정신없이 병원으로 향했다. 침대에 누워 있는 어머니에게 어제는 어디서 주무셨냐고 물으니 집에서 주무셨단다. 누구랑 잤냐니까 아버님이랑 잤단다. 기억을 못 하는 게 오히려 잘된 일인가? 격리되어 어머니 혼자 지내느라 얼마나 겁이 나고 두려웠을까 하는 생각에 괜스레 나만 혼자 잠을 설쳤나 보다.

병원이라는 낯선 곳이 어머니를 불안하게 했다. 나는 치매 친정엄마를 여러 번 병원에서 간병한 경험이 있기 때문에 또 얼마나 힘든 병원 생활을 할까 심히 걱정되었다. 며칠 입원해서 치료해야 하는 상황을 수십 번 설명해 줘도 어머니는 계속 같은 질문이다.

"여긴 어디냐?"
"저 사람들이 누구냐?"
"왜 집에 안 가냐?"

게다가 자꾸만 병실 밖으로 나가시니 그때마다 쫓아다니느라 한숨도 못 자고 이틀이 지났다. 나 혼자 간호하다가는 내가 먼저 쓰러질 것 같아 간병인을 쓰려고 이리저리 수소문해 보았다. 하지만 중증 치매 환자를 돌봐 줄 간병인을 찾기란 정말 어려운 일이었다. 돈을 두 배로 준다고 해도 돌봐 주려는 사람이 없었다. 형제들에게 물어봐도 제각각 모두 사정들이 있었다. 어쩔 수 없이 일주일을 꼬박 요즘 젊은이들이 흔히 말하는 '독박' 병간호를 해야만 했다.

어머니는 아무리 여러 번 교육해도 곤란한 상황을 만들어 내기 일쑤였다. 수시로 맞고 있는 수액의 주삿바늘을 뽑아

버려 침대 시트부터 병실 바닥까지 피가 튀는 일이 허다했고, 그때마다 간호사들로부터 치매 환자인데 보호자는 뭐 하고 있는 거냐며 듣기 불편한 소리를 듣기도 했다. 평소에도 어머니는 빈뇨 증상이 있어서 화장실을 자주 들락거린다. 한밤중에도 거의 30분마다 한 번씩 화장실을 가야 한다고 해서 곤욕을 치렀다. 화장실을 갈 때마다 신발 챙겨야지, 수액 병을 이동식 기구에 옮겨야지, 휠체어에 앉혀야지 보통 복잡한 절차가 아니었다. 어머니에게 기저귀가 채워져 있으니 그냥 실례해도 된다고 몇 번을 설명해도 돌아서면 잊어버리니 계속 반복되는 실랑이가 이어졌다. 다른 사람들을 깨우지 않으려고 조용하게 얘기해도 상황 판단을 못 하시고 막무가내였다.

밤새 쪽잠조차 잘 수 없었다. 입원 기간 내내 거의 30분마다 한 번씩 화장실을 모시고 가는 상황이 계속되니, 잠자는 시간이 제일 고통스러웠다. 눈은 충혈되고 머리는 멍하니 깨질 것만 같고 정말 인내심의 한계에 다다랐다. 같은 방의 다른 환자들과 보호자들도 나의 이런 모습을 보고는 "저러다 저 집 며느리 잡겠다"라며 어머니 들으라고 일부러 한마디씩 하곤 했다.

그것뿐인가! 한번은 여러 명이 사용하는 샤워실에서 어머니를 목욕시킨 후 새 환자복으로 갈아입히고 나오려는데 다시 기저귀에 일을 봐서 얼마나 당황했는지 모른다. 병실과 샤워실이 멀리 떨어져 있고, 새벽 이른 시간이라 주위에 도움을 요청할 만한 사람도 없어 '이런 낭패가 어디 있나?' 주저앉아 울고 싶은 심정이었다.

"어머니 어떻게 해? 똥을 싸고 싶다고 말을 해야지~."
거의 울먹이는 소리와 짜증이 묻어난 감정이 섞여 나왔다.
"가서 기저귀랑 옷을 다시 가져와야 하니 절대 움직이지 말고, 내가 다시 올 때까지 꼼짝 말고 그대로 있어야 해."
"잉~."
"절대 나오지 마요! 금방 올게!"
"잉~."

어머니의 다짐을 받고 다시 병실에 다녀오는 사이 나는 넋이 나간 사람이었다. 어머니가 혼자서 움직이다 또 다른 사고로 이어질까 조마조마했고, 그사이 다른 사람이 샤워실을 들어가서 어머니가 당황하고 놀랄까 봐 더 초조했다. 다행히 우려한 대로의 상황은 벌어지지 않았지만, 샤워실 바닥까지 청소하느라 나는 땀으로 흠뻑 젖은 생쥐가 되었다. 수면 부족으로 인한 피로에 더하여 온몸은 물먹은 솜이 되었다.

독박 간병 5일째!

이대로는 도저히 안 되겠다 싶었다. 사람들이 며느리 잡겠다는 말이 기정사실로 될 것 같아 용기를 내서 담당 의사를 불러 달라고 했다. 내가 죽을 만큼 힘들어서 더는 버틸 수 없다는 상황을 설명했다. 집에서 돌볼 테니 주의사항을 알려주고 어머니를 퇴원하게 해달라고 간곡히 부탁했다. 주치의는 피검사, 소변검사, 엑스레이 검사 등을 한 후에 보자고 했다. 퇴원할 수 있는 수치가 안 되면 수면제 추가 처방과 화장실 가까운 병실로 옮기는 방법 등을 고려해 보겠다고 했다. 결과를 기다리는 몇 시간이 그렇게 길게 느껴지기는 처음이었다. 간호사가 밝은 얼굴로 다가오더니 말했다.

"퇴원 허가 났어요."

그 순간 물먹은 솜덩어리의 내 몸은 무중력 상태가 되어 하늘을 날아가는 느낌이었다.

와 이제 살 것만 같았다. 집에 도착하자마자 2박 3일로 자야지 생각했다. 치매로 고통받는 어머니였지만, 나를 힘들게 하고 고통을 준 어머니에 대한 섭섭함과 미움이 커졌다. 평소에도 나만을 쫓아다니던 어머니의 눈길은 부담을 넘어 고통스럽기까지 했다.

집에 오자마자 마주한 남편을 보며 이야기했다.

"여보! 나 죽을 것만 같아. 그동안 잠을 한숨도 못 자서…."

"어서 자! 어머니, 아버지는 내가 볼게."

"근데 있잖아! 고백할 게 있어! 얼마나 힘든지 못된 생각까지 했어. 너~무 졸린데, 어머니가 시도 때도 없이 화장실을 간다고 하니 잠을 잘 수가 있어야지. 어젯밤에는 다른 사람들이 모두 자고 있어서 방해하지 않으려고 노심초사 불안해 죽겠는데, 계속해서 화장실 간다고 보채는 거야. 누워 있는 어머니의 귀에 대고 말했지. 좀 전에 다녀와서 안 나올 거니 그냥 참아 보자고. 어머니는 막무가내로 나를 힘으로 밀어내고 일어날 태세라 강제로 일어나지 못하게 어머니 몸을 압박하는데, 순간적으로 하면 안 되는 생각까지 들더라고!"

혹시나 남편이 그런 생각까지 하는 나를 몰지각한 아주 못된 사람으로 여길까 봐, 재빠르게 "나 나쁜 사람인가 봐!" 하고 얼른 덧붙이면서 남편의 표정을 살폈다.

"아냐, 잠을 못 자는 것만큼 힘든 건 없어. 그런 생각이 잘

못된 건 아니야. 누구나 그런 상황에 부딪히면 그럴 수 있으니 다른 생각 말고 얼른 자~."

휴우~, 남편이 그런 말에도 공감해 주다니. 의외의 남편 반응에 안도의 마음이 들었고 화를 내지 않는 남편이 너무나 감사했다. 나는 편안한 마음이 되어 바로 곯아떨어졌고, 거의 20시간을 쉬지 않고 잠을 잤지 싶다.

치매 환자와 병원! 지금 생각해도 그 모든 불안감, 초조함, 피곤들이 떠오른다. 병원에 입원 치료해야 하는 상황은 물론이고 하물며 외래 진료를 위해 치매 환자를 모시고 다니는 것은 주 간병인의 모든 에너지를 바닥나게 하는 과정이다. 치매 가족들이 이러한 상황을 겪게 된다면 더욱더 주 간병인과 협력하고 그에 따른 고통 분담을 조금이라도 할 수 있으면 좋겠다.

＊ 저자 유튜브 채널 〈춘천의 타샤〉의 '하루에도 몇 번씩 시소를 타는 어머니' 편에서 관련 영상을 확인하실 수 있습니다.

발길 끊은 가족과 지인들

　나는 사람을 무척 좋아한다. 그래서 우리 집엔 늘 사람이 끊이지 않는다. 그러나 부모님을 모시고 온 후에는 찾아오는 사람이 점차 줄어들었다. 결국엔 거의 아무도 찾아오지 않게 되었고, 정적이 흐르는 시간이 많아졌다. 마치 〈해리포터〉에 나오는 행복을 먹고사는 디멘터가 습격한 것 같은 분위기였다. 죽음의 그림자가 항상 기다리는 어두운 분위기가 집 안을 가득 채웠다.

　나는 SNS로 소통하고 있는 사람들도 많았다. 그들은 잘 가꾸어진 나의 이쁜 정원을 구경하기 위해 수시로 방문하곤 했다. 국내뿐만 아니라 미국, 영국, 캐나다, 아일랜드, 스페인 등지에서 우리 집 정원을 보기 위해 찾아왔다. 그러나 치매 어머니를 돌보면서 이들을 모두 맞이하기에는 무리가 있었으므로 다음 기회로 연기하는 경우가 많았다. 사람들이 끊임없이 찾아왔던 그 전의 풍경은 옛날 일이 되었다.

　매일 전쟁을 치르듯 지나가고 있는 나의 생활과는 달리, 나를 제외한 모든 사람은 즐겁고 행복하게만 보였다. 어머니의 치매로 인한 어려움은 말로 다 표현하기 어려웠다. 대소변 처리가 제대로 되지 않아 방 안은 물론 기저귀를 갈아 주는 손끝에서도 계속 냄새가 풍기는 것 같았다. 하루에도 수십 번씩 손을 코에 대어 보고 씻어야 했던 날들도 많았다. 매일 가슴이 답답하고 눈물만 났던 간병의 날들! 다행히 어머니는 치매 외에는 보통의 노인들이 겪는 당뇨나 고혈압 같은 노인성 질환 등은 없었다. 그러나 아버님은 항암치료를 해야 했고, 그에 따른 합병증이 있어서 다른 치료도 병행해야 했기에 우리는 그 모든 스케줄을 완수해 내기도 벅찼다. 항상 죽음의 그림자와 마주해야 했으며, 아버님에게는 매일 죽을 쑤어 드려야 하니 이것 또한 여간 번거로운 일이 아니었다.

　모든 일을 내 개인적인 일에 맞추기보다는 시부모님 우선으로 바뀌었으니 나의 사회생활이 중단될 수밖에 없었다. 단출했던 우리 부부의 식단도 늘 12가지 이상의 상차림으로 준비해야 했다. 어머니가 좋아하는 것과 아버님의 식성이 달랐으므로 어쩔 수 없는 일이었다. 반찬뿐만 아니라 밥도 2가지로 지어야 했다. 진 밥과 고슬고슬한 밥으로. 남편과의 자유스럽던 일상도 제약을 많이 받았다. 부부 동반과 같은 모임은 아예 갈 수가 없었다. 이런 일련의 변화는 어쩔 수 없는 일이기에 그냥 당연하게 받아들였다.

그러나 정말로 서럽고 속상한 변화는 수시로 집으로 찾아오기도 하고 만나자고 전화하던 주변 사람들의 발길이 뚝 끊겼다는 것이다. 모두 날 배려하는 마음에서 '시부모님 신경 쓰는 것도 힘들 텐데!' 하며 방문을 자제하는 것이었는데, 반대로 찾아주고 위로해 주고 안부 물어주고 하는 것이 나에게 얼마나 큰 힘이 되는지는 모르는 것 같다. 물론 내가 처지를 바꾸어 생각해도 나도 그들과 똑같이 행동했을 것이다. '내가 찾아가면 더 힘들겠지'라는 생각으로.

간병하면서 정신적으로 신체적으로 힘든 것은 내가 선택한 길이니 어쩔 수 없이 감당해야 해야 할 몫이었다. 그래도 누구보다 더 많은 관심과 사랑을 나누어야 할 가족들이 제일 먼저 연락이 뜸해지고 얼굴을 보기가 힘들어지는 것은 더 마음이 아프고 서운했다. 치매 가족들을 만나 얘기를 들어 보니 이것은 거의 모든 가정에서 공통적인 문제였다.

왜 그럴까? 그들에게 간병의 책임이 돌아갈까 두려워서일까? 아니면 주 간병인의 고충을 회피하고 싶은 걸까? 이러한 가족들의 무관심이 우리를 가장 우울하게 만들었다. 항상 내 편이었던 친정 식구들조차도 나의 상황이 얼마나 힘들까 생각하면서 오지 않았다. 물론 가끔씩 외출 나와서 스트레스 풀고 가라며 불러내곤 했지만 말이다.

어느 날이었다. 정기적으로 하던 봉사활동을 하러 가는 길에 라디오에서 흘러나오는 음악 소리를 듣는 순간 나도 모르게 눈물이 주르륵 흘렀다. 세상의 모든 음악도 나를 위로하는 것 같았다. 그만큼 나는 고립감에 외로웠고 사람이 그리웠던 것이다.

한 달이 멀다 하고 만났던 친구들도 집으로 오는 것을 아예 끊었다. 사람을 좋아하던 나는 점점 우울해지기 시작했고, 그러지 않아도 매일 울며 잠들던 날이 많았었는데 더 자주 울게 되었다. 남편이 출근을 위해 나가도 나 혼자 어떻게 감당할까 생각하면 눈물이 났고, 일을 마치고 저 멀리 모퉁이를 돌아오는 남편의 차만 보아도 눈물이 났다. 남편에게서라도 위로를 받고 싶었다. 이렇게 나의 외로움은 점점 깊어만 갔다.

어느 날, 절친들에게 나의 마음을 털어놓았다. 역시 내가 짐작했던 대로였다. 그들은 이렇게 얘기했다.

"네가 얼마나 힘든지 알고 있어. 부모님 때문에도 힘든데 우리가 방문하면 더 힘들 것 같아서 자제했어."

나는 만나는 순간이라도 우울감에서 벗어날 수 있게 전처럼 방문해 달라고, 너네들을 만나 웃는 순간만이라도 나의 외로움을 해소할 수 있게 해달라고 나의 심경을 솔직히 말해야 했다.

그 이후 내 친구들은 전처럼 집으로 찾아와 같이 하룻밤을 자면서 이런저런 이야기도 나누어 주고, 밖으로 불러내기도 했다. 그녀들이 올 때마다 시부모님 간식도 준비해 오곤 했는데, 그런 친구들 덕분에 시부모님도 우리도 달라진 분위기에서 기분이 한껏 좋아졌다. 나는 그 에너지로 또다시 버틸 힘을 충전할 수 있었다. 이 지면을 통해 내 절친들에게 고맙다는 인사를 다시 한 번 전하고 싶다.

그녀들이 가고 다시 우리만 있는 시간이 길어지면 마치 빛이 없어 시들시들해져 가는 화초처럼 지냈다. 초긍정적이라는 말을 듣던 나의 마인드가 조금씩 빛을 잃어 가는 느낌이었다. 오래전 시아버님 말씀이 파란 안경을 쓰고 세상을 바라보면 온통 파란 세상이고, 빨간 안경을 쓰고 세상을 보면 빨간 세상이라고 했는데 지금 나는 온통 빨간색만 보이는 느낌이다. 평안한 느낌을 주는 색을 선택하기 위해 억지 노력이라도 해야 했다.

고립감, 외로움, 피로, 좌절감, 분노, 비통함, 망연자실함, 죄책감, 혼란 등은 주 간병인에게 숙명적으로 따라다니는 감정들이다. 가족이나 친구들의 격려는 힘든 순간을 헤쳐 나갈 수 있는 커다란 힘을 줄 텐데, 그런 사정을 모르는 이들이 참 많은 것 같아 안타까울 뿐이다. 치매 환자를 돌보는 가족이 있다면 환자뿐만 아니라 주 간병인에게도 더욱 신경을 써주는 것이 무엇보다 중요함을 이 경험을 통해서 나도 하나 배워 간다. 주변에 누군가 이렇게 힘든 상황에 있다면, 반드시 더 자주 연락하고 더 잘 소통하며 지내야겠다고 다짐해 본다.

＊ 저자 유튜브 채널 〈춘천의 타샤〉의 '가족과 함께 보낸 5월' 편에서 관련 영상을 확인하실 수 있습니다.

설상가상이라는 실제

어머니는 이제 대소변으로 사고를 치는 일이 일주일에 두 번 정도로 감소했다. 아버님은 3주에 한 번씩 받는 항암치료가 7회째 진행되면서 조금씩 좋은 결과를 보여 주고 있었다. 이제는 한시름 놓아도 되었을 때다. 두 분 모두 스스로 생활하기 어려웠지만, 어둠 속에서 한 줄기 빛이 보이기 시작할 즈음이었으니까!

그러나 운명의 신은 내 편이 아니었다. 남편의 종합검진 결과 이상 소견이 나왔는데 그 결과가 좋지 않았다. 2기 암이라는 진단을 받았고, 2주 정도 입원하여 수술을 받아야 했다.

남편이 수술을 받게 되면 남편 간병은 어떻게 하고, 그 기간에 아버님, 어머니는 어떻게 돌봐 드려야 하지? 시댁 쪽 가족들과 상의해 보아도 답이 나오지 않았다. 각자 처한 사정으로 부모님을 모실 형편이 되는 사람이 없었다. 그래도 누군가 총대를 메주는 형제가 있지 않을까 한 줄기 희망을 품고 있었지만, 자식 중 어느 한 사람도 자기 집으로 잠시 모시겠다고 말하는 사람은 없었다.

멀어서 안 되고, 집이 좁아서 안 되고, 주말부부라서 안 되고 등등 나름의 사정이 있으니 강제로 떠맡길 수도 없다. 더군다나 늙고 병든 두 분을 한꺼번에 모셔 가서 방 하나를 온전히 비우고 24시간 간병을 한다는 게 말처럼 쉬운 일은 아니기 때문이다. 게다가 아버님은 폐암에 전립선암, 간경화증, 혈소판감소증, 심방세동 등 여러 가지 병을 가지고 있어서 일주일에 서너 번씩은 병원 순례를 해야 하기 때문이다. 그 부담을 너무나도 잘 알기에 가족들이 아무도 나서지 않았어도 그렇게 섭섭하지는 않았다.

남편과 함께 해결책을 찾아내기 위해 고민하다가 두 분을 잠시 요양 병원에 모셔 두는 것이 최선일 것 같다는 결론을 내렸다. 엄마가 입원 중인 요양 병원으로 시부모님을 함께 입원시키기로 마음먹었는데 예상치 못한 문제가 발생했다. 어머니는 스스로 생각할 능력이 없으니 늘 어떤 일이라도 따르는 데 어려움이 없었지만, 아버님은 예상치 못한 방향으로 화를 내며 불편함을 드러냈다.

"효(孝) 사상이 어디로 갔냐?"
"요양 병원이라니, 왜 우리가 거기로 가야 하냐?"

무척 못마땅해하셨다. 아버님에게 아들의 병은 안중에도
없었다. 그도 그럴 것이 우리 부모님 세대들은 요양원이나
요양 병원을 절대 가면 안 되는 곳으로 생각하는 경향이 있
기 때문이다.

"내가 느그들을 어떻게 가르쳤는데!"

아버님의 얼굴에서는 분노가 사라지지 않았다.
아버님은 남편(아들)의 수술을 큰 병원보다는 집 근처 병원
에서 받도록 하는 제안까지 하셨다. 그렇게 하면 내가 병원
과 집에 왔다 갔다 하면서 세 명을 모두 돌볼 수 있을 거라고
했다. 그 말에 나는 하마터면 아버님께 소리를 지를 뻔했다.

"아버지, 그걸 말이라고 하세요? 자식 아픈 건 안중에도 없
어요? 며느리 힘든 건 안중에도 없냐고요!"

차마 입 밖으로 내뱉지 못하고 올라오는 화를 애써 꾹꾹 눌러 가라앉혔다. 어떻게 해야 할지 망연자실했다. 나는 무슨 초능력을 가진 사람인가? 이런 상황에서 남편 병원 수발을 하면서 부모님까지 돌봐야 한다는 것은 누가 봐도 힘들게 뻔한데도 아버님은 자신의 지병 때문인지 오래 살고 싶어 하는 본능만 남아 있고, 가족을 비롯한 다른 사람들을 위한 마음은 전혀 없어 보였다. 주변 지인들은 남편이 예약해 둔 병원에서 수술받는 것도 걱정이라며, 그 분야에서 더 뛰어난 의사를 찾아보라고 조언까지 해주었다. 하지만 아버님의 배려 없는 모습을 보니 배신감까지 밀려왔다. 왜 내가 시부모님을 모시고 와서 이런 고민에 빠지게 됐는지 가슴을 치고 원통해 죽을 것 같았다.

그런 아버님을 설득하려고 자식들이 한자리에 다 모였다. 가족들은 아버님에게 요양 병원은 잠시만 다녀오는 거라며 형수도 형에게 집중해야 하지 않겠냐고 달래고 또 달랬다. 가기 싫어하는 분을 억지로 보내자니 마음이 편치 않았지만 그래도 다른 대안이 없었다. 나는 부모로서 자식을 배려하는 마음이 없는 아버님을 이해할 수가 없었다. 수술을 앞둔 자식이 안쓰럽고 걱정이 되어 '우리가 당분간 요양 병원에 가 있을 테니 우리 염려는 하지 말고 수술 잘하고 완치되도록 신경을 쓰거라'라고 본인이 먼저 자발적으로 말해야 하는 거 아닌가! 아버님이 우리에게 서운한 만큼 아니 그보다 백배는 더 아버님에게 서운한 마음이 들었다.

남편이 수술을 위해 병원에 입원하던 날, 시부모님도 함께 떠날 채비를 했다. 우리는 예약해 두었던 서울의 대학병원으로, 다른 자식들은 아버님, 어머니를 모시고 5시간 거리의 요양 병원으로 떠났다. 기분이 좋을 리가 없었다. 아무도 말하는 사람이 없었고, 딱히 할 말도 없는 무거운 분위기였다. 마치 장송곡이 배경음악으로 퍼져 나오는 것 같았다. 우리는 남편의 수술이 무서웠고 그 경과가 어떻게 될지 몰라 불안했다. 억지로 끌려가는 모양새인 아버님도(어머니는 아무것도 모르기에) 요양 병원 생활을 잘하실지 불안하기만 했다.

남편이 수술받는 동안, 기다리는 나의 마음은 여러 가지 생각으로 너무나 초조하고 불안했다. 다행히 막내아들이 와서 힘이 되어 주었다. 수술이 끝나고 주치의가 보호자를 불러 수술 부위와 제거된 부위를 보여 주면서 경과를 설명해 주었다. 암 부위의 크기는 예상보다 상당히 컸다. 의사는 수술이 잘 되었다고 걱정하지 말라고 했지만, 수술실에서 막

나온 초췌해진 남편을 보니 불안한 마음이 드는 건 어쩔 수 없었다. 2주가 지나고 퇴원하면서 앞으로 2개월 정도는 더욱 조심해서 재활해야 하니 장시간 앉아 있거나 장거리 운전을 하면 안 된다는 주의사항을 받았다.

항암치료에 매달리는 90세의 아버님은 아들이 퇴원했다니 본인도 요양 병원에서 집으로 데려가라고 안달이 나셨다.

"언제 올래? 언제 퇴원시킬래?"

하루도 빼놓지 않고 우리에게 전화를 하셨다. 정확히 말하면 하루에도 몇 차례씩 말이다. 다른 자식들도 있는데, 왜 우리만 가지고 저렇게 안달이실까 싶은 마음에 서운함이 밀려왔다. 아버님은 지속적인 항암치료를 받아야 하는데 남편의 회복 속도가 예상보다 느려져 아버님을 모시러 갈 수도 없었다. 남편의 회복 기간에 왕복 10시간 거리의 병원을 아버님을 모시고 다닌다는 것은 남편에게 무리가 될 게 뻔했다.

아버님은 본인의 항암치료를 제때 못 받게 될까 봐 안절부절못했다. 결국 왕복 100만 원이나 하는 사설 앰뷸런스로 목포에서 서울의 큰 병원까지 항암치료를 받으러 다니셨다. 누군가는 보호자 역할을 해야 했기 때문에 남편은 아버님의 진료를 위해 대중교통으로 춘천에서 서울로 갔다. 아버님을 태운 앰뷸런스가 서울 병원에 도착하면 아버님을 휠체어에 태워 모든 치료와 진료 일정을 도와 드렸다. 모든 과정이 끝나면 대기하고 있던 같은 앰뷸런스로 다시 요양 병원으로 보내기를 두세 번은 더 해야 했다.

매일 전화해서 불평만 늘어놓는 아버님. 게다가 "나 언제 데려갈 거냐? 느그들이 잘 모신다고 데려가더니 여기에 버려 놓았냐? 내가 죽을 자리가 여기냐?"며 막무가내로 이야기하실 때마다 나의 아픈 자리를 마구 쑤시는 것 같았다. 보다 못한 수간호사인 동생이 "어르신! 형부가 몸을 추스르는 동안 조금만 더 참고 여기 편히 계셔 보세요!"라고 설득해도 소용없었다. 보호자 없으면 퇴원이 안 된다는 병원 방침에도 억지를 부리셨다. 내 발로 내가 나갈 건데 당신들이 왜 막냐며 행패를 부렸다는 말도 들려왔다.

거기서 멈추지 않았다.

"아범이 장거리 운전을 못 해서 곤란하면 니가 운전하믄 되지!"

이렇게 나까지 닦달했다. 더군다나 이런 말까지 했다.

"니 어머니는 여기 요양 병원이 딱 맞는 곳이다. 노망이 들어서 아무것도 몰라 집에서 돌보기 힘드니 여기 있게 하고, 나만 퇴원시켜 주믄 돼."

정말 기가 막혔다. 다시 한 번 아버님의 이기심을 확인한 셈이었다. 실제로 중증 치매 환자인 어머니보다 이러한 아버님의 태도가 우리를 더욱 고통스럽게 했다.

그때는 차라리 아버님이 돌아가시는 편이 더 낫다는 생각마저도 들었다. 자식들 안위는 안중에도 없고 자신만 생각하는 노인네라고 생각했다. 죽음이란 것이 대체 한 사람에게 얼마나 큰 두려움을 주는 것인지 자식의 안위마저도 잊을 정도일까? 가족에게 생각해서는 안 될 생각마저 하는 내가 괴물 같았고, 이런 생각을 하게 하는 아버님이 죽도록 미웠다.

나에겐 당신보다 내 남편이 중요하다. 당신은 왜 자식보다 당신을 중하게 여기냐. 남편은 암과 싸우고, 양가 어머니들은 치매의 어둠 속에 계시고, 시아버지는 이기심의 극치를 보여 주는 현실, 이 현실이 참 지긋지긋하고 나를 한없이 깊은 굴속으로 밀치고 또 밀어 넣는 거 같았다.

죽음을 앞둔 나는 내 자식 앞에서 어떤 모습으로 생을 마감할까? 나도 시아버님처럼 죽음 앞에서 저런 모습일까? 지금부터라도 나의 죽음을 덤덤하게 받아들이려 죽음을 주제로 공부라도 해야 할까? 죽음을 담담하게 맞이할 수 있는 인생 공부를 말이다!

세월은 속절없이 흘렀다. 원래의 계획보다 시부모님의 퇴원 날짜가 자꾸만 미뤄졌다. 남편의 회복이 생각보다 더디게 진행되었기 때문이다. 병원에 계시면서까지 이렇게 우리를 가만 안 놔두니 그 스트레스로 없는 병도 더 생길 지경이었다. 게다가 집에서 우리가 돌보면서 기적을 보여 주기까지 했던 어머니의 상태는 점점 나빠지고 있었다. 탈출구는 보이지 않았다.

남편의 암 진단이라는 복병만 없었다면 지금도 어머니는 기적을 보여 주었던 그 상태를 유지하고 있었을까?

06

어머니는
착한 치매

나는 왜 병명이 없는 거야?

잠을 충분히 못 자고 스트레스가 많아서인지 언제부턴 가 코 주변에 붉은색의 트러블이 생겨 내 코는 딸기코로 변했다. 만나는 사람마다 "코가 왜 그래요?" 하고 걱정해 준다. 생각해 보니 엄마를 병간호할 때도 똑같은 증상이 있었다. 그 당시에 가까운 피부과에서 전혀 효과가 없어 서울의 큰 대학병원까지 다니면서 치료하였지만, 스트레스성이라는 말만 할 뿐 별다른 차도가 없었다. 다시 그때처럼 빨간 반점이 올라와 여간 신경 쓰이는 게 아니다. 아마 내 몸이 이겨낼 수 있는 한계를 넘어서 나타나는 게 아닌가 하는 짐작만할 뿐이다.

본가의 시골집 매매계약을 체결하고 이사(합가) 날짜를 2주 정도 남겨 놓고 있던 어느 날, 그러니까 시부모님을 모시고 생활한 지 4~5개월쯤인 것 같다.

아버님이 나를 부르셨다.

"이사를 온 후에는 이제 고향에 갈 일이 없을 것 같은데, 이사하기 전에 그 집에서 하룻밤 자고 정리 좀 하고 오자."

"아버님, 치매 환자를 모시고 다니는 것은 생각만큼 쉽지는 않아요. 아범이랑 이사하기 전날에 가신다고 했잖아요. 어머니 대소변 문제도 걱정되고요…."

"뭣이 힘들어야? 거기 가면 화장실 있겠다, 물도 나오겠다, 뭣이 힘들다고 그러냐?"

나의 말을 잘라 내며 못마땅하듯 쏘아붙이는 아버님의 목소리도 무서웠지만 나에게로 쏟아지는 아버님의 시선은 온몸을 주눅 들게 하기에 충분했다. 난 어이가 없었다. 그리고 화가 치밀어 올라왔다. 늘 당신밖에 모르시는 분, 어머니 하나도 제대로 돌봐 주지 않는 분. 그동안 여러 차례 참았던 울화가 폭발했다. 지금이 기회다. '더 이상 참지 말아야지!'

"아버님, 뭣이 힘드냐고요? 아버님이 그럼 똥 치우실래요? 물만 있다고 다 되는 게 아니에요. 오랫동안 비워 놓았던 집이라 하룻밤 자려면 청소도 해야 하고…."

"누가 너보고 청소하라 하냐?"

이미 심기가 불편해진 아버님은 내 말이 끝나기도 전에 점점 더 목청을 높였다.

그때 남편이 구부간(시아버지와 며느리 사이)의 소란에 놀라 계단을 급하게 내려오는 소리가 들렸다. 뭔가 전쟁이 일어날 것만 같았다. 내 가슴은 벌써 쿵쾅쿵쾅 뛰었다. 그렇지 않아도 그즈음 아버님의 고집 때문에 부자지간의 사이가 살얼음 위를 걷는 것 같은 분위기였다. 나름대로는 서로의 눈치를 보며 심기를 건드리지 않으려고 애쓰는 상태가 지속되었기 때문이다.

"아버지, 이 사람이 힘들다잖아요. 왜 강요를 하고 그러세요? 며칠 후에 저하고 같이 가기로 하셨잖아요?"

남편은 며칠 동안 참았던 분노가 터진 것 같았다.

"저저저…. 뭣이 어째야?"

양쪽에서 불꽃이 튀었다. 아버님도 점점 이성을 잃어 갔다. 남편이 마누라를 편드는 모양이 아버님에게 불쏘시개 역할을 한 셈이다.

"아버님도 좀 생각을 해보세요. 이 사람이 요즘 얼마나 힘든지. 어머니 한 분만으로도 힘든데. 요즘 아버지는 이 반찬 해주라, 저 반찬 해주라, 날것과 돼지고기 닭고기는 암에 해로우니 앞으로는 식탁에 놓지 마라, 요구도 많으시고, 게다가 에미가 날마다 아버지 죽 쑤어 드리고…."

"여보, 그만하고 올라가~"

겁에 질린 나는 남편의 등을 떠밀며 억지로 2층으로 올라가게 했다.

부자간에 넘지 말아야 할 선을 넘은 것 같았다. 어찌해야 할 줄 몰랐다. 이 사태를 어떻게 해야 원상 복귀시키지? 일단 그 자리에서 벗어나는 게 상책일 듯했다. 아버님을 뒤로하고 몇 발짝을 옮겨 보려 했지만, 갑자기 허리가 저리면서 통증으로 걷기가 힘들어졌다. 일어설 수 없을 만큼 통증이 찌르더니 정말 허리를 펼 수가 없는 상황이 되었다. 올라가는 계단이 천 리나 되는 것처럼 멀게 느껴졌다. 이를 악물고 통증을 참아 가며 겨우겨우 기다시피 해서 2층으로 올라왔으나 그대로 쓰러져서 일어날 수가 없다.

통증도 통증이었지만 "뭣이 힘들어야?"라고 나무랐던 아버님의 심한 꾸지람이 머릿속에서 계속 메아리가 되어 돌아왔다. 육체의 고통보다 정신적인 상처가 내 몸을 마비시켰다. 서러움의 눈물이 복받쳤다.

부모님 간병으로 인한 스트레스인지, 가슴에 무거운 돌 하나를 늘 얹어 둔 것처럼 답답하고 숨을 제대로 쉴 수가 없었다. 소화도 안 되었다. 그뿐인가! 머리가 지끈거리고 온몸이 이상 신호를 보내고 있었다. 그러나 상황이 그럴 수밖에 없다고 생각하고 병원에 가볼 생각도 하지 않았다. 그러나 이번엔 달랐다. 어딘가 고장이 난 것이 분명했다. 내 몸이 비명을 지르고 있는 것 같았다.

다음 날, 병원에서 여러 가지 검사를 했다. 머리와 가슴의 MRI와 CT 촬영 그리고 허리 X-ray까지 찍었다. 검사 결과는 모두 정상이었다. 참으로 신기한 일이다. 나는 아픈데 왜 병명이 없다는 거지? 나도 아파서 누군가의 관심과 사랑을 받고 싶은데, 한 지붕 아래에서 왜 나 혼자만 멀쩡해서 사랑과 관심을 나누어 주어야 하는데? 살날이 얼마 남지 않았다는 사형선고라도 받아 빨리 죽어 버렸으면 좋겠는데 도무지

검사 결과가 믿어지지 않았다. 아무 이상도 없다는 말에 얼마나 실망이 컸는지! 그 순간 나의 헛된 기대는 무참히 깨어져 버렸다. 나의 바람 덕분이었을까? 이상 반응은 거기서 끝나지 않았다. 그 이후로는 탈모 증상도 추가되었다. 하지만 이후로는 더 이상 병원을 방문하지 않았다. 병명은 없고 스트레스성이라고 할 게 뻔하니까!

혹자는 말할 것이다. 얼마나 힘들다고 죽고 싶다 엄살을 부리냐고. 나도 이렇게까지 힘든 상황으로 전개될 줄은 상상도 못 했다. 치매 어머니는 고집도 부리지 않았고 자기 주장도 없이 엄마를 쫓아다니는 아이에 불과했으니까 아버님보다는 상대적으로 힘들지 않았다. 우리 고충의 80퍼센트 이상은 아버님 때문이었다. 아버님이 언성을 높여 가며 집안이 발칵 뒤집혔던 그날도 어머니는 아무것도 모르는 아이로 존재감마저 없는 그림자 같았다.

내가 수십 년 결혼생활을 하며 느꼈던 아버님의 성품은 완고하지만 합리적이고 인자한 편이었다. 며느리인 나와는 서신 교류도 자주 했었고, 장단이 잘 맞았다. 나를 아는 많은 사람이 시아버지와 며느리 사이를 부러워할 정도였으니까. 시부모님과는 여행도 많이 다녔다. 여행지에서는 그 지역 이름을 가지고 아버님과 사행시도 곧잘 지었고, 누구보다도 며느리를 존중해 주곤 했었다. 사이 좋은 구부간이라 나도 어디 가면 시아버지 자랑을 꽤 많이 하고 다녔다.

그런데 암이라는 선고를 받은 순간부터 아버님은 달라지셨다. 이전의 인자하고 합리적이었던 모습은 사라지고, 오직 당신 한 사람에 집중하며 요구하는 것도 늘어났다. 참을성도 없어지고 고집도 세졌다. 어머니를 주간보호센터에 보내고 나면 휴식을 취하고 싶은 우리의 바람과는 다르게 아버님의 지시로 하루가 멀다 하고 병원 순례를 해야 했다. 내과, 안과, 치과, 피부과를 수시로 다녔다. 가는 곳마다 의사가 맘에 안 들어 같은 과의 병원을 두세 개는 가야 직성이 풀리셨다. 게다가 정형외과 의사인 아들 이외의 의사들은 모두 돌팔이 의사라고 생각하셔서 한 시간 반 거리에 있는 아들의 병원을 일주일에 한 번씩은 꼭 가야 했다. 틀니도 여러 차례 고쳤다. 물론 여러 개의 치과에서 말이다. 돌이켜 생각해 보면 이미 아버님도 치매가 진행된 것이 아닐까 생각된다. 지금까지 못 보던 그런 성격의 변화가 있었으니까 말이다.

이렇게 내 건강은 뒷전으로 밀려나고 시부모님의 간병 때문에 많은 어려움을 겪으면서 나는 차라리 내가 죽어 버렸으면 좋겠다고도 생각했다. 통상적으로 사람들은 건강에 관한 정보를 공유하며 서로를 챙겨 주지만, 우리는 그런 분위기에 관심이 없었다. 남편이 암 수술을 받았을 때도 그의 회복을 바라는 것이 사치로 느껴졌다. 지금 생각해 보니 남편의 회복이 더딘 것은 우리의 부정적인 태도 때문이 아니었을까 싶다.

나의 갱년기가 시작되면서 시작된 양가 부모들의 돌봄은 나의 삶을 송두리째 희생하도록 변화시켰다. 그래서 죽고 싶은 마음까지도 품게 된 것이다. 부모가 일찍 돌아가신 분들은 우리가 부모님과 함께 사는 것을 부러워하는 사람들도 많다. 부모가 오래 살아 계셔서 효도할 수 있어서 좋겠다고 말하기도 한다. 하지만 그건 부모님이 건강하실 때 해당되는 말이다. '긴병에 효자 없다'는 옛말처럼 아픈 부모님을 간병하는 일이 얼마나 기약 없는 지긋지긋한 지옥인지 그들이 알고나 하는 말일까?

병명도 알 수 없는 스트레스성 질환에 나는 얼마나 더 시달려야 할까?

어머니를 외롭게 둘 수가 없어

　동생이 근무하는 요양 병원에 계신 아버님은 치매가 진행되었는지 말투가 거칠어지고 고집도 세지고 다른 사람의 말도 듣지 않는 안하무인격의 사람이 되어 가고 있었다. 아버님은 병원이 형편없다며 감옥살이하고 있다고 매일 불평했다. 하루도 빠지지 않고, 아니 하루에도 두세 번씩 전화로 남편에게 하소연했다. 모든 게 불만인 아버님은 병원에서 점점 요주의 인물이자 가장 간병이 힘든 환자로 분류되었다. 그 요양 병원은 주변 환경을 비롯해 내부 시설도 좋고, 의사 선생님들은 물론이고 간호사와 요양 보호사 선생님들도 모두 성실하게 잘 대해 주시는 분들이다. 더구나 수간호사인 내 동생 덕분에 알게 모르게 최고의 대우를 받고 있는데도 말이다.

　여기 간호사들은 버릇이 없다, 무슨 말을 해도 잘 들어주지도 않는다, 노인이라고 무시한다, 원장이 성의가 없고 한의사는 침술이 엉망이다, 게다가 원무과 직원까지도 싹수가 없다고 불평이 이만저만이 아니었다. 당신이 제일 잘난 독불장군인 셈이니 누구의 말도 듣지 않았다. 물리치료를 하기 위해서는 병실별로 이용 시간이 정해져 있지만, 아버님은 당신이 원하는 시간에 아무 때나 이용하길 원했다. 해당 시간이 아니라고 제지하면 화를 내고 소리를 지르셨기에 다들 포기하고 아버님이 원하는 대로 하게 놔두어야 했다. 병실에 설치된 텔레비전도 아버님이 리모컨을 독차지하여 눈만 뜨면 켜고, 잠들어도 켜놓기 일쑤였다. 같은 병실의 환자가 잠잘 때는 꺼달라고 사정해도 그때뿐이라고 했다. 옛날의 사리 분명하신 아버님은 부재중인 게 틀림없었다.

이런 아버님의 행동들로 인해 내 동생은 아버님의 성격을 누그러뜨리느라 더 많은 신경을 써야 했다. 그런데도 불만이 극에 달하여 결국에는 딸(시누이)이 사는 근처의 병원으로 옮겨 달라고 재촉하기까지 했다. 우리는 아버님이 다른 곳에서 지내 보아야 그곳이 얼마나 최상의 병원인지 알 수 있을 것 같아서 아버님이 원하는 대로 일을 진행했다. 병원을 옮기니 외부 진료를 위해서는 보호자가 모시고 가야 하는 문제가 해결되어 내 마음은 오히려 더 편안해졌다. 동생 요양 병원에 있을 때는 가까이에 사는 자식이 없으니 아버님이 외부 진료를 받을 때마다 내 동생이 수고를 했었기 때문이다.

반면에 어머니는 우리 동생이 있는 요양 병원에서 제일 손이 가지 않는 모범환자였다. 병원에서 실시하는 모든 프로그램을 잘 따라서 하고 말썽을 피우지 않으니 다들 좋아했다. 사실 아버님이 병원을 옮겨 달라고 불평할 때 어머니를 집으로 모셔 오고 싶었다. 그러나 아버님을 외면하고 한 분만 모시고 오는 것은 여러 사람을 불편하게 하는 일이라 참아야 했다.

딸 사는 곳 근처의 요양 병원으로 부모님을 옮긴 지 일주일째 되던 날, 아버님이 코로나바이러스에 감염되었다는 소식이 들려왔다. 다음 날 곧바로 아버님을 뵈러 갔을 때는 이미 혼수상태에 빠져 의식이 없었다. 아버님은 폐암 말기로 항암치료를 받던 중이었고, 부작용 증세가 있어 항암치료를 잠시 중단하고 있던 시기였다. 코로나 감염 사흘째 되던 날 아버님은 가족과 대화 한마디도 못 한 채 그대로 숨을 거두시고 말았다. 옛 어른들이 죽을 때 정을 끊으려는 경향이 있다고 하더니, 아버님이 그러셨던 게 아닌가 싶다. 죽음의 끝에서 정을 완전히 떼고 가려고 그렇게나 우리를 힘들게 하셨던 것일까!

어머니가 충격을 받을까 걱정되어 아버님 사망 소식은 어머니께 알리지 않기로 했다. 하지만 어머니는 아버님이 며칠째 보이지 않아도 묻지 않으셨다. 묻지 않는 어머니에게 굳이 말해 줄 필요도 없을 것 같았다. 그래서 장례식 기간에도 어머니는 새로 옮긴 요양 병원에서 그대로 머물러 계셨다.

장례식을 마치고 집에 오니 요양 병원에 혼자 남겨진 어머니가 마음에 걸려 잠을 이룰 수가 없었다. 새로 옮긴 요양 병원은 예전 동생이 근무하는 요양 병원에 비하면 여건이 매우 열악했다. 병실도 좁았고, 복도도 짧아서 신체활동 기회가 많지 않아 보였다. 예전 병원에서는 치매 환자를 위한 프로그램이 있어서 매일 운동도 하면서 활동에 참여했는데 그곳은 프로그램도 많지 않아 보였다. 어머니는 요구조건도 없는 얌전한 치매라 누운 채로 방치된 게 아닌가 하는 걱정이 앞섰다. 예전에는 간호사인 동생을 통해 어머니의 근황을 수시로 들을 수 있었는데, 여기서는 그럴 수 없으니 너무나 답답했다. 무엇보다 어머니에게 익숙한 이전의 요양 병원에 그대로 계셨더라면 걱정이 덜했을 텐데, 아버님도 안 계신 새로운 환경에서 얼마나 혼란스러울까 걱정이 커졌다.

늘 나만 뚫어져라 응시하던 어머니를 생각하면 도저히 가만히 있을 수가 없었다. 우리가 모시고 오면 조금이라도 어머니의 뇌를 살릴 수 있을 것만 같았다. 하루 종일 누워만 지내면서 뇌가 완전히 멈추기만을 기다리고 있을 수는 없었다. 어머니를 빨리 다시 집으로 모셔 와야 한다는 생각이 절실했다.

하지만 모두가 내 의견에 반대했다. 앞으로 사실 날도 얼마 남지 않았고, 식구들도 몰라보고, 대소변도 가리지 못하는데 뭐 하러 데려가서 사서 고생하냐고 의아해했다. 매일 어머니를 모셔 오자고 재촉하는 나에게 남편까지도 "당신 어머니라도 되는 거야?" 하며 반대했을 정도였다.

이런 반대에도 불구하고 끝까지 모시고 오자고 재촉했던 건 아버님이 계시지 않아서이기도 했다. 아버님은 어머니 치매에 대해 너무나도 비협조적이었다.

"그것도 몰라? 몇 번을 말해 줘야 해? 좀 전에 말해 줬잖아? 몰라밖에 몰라? 아이고 쯧쯧…."

항상 이렇게 말하며 한심한 표정으로 어머니를 핀잔주어 주눅이 들게 만들었다. 그런 대응은 치매 환자에게 하나도 도움이 안 된다고 제발 야단치지 말라고 늘 처음 듣는 것처럼 말해 주라고 사정해도 소용이 없었다.

게다가 아버님은 폐암 말기 진단을 받고 더욱더 삶에 집착하기 시작하였다. 평소에 우리에게 보여 준 아버지의 성품으로 보아 89세 나이(암 진단을 받은 당시)가 되셨으니 항암치료는 받지 않고 조용히 인생을 정리하면서 살겠다고 하실 줄 알았는데, 그건 우리만의 착각이었다. 죽음을 눈앞에 두면 삶에 대한 집착이 더 강해진다는 말이 실감이 났다. 그 욕심으로 인해 어머니를 포함한 우리 모두를 너무나 힘들게 했다.

그런 아버님이 안 계시니 이번에는 온전히 어머니에게만 집중할 수 있지 않은가! 해볼 만한 도전이었고 자신감도 있었다. 게다가 어머니를 처음 모시고 와서 6개월 만에 2년을 거꾸로 거슬러 놓기까지 했던 치매 극복 프로젝트의 경험도 있지 않은가! 최소한 병원에서처럼 종일 누워 식물인간처럼 혼자 있게 놔두지 않으면 분명 예전같이 다시 기적을 보여 주리라고 생각했다. 우리는 다시 희망을 품고 있었다. 이렇게 결론을 내리자 백지상태인 어머니의 뇌를 한시라도 빨리 자극해 주어야 했다. 이것이 마지막 기회라고 생각했다.

형제들에게 거의 사정하다시피 하여 어머니를 모시고 오

기로 하는 데 찬성을 받아 냈다. 우리도 얼마나 버틸 수 있을 지 자신은 없다고 말했다. 일주일이 될 수도 있고 겨우 한 달이 될 수도 있겠지만, 우리가 할 수 있는 데까지 최선을 다해 보겠다고 했다. 그리고 만약에 우리가 손들게 되는 순간, 원망하지 말기를 바란다고 미리 다짐을 받았다. 아마 형제들도 또다시 고생하게 될 형과 형수가 안타까워서 반대했을 것이다.

집으로 어머니를 모시고 와서 침대에 눕혀 드리니, 어머님은 그저 멍하니 천장만 쳐다보고 있었다. TV를 틀어 놓아도 시선도 주지 않았다. 말 그대로 식물인간 같았다. 잠시 후회도 되었다. 그래도 일단 하는 데까지 해보자, 다시 한 번 기적을 이루어 보자, 남편의 손을 잡고 다짐했다. 어머니는 식사가 끝나면 무조건 누우셨다. 요양 병원에서의 습관이었다. 그럴 때마다 일으켜 세워야 했다.

예전에 했던 치매 극복 프로젝트 메모를 다시 꺼냈다. 느리긴 하지만 조금씩 조금씩 다시 생기가 돌아오기 시작했다. 웃기도 하고 말도 하기 시작했고, 나와 '끝말잇기' 놀이까지도 너무나 멀쩡하게 잘하는 순간도 있었다. 아니, 내가 더 버벅거릴 때도 있었다. 어머니가 다음에 이어 갈 단어의 첫 글자를 쉬운 것으로 찾기 위해 내 머릿속에서는 여러 가지 단어 조합을 하느라 시간이 오래 걸렸기 때문이다.

　어머니의 상태가 점점 좋아지면서 희망이 다시 솟아났다. 예전에 다니던 주간보호센터에 다시 다닐 수 있도록 최선을 다하였다. 미리 센터에 예약해 둔 상태여서 어머니가 거동을 조금씩 할 수 있다면 가능할 것 같았다. 며칠 후부터 모시고 가겠다고 하니 어머니의 상태를 직접 봐야 결정을 할 수 있다고 했다. 어머니가 점점 좋아지고 있는 영상을 센터에 보내서 입학 가능 여부를 기다렸다. 보내도 되겠다는 답신이 바로 왔다. 다시 주간보호센터에 다니기 시작했을 때 가족들도 모두 믿으려 하지 않았다.

　주간보호센터는 이미 어머니가 이전에 다녔던 곳이었기 때문에 우리의 노력을 익히 잘 알고 있었다. 그래서 센터에서도 우리와 같은 마음가짐으로 어머니를 가족처럼 정성껏 대해 주셨다. 센터 선생님들의 따뜻한 사랑과 배려 그리고 집에서의 활동으로 어머니는 그전에 보여 주었던 기적의 기록을 또다시 재연해 주고 있었다. 이 자리를 빌려 센터의 원장님을 비롯한 모든 선생님께 감사의 인사를 다시 한 번 전하고 싶다.

거의 빠져나갔던 어머니의 다리 근력도 많이 회복되었고 전반적으로 상태가 많이 양호해졌다. 기적이었다. 그러나 여전히 밖으로 나가려는 배회 증상과 거의 30분마다 화장실로 향하는 습관은 여전했다. 주간보호센터에서 잘 보내고 있는 것만으로도 모시고 오길 정말 잘했다고 만족했다. 앞으로 허락된 시간이 얼마일지는 모르지만 그래도 어머니의 마지막 인생길에 가족과 함께 따뜻한 사랑 받으며 좋은 추억을 만들고 가실 수 있기를 희망했다.

기쁨을 나누면 배가 된다

어머니의 뇌가 점점 살아나는 것이 신기하고 기뻐서 새로운 기적을 볼 때마다 그 모습을 담은 영상을 카카오톡 단체 대화창에 가족들과 공유했다. 친정 식구들은 어머니의 좋아지는 영상을 볼 때마다 응원과 격려의 말을 보내며 위로를 아끼지 않았다.

"보기 좋다."
"대단하다."
"니가 진짜 수고가 많구나."
"네 몸도 생각하며 해라."

그러나 몇몇 시큰둥한 시댁 식구들의 반응은 나를 서운하게 만들기도 했다.

어머니의 변화된 영상을 보내면 가뭄에 콩 나듯 어쩌다 한 두 번 정도만 반응이 있고, 대부분은 대꾸조차 없는 경우가 많았다. "왜 사서 고생하냐!"는 말에 마음이 상하기도 했다. 물론 그렇게 말하는 마음속에는 형수에게 고생시킨 것 같아 미안한 마음과 고마운 마음이 공존한다는 것도 안다. 하지만 어머니가 이렇게 하루하루 달라지고 희망의 가능성을 보여 주는데 함께 기뻐해 주는 것이 당연한 일이라고 생각했다. 물론 그렇다고 해서 시큰둥했던 시댁 식구들에게 여전히 서운한 건 아니다. 내가 시어머니께 정성을 다하는 것에 대한 느낌은 개개인의 공감의 문제이고 사람의 도리라기보다는 어쩌면 성격 차이일 수도 있으니까. 지금에 와서 돌이켜 생각해 보면 그들 마음 한편에는 자신들도 자식인데, 자신들이 하지 못하는 일을 형수가, 새언니가, 그리고 형님이 해주는 것에 대해 미안해하는 자책감을 들게 했던 건 아닌지 하는 생각도 든다.

그래도 시댁 친척 중에서 공감과 위로를 해주는 분들이 있어서 큰 힘이 되기도 했다. 특히 시작은할아버지는 나를 큰손부라고 유달리 사랑해 주셨다. 그 사랑은 결혼 후 시댁 가족이 되면서부터 이어졌다. 할아버지는 마치 친정아버지처럼 따뜻하고 인자하게 대해 주셨다. 그분은 회복되어 가는 어머니의 영상을 보낼 때마다 늘 고맙다고 말해 주며 위로해 주셨다. 그분 자신도 아버님(남편에게는 증조할아버지) 생의 마지막을 대소변 수발까지 해가며 간병을 했다고 한다. 역시 경험해 보신 분이라 공감의 온도가 달랐다.

그런 이유로 하나하나 변화가 있을 때마다 너무 기뻐서 가까운 형제들보다 작은할아버지께 영상을 더 보내 드리곤 했다. 할아버지는 너무 감사한 마음에 눈물을 삼키는 목소리로 전화를 하신 적도 있었다. 시댁 식구 중에서 어머니가 조금씩 좋아졌을 때 나만큼이나 좋아하는 분이 있다는 것만으로도 나는 힘이 났고, 어머니를 위해 쏟는 정성에 더욱더 분발하게 되었다.

"손부가 애써 준 보람이다."

"신기할 정도로 많이 좋아졌네."

"나도 이렇게까지 좋아질 거라고 생각을 못 했는데, 우리 손부의 헌신적인 노력의 결과구나!"

"고맙네! 우리 손부 야무지고 당찬 모습에 내가 엄지를 치켜세우면서 응원할게."

"옆에서 내가 봐도 확실히 좋아졌네! 이젠 여행도 갈 수 있겠다!"

"어느 누가 그렇게 지극정성으로 간호하고 보살펴 드리겠나. 그래서 종부나 맏며느리는 하늘에서 점지한다는 말이 있지."

보내는 소식마다 반드시 답을 해주시는 할아버지! 연세도 많으신데 이모티콘까지 보내 주시는 정성과 사랑에 눈물이 울컥했던 순간이 한두 번이 아니었다.

"힘들고 버거울 땐 속으로 삭이지 말고 울어 버려! 그러면 속이 조금은 풀릴 거야. 다 같은 자식인데 우리 손부한테만 큰 짐을 지우는 거 같아서 속이 아린다. 폭염에 내 한 몸 간수하기도 버거운데 어머니 간병하느라, 우리 손부는 얼마나 힘들었을까! 하루에도 수십 번 손이 가는 치매 어머니를 모시는 우리 손부는 얼마나 힘겨울까! 손부 일상을 생각하니 안쓰럽고 고맙고 존경스럽다. 힘들지만 건강 잘 챙기고, 내가 해줄 수 있는 게 없어 미안하네!"

이렇게 장문의 위로와 격려의 문자를 보내 주실 때도 있었다. 어느 날은 전화로 "한 달에 한 번 주말만이라도 누가 교대해 주면 좋을 텐데 가까우면 나라도 가서 대신해 주고 싶다"고까지 하셨다. 제일 가까운 가족들에게서는 그런 말을 들은 적도 없는데 그런 생각까지 하시다니 그 깊은 사랑이 느껴져서 너무나 감사했다.

늘 친정아버지처럼 대해 주셨기에 그분이 이생을 달리하는 순간이 오면 그 슬픔을 어떻게 또 감당할지 벌써 걱정이 된다. 후일 내가 어머니 간병에 두 손을 들 수밖에 없게 되었다고 했을 때도 할아버지께서는 서운함 대신 이렇게 위로해 주는 문자를 주셨다.

"그래, 잘 생각했네! 그동안 내 시간도 없이 지극정성으로 모시느라 고생했다. 혹시라도 요양원으로 모신다고 자책하지 말고. 그동안 고생 많았어! 잘 모셔 줘서 고마워! 나도 지금 글 쓰면서 눈물이 난다. 그동안의 고생에 홀가분하기보다는 이별의 아픔을 더 맘 아파하는 우리 손부 마음이 눈부시도록 아름답다. 고생했네! 보내 드리는 걸 너무 자책하지 말고 당분간은 몸도 추스르고!"

어머니를 보내고 누가 나에게 손가락질하는 사람도 없는데 혼자 죄책감에 괴로워하고 있었던 순간에까지 나를 위로해 주셨던 시작은할아버지에게 감사의 큰 인사를 드리고 싶다. 어머니와 함께한 기쁨을 두 배로 만들어 주시고 나에게 버틸 수 있는 에너지를 주신 분이기에 그 사랑은 오래오래 기억될 것이다. 할아버지, 정말 감사했습니다!

여전히 여자였던 것을

　어머니는 매일 아침 무조건 현관문을 열고 나가셨다. 이는 일반적인 치매 증상 중 하나인 배회하는 증상으로 어머니도 예외는 아니었다. 잠시를 가만히 있지 못하고 무엇이 그리 불안한지 늘 현관문 밖이 궁금한 사람 같았다. 어머니는 균형감각이 부족해서 혼자서는 제대로 몸을 가누지 못하시기 때문에, 혹시 나가는 기척을 놓칠까 봐 현관문 소리에 온 정신을 쏟아야 했다. 그 소리를 미처 듣지 못할 때는 여지없이 사고로 이어지기 일쑤였다.

　눈 깜짝할 사이에 사라지는 어머니 때문에 깜짝깜짝 놀라는 일이 한두 번이 아니었다. 출입문에 소리가 나는 종을 달아 보기도 하고, 아예 문을 열 수 없도록 미닫이 중문에 각목을 끼워 고정해 보기도 했다. 그러나 어머니는 열리지 않는 문을 온 힘을 다해 부숴 버릴 기세로 힘을 가하기도 했고, 거의 울음 섞인 소리로 애원하기도 했다.

"문이 안 열려요. 문 좀 열어 주세요!"

그런데도 못 본 척 참아 내야만 했고, 그런 어머니를 외면해야 하는 내 마음은 무척 괴로웠다.

다행히도 우리 집은 산자락 바로 아래에 자리 잡고 있어서 밖으로 나가더라도 멀리까지는 갈 수 없다는 점이 그나마 장점이기도 했다. 그러나 가끔 각목으로 문을 고정해 놓는 것을 깜박 잊는 날에는 어머니는 예외 없이 밖으로 나가 집주변을 한 바퀴 돌아 뒷마당 벤치에 앉아 계셨는데, 들어오는 문을 못 찾아 당황하던 모습도 가끔씩 보였다. 더 이상 갈 곳이 없어서 그나마 다행이지만, 혹시라도 산속으로 깊이 들어가게 될까 봐 늘 지켜봐야 했다. 가끔씩 치매 배회 환자가 산속으로 들어가 며칠 동안 실종되어 발견되지 않는 사건도 있었기에 어머니의 움직임에 주의를 기울여야만 했다. 길도 없는 산으로 들어가면 찾기도 힘들 것이고, 나무뿌리에 걸려 넘어지는 사고가 생길까 봐 더욱 걱정되었다.

평일에는 주간보호센터에 가기 전인 아침 시간만 어머니를 잘 주시하면 되지만, 일요일에는 온종일 외출 시도가 계속되기 때문에, 어머니의 관심을 다른 곳으로 돌리려면 뭔가를 해야만 했다. 어머니의 허연 머리를 볼 때마다 왠지 100살은 되어 보이는 할머니 느낌이 들어 늘 신경이 쓰였기에 하루는 넌지시 물어보았다.

"염색해 줄까?"
"그럼 좋지!"

주저하는 기색도 없이 반기는 어머니의 답변에 깜짝 놀랐다. 사실, 치매 환자에게 염색을 해준다는 것은 1분 1초도 눈을 뗄 수 없는 도전 과제였기에 어머님이 먼저 해달라 하면 어쩌나 내심 조심하고 있던 참이었다. 게다가 염색을 한번 해주기 시작하면 앞으로도 계속해야 하는 일이 하나 더 추가되므로 되도록 피하고 싶었다. 염색 중 주의할 점을 아무리 설명해도 입력이 되지 않으니 어머니의 손가락 하나의 움직임에도 주의를 집중해야만 했기 때문이다.

주의 사항을 계속 설명해 가며 불안한 마음을 한 채 염색을 시작했다. 염색이 되기를 기다리는 동안에도 주제를 바꿔 가며 계속 어머니의 주의를 끌어야 한다. 벽에 걸려 있는 날짜와 시간을 동시에 보여 주는 전자시계를 보고 질문을 시작한다.

"어머니, 지금 몇 월 며칠?"

"6월 50일."

"어머니 달력에 50일도 있어?"

"저기 써졌네. 6월 50일이라고, 너는 그것도 모르냐?"

6시 50분을 그렇게 답하신 것이다.

"맞아, 역시 어머니는 똑순이야!"

정정해 주지 않고 일단 어머니를 칭찬하면서 기분을 맞추어 주고, 머리의 이쪽저쪽을 거울로 비춰 주며 본인이 염색 중이라는 사실을 계속 주지시킨다. 잠깐 전화가 와서 내 주의가 흐트러진 사이 어머닌 손가락으로 머리를 긁는다. "어떡해?" 하고 소리치는 나의 소리에 전화 상대방이 놀란 것 같다.

"어머니, 움직이지 말고 가만히 있어. 손대면 안 돼~ 나 화장실 얼른 갔다 올게."

어머니의 손을 이끌고 화장실을 같이 가야 할지 잠시 고민했지만, 결국 어머니를 믿어 보기로 했다. 화장실에서도 나는 소리를 크게 질렀다.

"어머니! 거기 그대로 앉아 있어요. 움직이면 안 돼!"

내가 화장실을 나오는 순간 어머니가 침대에 막 누우려는 찰나였다.

"어머니, 안 돼!"
나의 다급한 소리에 어머니가 더 놀랐다.
"왜? 나 아무것도 안 했는데?"

어머니는 내 손에 이끌려 다시 의자 위로 소환되었다. 어머니는 사태를 인지하지 못한 채, 단지 눕지 못해 아쉬운 원망의 눈길만을 나에게 보냈다.

시간이 지나 머리를 감기고 드라이어로 물기를 말리고 나니, 마음대로 움직이지도 못하게 제지하는 감옥의 틀을 벗어난 어머니는 비로소 자유로운 기분을 만끽하는 듯했다. 커다란 거울 앞에 선 어머니의 얼굴이 환해졌다. "훨씬 젊어 보이네!" 하며 날아갈 것 같은 기분이라고 좋아하시는 어머니. 거울 앞에서 한참을 요리 보고 저리 보며 좋아하는 어머니는 마치 사춘기 소녀 같았다.

이렇게 좋아하시는 것을 보니 진작에 염색해 드렸어야 했나 싫었다. 그동안 혹시라도 염색해 달라고 할까 봐 염색이라는 단어조차도 금기시해 왔던 터였다. 치매 환자를 돌보다 보면 보호자 위주로 생각하는 경우가 참 많다. 물론 보호자가 다 해주어야 하는 일이니 당연하지만 말이다. 나는 어머니의 머리를 자를 때도 그랬다. 머리를 감기고 아침마다 머리 손질을 해줘야 하는 것도 오롯이 내 몫이기에 당연히 머리도 최대한 간단한 스타일로 해줄 생각밖에 없었다.

미용실에 갔을 때의 일이다. 미용사에게 최대한 짧게 잘라 달라고 주문사항을 얘기했다. 어머니는 자기 의사를 표현하는 법을 잊어버렸기에 아무런 반응도 없었다. 머리 손질이 끝나고 거울 속에 비친 자기 모습을 보고 있는 어머니는 어쩐지 표정이 어두웠다. 나는 애써 어머니의 기분을 풀어 주려 말을 걸어 보았다.

"어머니, 어디 나 좀 봐봐! 너무 단정해져서 이쁘네!"
"뭣이 이뻐야? 머스마 같구만."

퉁명스럽게 내뱉는 어머니의 답변에 가슴이 뜨끔했다. 어머니에게 시간을 뺏기고 싶지 않은 나의 마음을 들킨 것 같았다. 다음엔 좀 더 길게 잘라 드려야겠다. 치매라고 여자의 본성까지 없어진 걸로 잘못 알았던 나 자신이 부끄럽고 미안했다.

거울 앞에서 더 이상 흰머리가 아닌 젊어진 머리를 한없이 쳐다보고 자기도취에 빠진 어머니를 침대 끝에 앉혀 놓고 화장품을 건네주었다. 어머니는 로션을 얼굴에 바르고 나서 제자리에 놓고 다시 가져와 바르고, 또 제자리에 두고, 도돌이표 같은 행동을 반복했다. 바른 사실을 잊어버리고 여러 차례 사용하다 보니 어머니의 화장품은 한 달도 지나지 않아 바닥이 드러나는 일이 잦아졌다. 바닥난 화장품을 내 화장품으로 리필해 주기를 벌써 몇 번째인지 모른다.

합가하기 전 시댁에 갔을 때의 일이 생각났다. 부엌에서 일을 하고 있는데, 어머니는 거울 앞에서 연신 파운데이션만 바르고 계셨다. 다른 할 일은 전혀 몰라도 자신의 몸을 치장하는 것은 절대로 잊지 않으신 듯하다.

엄마에게도 같은 실수를 했던 일이 생각났다. 네 자매가 다 함께 모인 어느 날, 내가 사온 4개의 주름 개선 크림을 자매들끼리 하나씩 나눠 갖고 있을 때였다. 엄마가 다가오면서 "내 것은 없냐?"고 하시는 말에 깜짝 놀란 우리의 눈이 동시에 허공에서 모아졌다. 우리는 아무 말도 못 하고 서로의 눈치만 살폈다. 순간 이미 얼굴에 주름이 지글지글한 엄마는 주름 개선 크림이 더 이상 필요 없을 거로 생각한 우리가 민망하고 미안해서 당황하기까지 했다. 엄마가 무안해할까 봐 큰언니가 얼른 자기 것을 내밀며 "여기 있어, 엄마 것!" 하며 양보했던 지난날이 떠올라, 같은 여자로서 엄마의 마음을 읽지 못한 내가 너무나 부끄러웠다. 할머니가 되어도 치매 환자가 되어도 이쁘게 보이고 싶은 마음은 여전하다는 것을!

나 바보 아니야? 엄마 모시면서 경험했으면서도 그 깨달음을 까맣게 잊고 있었다니! 나처럼 이렇게 미련한 행동은 하지 말기를 바라는 마음이다. 엄마나 어머니는 돌아가실 때까지 여자라는 것을 기억해 두자! 항상 이쁜 모습을 가꿀 수 있도록 우리의 작은 배려가 필요하다는 것을.

* 저자 유튜브 채널 〈춘천의 타샤〉의 '이삿날 그리고 아버님의 입원!' 편에서 관련 영상을 확인하실 수 있습니다.

어머니를 다시 집에 모시고 온 지 2주일째부터 어머니의 좋아지는 속도에 가속이 붙었다. 남편과 나는 신이 났다. 힘든 줄도 몰랐다. 누가 보면 어머니는 치매 환자가 아닌 아주 정상으로 보일 정도였다. 다시 모시고 올 때 대소변 처리를 어떻게 하려고 하냐는 가족들의 우려를 들은 척 만 척했던 것은 잘한 일이었다. '그까짓 거 사랑의 힘으로 해낼 수 있어' 라고 생각했던 우리가 옳았다. 대소변 실수도 조금씩 조금씩 횟수가 줄어들었다. 인지능력에서도 우리 모두를 알아보실 뿐만 아니라 기억 저편의 것들을 조금씩 조금씩 꺼내 보아도 어렵지 않게 연결할 수 있었다. 실오라기 같은 기억의 파편들이지만 어찌어찌 꿰매어 얼기설기 이어가기 시작하셨다. 이제는 자식들의 이름도 손주들의 이름도 거침없이 기억해 내고, 매일매일 하나씩 하나씩 기적의 소식을 가족들에게 전하게 될 만큼 우리 모두를 놀라게 했다.

그러나 많이 좋아졌다고 해도 치매 어머니는 24시간 지켜봐야 했다. 혼자서 신발을 신다가도 중심을 잡지 못해 넘어지는 게 다반사였다. 혹시라도 다칠까 봐 늘 노심초사하며 혼자서 밖으로 나가면 절대로 안 된다고 수십 번 교육하지만, 입력될 리 만무했다. "어머니! 어디가 그렇게 가고 싶어?" 물으면 "아무 데도 없어" 하시면서도 밖이 궁금하신지 여전히 하루에도 수십 번씩 현관문을 열고 나가셨다.

'도대체 어디가 저렇게 가고 싶은 걸까? 어머니를 모시고 제대로 된 외출을 해볼까?'

봄이 점점 가까워지는 소리가 들렸다. 우리 집 정원엔 해마다 100여 가지의 꽃이 자라고 있다. 봄비가 내리고 따스한 햇살이 비추는 가운데, 겨우내 얼어붙었던 땅속에서 노란 복수초가 제일 먼저 고개를 내밀고 인사를 한 지도 며칠이 지났다. 여기저기서 빼꼼히 고개를 내미는 새싹들은 흡사 식물인간과도 같았던 어머니의 기적을 보는 것처럼 겨울 동안 없는 듯이 있다가 "나 여기 살아 있소!"라고 알리는 듯 작은 손짓을 했다. 조금 지나면 봄바람을 타고서 노오란 개나리 꽃잎이 수줍게 봄 인사를 할 테지.

　남녘 고향 마을엔 벌써 벚꽃이 한창이라는 소식이 매일 들려왔다. 어머니의 기억을 상기시키는 말들로 뇌를 자극할 때마다 어머니는 곧잘 반응했기에, 나는 끊임없이 자연의 변화를 인식시켜 주고 있었다.

　"어머니 지금 계절이 뭘까?"

　"가을!"

　"겨울 다음이 뭐야?"

　"봄!"

　"맞아, 봄이라 여기 꽃도 피었잖아. 이쁘지?"

　"잉~ 이쁘다."

　"안녕하세요, 어머니한테 인사하는 것 같아. 그런데 무슨 색이야?"

　"꽃색!"

　"아~, 꽃색이구나! 어머니 우리 벚꽃 보러 갈까? 지금 남쪽에는 벚꽃이 한창이래!"

　"잉~ 그래, 니가 보고 싶으면 가자."

　어머니는 늘 '니가 원하면'이라는 단서를 붙였다. 치매지만 며느리에게 조금이라도 부담을 주고 싶지 않은 어머니의 마음이리라.

우리는 큰맘 먹고 2박 3일 고향에 다녀올 일정을 짰다. 어머니가 써야 할 기저귀와 물수건 등의 소지품은 전날 미리 준비해서 차에 실어 두었다. 목욕시키고 아침 식사가 끝나자 어머니를 단장시키는 내 마음은 벌써 들떠서 붕붕 하늘을 날고 있었다. 나는 늘 그랬다. 시부모님을 모시고 여행을 자주 다녔지만, 그때마다 나는 참 즐거웠다. 어머니 얼굴에 화장해 주고, 이쁜 보랏빛 모자를 찾아 씌워 드렸다.

"우리 어머니, 진짜 이쁘네~" 하니, "어디 선보러 가냐?" 하셔서 우린 서로의 얼굴을 쳐다보며 깔깔 웃었다. 2박 3일 일정으로 꽃구경 가자고 2주 전부터 매일 설명했는데도 전혀 입력되지 않은 것이다. 말해 드릴 때마다 늘 처음 듣는 것처럼 왜 가냐고 반문하실 때는 귀여운 아기 같았다.

치매 어머니를 모시고 다니기란 번거로움이 많지만, 어머니의 체력이 여행을 할 수 있는 만큼 회복이 되었으니 기회를 놓치면 안 되었다. 아침 7시경에 출발하여 약 5시간 이상을 달려 고향 선산 가까이에 도착했다. 마을을 내려다보며 남편은 어머니에게 옛 추억을 되살려 주려고 애썼다. 고추농사를 지었을 때, 복숭아와 배 과수원을 가꾸었을 때, 오이

하우스를 했을 때 온 가족이 함께하며 고생했던 농사의 추억들을 말이다. 오래전 어디선가 본 듯한 젊은 모습의 엄마와 재롱부리는 어린 아들의 모습을 보는 것 같아 나의 마음이 따뜻해졌다. 뒷산과 푸르고 맑은 하늘을 배경으로 모자간에 도란도란 얘기하는 모습을 보며, 이 모습이 다시는 못 볼 마지막 모습이 될지도 모른다는 생각에 가슴이 아려 왔다.

숙소에 들어와 어머니를 씻기고 저녁약까지 챙겨 드리고 잠자리에 누웠을 때, 피로가 한꺼번에 몰려왔다. 하지만 그날 밤 더 큰 문제가 발생했다. 어머니가 온돌방을 좋아하실 것 같아 온돌방을 선택한 게 실수였다. 만약 침대를 선택했더라면 어머니 혼자서도 일어나 화장실을 가실 수 있었을 텐데 온돌방이다 보니 혼자서 일어나지를 못해 매번 도와 드려야 했다. 어머니가 자주 화장실을 가시는 바람에 자다 깨다 하면서 겨우 두 시간 정도 자고 일어나니 머리가 멍해졌다. 숙소 안의 공기도 좋지 않아서, 집으로 빨리 돌아가고 싶은 생각만이 머릿속에 가득했다.

남편이 다른 볼일을 보러 간 사이에 나는 어머니의 손을 잡고 산책을 나섰다. 어머니는 내가 말하는 대로 무조건 따르는 편이라 산책에도 순순히 따라나섰다. 숙소 앞에는 잘 가꾸어진 천연 공원이 있어서 신선한 공기를 마시며 산책하기에 안성맞춤이었다. 기회가 된다면 어머니의 친구들을 만나게 해주고 싶었지만, 어머니의 친구들이 어디에 사는지도 모르니 우연을 바라는 수밖에 없다는 사실이 아쉬웠다.

길을 따라 이쁘게 조성된 꽃잔디가 우리를 유혹했다. 핑크빛 꽃잔디를 배경으로 어머니의 모습을 담고 싶었다. 그러나 어머니는 혼자 서 있지를 못해서 누군가가 붙잡아 주어야 하는데 난감했다. 마치 앉히기 힘든 인형을 중심을 잘 잡아 밑부분을 탁탁 바닥에 눌러 넘어지지 않게 잡아 주듯, 어머니를 이리 세워 보고 저리 세워 보고 균형이 잘 맞는지 여러 시도를 반복해 보았다. 넘어지지 않게 단단히 고정됐는지 확인 후 어렵사리 원하는 거리에서 재빨리 사진 한 장을 찍을 수 있었다. 겨우 한 컷을 건지고 어머니가 넘어지지 않도록 재빨리 돌아가서 붙잡아야 했다.

지나가던 어떤 분이 그 모습을 유심히 보더니, 마치 아는 사람처럼 우리 쪽으로 걸어왔다. 점점 가까워지니 낯익은 얼굴이었다. 세상에 어머니랑 둘도 없이 친하게 지냈던 단짝 친구였다. 정말 기적 같은 일이 생겼다. 내가 먼저 인사를 드렸다.

"안녕하세요, 굼틀(어머니 출신지 이름인 듯하다) 댁 며느리예요."

"아니, 이게 누구야! 오메, 집에서 갈 때보다 훨씬 좋아졌네! 나 알아보겠어?"

그분은 반가움에 다짜고짜 어머니를 부둥켜안았다.

"알재!"

어머니의 대답에 그분의 눈시울이 붉어졌다. 어머니도 잠시 반가움의 표정이 얼굴에 스쳐 지나갔다. 그분은 조금 떨어진 한 무리의 사람들을 향해 "얼른 와봐, 굼틀떡이여!" 하며 소리쳐 사람들을 모았다. 그중에는 우리 어머니와 가까운 분들도 여럿 있었다.

"오매 오매, 살아 있응께 만나네!"

눈물을 훔치기도 하는 반가운 만남을 보니 감회가 새롭게 다가왔다. 마치 몇십 년 동안 못 만난 이산가족이 만나는 듯한 분위기였다. 그분들은 얼마 전에 돌아가신 그들의 남편들에 관한 이야기도 나누었다.

"건강했던 우리 영감도 얼마 전에 가브렀어! 영감님은 어디 있어?"

그중에 한 분이 어머니에게 물으셨다. 어머니는 아버님이 돌아가신 사실을 아직 모르기에 얼른 내가 눈짓했다. 그 질문은 하지 말아 주길 바라는 조바심으로 말이다. 오랫동안 이야기를 나누다가 헤어질 때는 잡은 손을 놓지 못하며 이별을 아쉬워했다. 어머니는 친구들을 만나는 순간에는 친구임을 기억했지만, 아쉬움의 감정은 보이지 않았다.

이제는 다시 오지 못할 고향에 와서 친구들도 못 만나고 가게 되면 이 여행이 얼마나 밋밋하게 끝났을까? 이렇게 예기치 않게 어머니 친구들을 기적처럼 모두 만나니 얼마나 기분이 좋던지…. 어머니의 얼굴에도 기쁨의 표정이 역력히 보였다. 물론 친구들을 보내고 10분도 안 돼서 좀 전에 누구를 만났냐고 물어보니 아무도 안 만났다고 했지만, 그 순간만이라도 친구들과 옛정을 나눌 수 있었으니 그걸로 충분했다.

시장기가 몰려와 시댁에 오면 가족과 함께 즐겨 가던 팥죽집을 갔다. 어머니의 옛 기억을 떠올리게 하고 싶었다. 그러나 어머니의 뇌는 다시 작동을 멈추었다. 어머니에게 그곳은 새로운 곳이었고 팥죽을 어떻게 드셔야 할 줄도 몰랐다. 젓가락 대신 손으로 면을 집어 드신다. 젓가락을 이렇게 사용하라며 알려 드려도 소용이 없다. 어머니의 숟가락에 면을 올려 주며 드시게 했지만, 잠시 한눈파는 사이에 다시 손이 팥죽 그릇 안으로 들어갔다. 계속해서 손에 묻은 팥죽을 티슈로 닦아 주다 보니, 식사가 끝날 즈음엔 식탁 위에 화장지가 수북이 쌓이게 되었다. 식당 주인에게 여러 번 죄송하다고 말씀드리자, 치매 어머니를 이해한다며 오히려 부드러운 미소로 괜찮다고 해주었다.

3일간의 여행을 마치고 집에 도착하니 어머님의 상태가 더 좋아진 것 같았다. 그 덕분에 여행의 피곤함은 어디로 사라지고 오히려 여행이 잘 마무리되어 마음이 뿌듯했다. 잠자리에 들기 전에 "어머니, 넘 고생하셨어요!" 하니, "나 델꼬 다니느라 니가 힘들었재!" 하며 대꾸하셔서 또 놀랐다. 이전 어머니의 상태로는 '고마워요'나 '감사해요' 같은 통상적인 반응이 나와야 하는데 그날의 대답은 놀라웠다. 며느리가 힘들었을 거라는 것을 인식했다는 자체가 거의 정상인이 되었다는 증거였다. 치매 환자에게는 지인들과의 교류가 병의 진행을 완화시키는 데 긍정적인 영향을 준다고 언급했던 전문가들의 말이 옳았다.

어머니가 계속해서 이 상태로 계신다면 얼마나 좋을까? 오늘 밤 어머니의 꿈속에서는 다시 고향 친구를 만나 그때 말하지 못한 이야기들을 마음껏 나누며 즐겁게 지내셨으면 좋겠다. 고향 친구들과의 마지막 이별 여행이 두고두고 어머니의 기억 속에 간직되어 어머니를 행복하게 했으면 좋겠다.

고향으로의 여행은 어머니에게도 우리 부부에게도 힐링의 시간이 되었다.

내가 끝까지 버틸 수 있었던 이유

"내가 애기다! 다 큰 애기!"

"그래? 그럼 내가 엄마네!"

"맞아, 근디 애기는 이쁘기나 하지~."

"어머니도 넘 예뻐요!"

"이쁜 사람 다 죽었는갑다. 늙어가꼬 귀인대가리 하나도 없을 텐디~."

"아냐, 진짜 예뻐! 예쁘니까 내가 맨날 안아 주고 뽀뽀해 주고 하지! 이렇게 해주는 며느리 있을까?"

"없어~. 니는 딸 같애!"

"그럼 딸이라 하지 뭐."

"니가 나 목욕시키느라 힘들었는디 나도 니 목욕시켜 줄게!"

"어머니 힘들어서 못 해!"

"목욕이 뭐 있다냐? 그냥 등꺼리 문대주믄 되지."

어머니를 목욕시키면서 나누는 우리들의 대화이다. 어머니는 신기하리만치 이렇게 한오라기도 걸치지 않고 옷을 다 벗어야 하는, 그리고 두 사람만 있는 사적인 이 목욕 시간이 돌아오면 거의 정상으로 돌아왔다. 그런 이유로 고부간의 목욕탕 대화는 늘 진지했다. 때로는 아버님 흉을 보고, 때로는 남편 흉도 보았다. 그러나 내가 남편에 대한 흉을 보면 당신 아들이라 그런지 내 편을 들어주는 데는 인색했다.

"참고 살아야재!"
"어머니, 내가 여태껏 다 참아 주고 살아왔잖아!"
"참고 살아야 하는 건 맞는데, 계속 참기만 하면 안 돼!"
"그래? 어쩔 땐 싸움이 될까 봐 말하지 않고 숨기는 것도 있어."
"부부간에 비밀이 있으면 안 돼, 서로 믿음이 있어야지!"

이렇게 여자 대 여자로서 진지한 충고까지 아끼지 않았다. 속에 품고 있던 말까지 할 수 있는 밀담의 순간을 우리는 즐겼던 것 같다. 어머니는 그 긴 세월 사시면서 아버님에게 억눌렸던 순간들을 공감해 주는 나에게서 위로받는 것 같았다.

"그때는 그렇게 참고 살아야 하는 줄로만 알았지."
하면서.

제정신으로 돌아온 짧은 순간 기쁨과 행복을 느꼈다가 기대를 버려야 하는 절망의 시간이 되풀이되었다. 그러나 늘 이쁘게 말씀해 주시는 어머니의 마음이 나에게 큰 힘이 되었다. 어머니의 소중한 말씀을 기록하여 미래를 위한 소중한 보물로 간직하기 위해 어머니의 어록까지 만들었다.

"며늘아, 고맙다, 나한테 너무 잘해 줘서 진짜 진짜로 고맙다."
"에고, 아무것도 먹기 싫은디, 니가 애쓰고 부지런히 만들었으니 먹어야 쓰것다. 고맙다."
"넌 마음이 고우니, 손도 참 따뜻하구나."
"니가 해주는 건 다 맛있어."
"니 귀한 시간을 애쓰고 나 가르친다고 이러고 있구나! 난 그만해도 되니 어여 가서 니 공부해라."

가끔 배변 사고를 치우느라 고단함이 계속되는 일상이지만, 내가 그나마 견딜 수 있었던 것은 어머니의 착한 치매 덕이라고 할 수 있다. 하루에도 수십 번 '미안하다', '고맙다' 하시는 어머니!

　가끔씩 "뭘라 나를 데려와서 고생하냐"는 말에 치매 어머니로부터 나는 울고 웃으며 위로까지 받았다. 더구나 하루하루 새로운 기적을 보여 주시니 어머니를 모시고 있는 보람도 있었다. 시어머니가 어떻게 그렇게 예쁠 수 있냐고 되묻는 이들이 많았지만 나는 진짜로 어머니가 좋았다. 말하는 법도 거의 잊어버리고 뭔가가 필요하면 그저 간절한 눈빛으로 천진난만하게 내 눈만 쳐다보는 젖먹이 아기 같은 어머니를 상상해 보라. 모성애가 저절로 발동할 것이다.

　만약 어머니가 고집을 부리고 난폭하게 굴었다면 내가 버틸 수 있었을까? 어머니의 착한 치매는 내가 매일 안아 주고, 이쁘다 뽀뽀해 주고, 아기 대하듯 사랑한다고 하루에도 수십 번 반복해 줘서 그렇게 되었을까? 엄마에게도 그렇게 대했다면 엄마도 난폭해지지 않고 착한 치매로 되었을까?

　내가 끝까지 버틸 수 있었던 가장 큰 힘은 누가 뭐래도 늘 나를 아껴 주고 사랑해 주는 남편이 있기 때문이었다. 그는 항상 따뜻한 눈빛으로 위로해 주고 고마워했다. 어머니에게도 항상 부드럽고 인내심 있게 대하는 남편이 너무나 고맙고 자랑스러웠다. 어머니를 다시 모셔 올 때 극구 반대한 사람이었지만, 그것은 우리의 불편함이 싫어서가 아니라 순전히 아내가 짊어져야 할 무게가 얼마나 힘든 것인지를 누구보다도 잘 알고 있었기 때문이라는 걸 나는 누구보다 잘 알고 있다. 수많은 밤을 어머니 옆에서 자다 깨다 해야 하는 나를 위해 안쓰러운 눈빛으로 교대해 줄 때면, 직접 말로 표현하지 않아도 그의 사랑과 고마움이 마음 깊이 전해져 왔다. 게다가 우린 무슨 일이든 눈빛만 봐도 서로를 아는 그런 부부였다. 우리는 치매 극복 프로젝트도 갈등 없이 이룩해 낸 환상의 커플이었으니까.

남편도 분명 내가 모든 나의 일을 포기하고 어머니를 보살피는 모습에 나만큼이나 속상하고 마음 아팠으리라. 겉으로 표현하지 않더라도 그의 아픈 마음을 내가 어떻게 모를까? 이불과 어머니 옷가지들을 하루에도 두세 번씩 세탁해야 할 때면, 내 손이 가기도 전에 말없이 세탁기를 돌려 주곤 했다. 빨래는 물론 세탁기가 다 해주지만 빨래를 널고, 마른 후 정리해서 제자리에 두는 일까지 전담해 주었다. 더구나 주위 사람들이 남편에게 "왜 그렇게 마누라를 고생시키냐?", "그러다 마누라 죽일 일 있느냐?" 하며 남편을 직접적으로 비난할 때, 그 쓴소리를 묵묵히 듣고 있어야만 했던 그의 심정은 오죽했을까?

주위에서 "너는 바보냐? 왜 그렇게 사냐?"라는 말을 듣는 것은 흔한 일이었다. 때로는 우리 자신도 진짜 바보인가 싶을 때가 있기도 했다. 그러나, 어머니가 편안하게 지내는 모습과 치매에도 불구하고 순간순간 우리의 고마움을 알고 미안해하는 어머니의 모습은 우리에게 더 오랫동안 인내하는 힘을 주었고 보람을 주기도 했다.

더불어 아이들과 두 며느리의 보이지 않는 사랑의 힘도 컸다. 둘째 며느리는 우리 식구가 된 지 얼마 되지 않았지만, 자세히 설명해 주지 않아도 집안에 흐르는 분위기를 잘 파악하고 금세 우리 가족의 결을 따라왔다. 할머니와 매일 우여곡절을 겪고 사는 부모가 아이들에게는 커다란 걱정으로 다가갔는지 수시로 우리를 방문해 주고 걱정해 주고 사랑해 줌으로써 엄청난 위로가 되었다.

우리는 아이들에게서 그 어느 때보다 따뜻한 사랑을 받았고 우리 가족은 더 단단해졌다. 그리고 행복했다. 이 모든 가족 간의 사랑으로 많은 고통과 어려움 속에서도 우린 잘 견뎌 낼 수 있었다.

사랑이 답이었다.

보이는 게
전부가 아니다

방송이라는 가면

추운 겨울이 지나고 파릇파릇 새싹이 나더니 이곳저곳에서 기다렸다는 듯 꽃망울이 올라오기 시작했다. 정원의 꽃잔디가 어느새 활짝 피어 우리 집뿐만 아니라 마을까지도 환하게 밝혀 주었다. 어머니가 이런 변화를 안다면 얼마나 좋을까? 틈나는 대로 어머니 손을 이끌며 정원으로 내려간다. 어머니는 내 허리를 감싸고는 내 등에 딱 붙어 아장아장 걷는다.

"어머니! 와, 꽃 이쁘다. 이거 무슨 꽃?"

"몰라, 이름이 생각 안 나."

"우리 어머니는 내가 첫 글자만 대면 생각해 내잖아. 이건 할~."

"할미꽃?"

"이건 무슨 색."

"몰라."

"빨~."

"빨강색?"

"우리 어머니 잘 아네? 모르는 게 없네?"

같이 꽃구경하면서 속닥거리며 힐링의 시간을 보내고 있을 때였다.

"안녕하세요. 여기는 KBS 방송국 〈한국인의 밥상〉인데요?"

내가 네이버 블로그와 인스타그램을 운영하고 가끔씩 올리는 유튜브 채널이 있기 때문에, 방송국으로부터 연락을 받은 적이 여러 번 있었다. 감동의 스토리를 찾아 섭외한다는 내용으로 전화했다는 것을 금방 알아차렸다.

아버님이 항암치료를 받고 계실 때, 가장 먼저 MBC 방송국의 〈나이야 가라〉 프로그램에서 연락이 왔다. 죽음을 슬픔으로만 받아들이지 말고, 새로운 시작으로 인식을 바꿔 보자는 시도라고 했다. 죽음을 미리 준비하며 장례식의 당사자가 참석하여 가까운 가족들 앞에서 유언도 하는 살아 있는 장례식을 시도해 보자는 것이다. 해당 프로그램의 작가와 PD를 포함한 여러 사람이 방문하여 이야기를 나누었지만, 아버님은 노발대발하셨다. 살아 있는 사람에게 장례식을 하자는 것이 말이 되냐며, 더 이상 말도 꺼내지 못하게 했다. 이외에도 MBN, TV조선, 그리고 신문사 등 여러 곳에서도 출연 제안을 받았지만, 우리는 이런 제안들에 단호하게 거절하곤 했다. 일단 남편이 알려지는 걸 싫어했고, 방송이 나간 후에 우리가 특별한 사람으로 여겨지는 부담감을 견디기 힘들 거라는 생각에서였다.

며느리에게 KBS 〈한국인의 밥상〉에서 전화가 왔다고 했더니, "어머니, 다른 프로그램은 몰라도 그건 꼭 찍으세요. 꼭이요!" 하며 몇 번씩 강조했다. 그렇지 않아도 시부모님이 할아버지, 할머니를 지극정성으로 모시는 모습이 많은 사람에게 감동을 줄 것 같아 본인이 〈인간극장〉에 제보를 하고 싶었다면서…. 며느리를 사랑하는 남편은 며느리 말이라면 웬만큼 잘 들어주기에 해도 된다는 말 대신 아무 말도 하지 않는 침묵으로 허락을 암시했다.

〈한국인의 밥상〉은 워낙 인기 프로그램이다. 다들 알겠지만, 유명한 원로배우 최불암 님의 나레이션으로 감동 있는 스토리를 전한다. 맛있는 음식을 만들어 가족과 이웃과 나누어 먹으며 옛날을 추억하는 프로그램이다. 처음에 우리와는 조금 거리가 있다고 사양했지만, 5월 '가정의 달'에 가족을 주제로 하는 특별 방송이라고 하여 긍정적으로 받아들였다. 제작진은 지워져 가는 어머니의 기억 속에서 예전에 자식을 위해 자주 해주던 음식을 맛보게 하여 자식을 생각하는 감정과 기억을 끌어낼 수 있기를 기대해 보자고 했다.

추억의 음식이 무엇일까? 자식들에게 어떤 음식을 자주 해줬을까? 어머니께 여쭈어도 돌아오는 대답은 역시나 "몰라~"였다. 남편과 의논해도 시누이와 다른 형제들에게서도 답은 나오지 않았다. 어떻게 해야 할지 고민하고 있는데 마침 고향이 아랫녘인 이웃이 애호박요리를 들먹였다.

"여름에 그쪽 사람들 그거 잘 해먹잖아!"
"아하! 나도 어머니가 애호박 요리해 줬을 때 처음 먹어 본 요리였는데."

애호박은 주로 찌개를 해먹거나 부추와 함께 부침개를 만들어 먹었다. 그러나 어머니의 애호박 요리는 신기하고 특별한 맛이었던 옛 기억이 떠올랐다. 요리 한 가지는 해결되었지만 다른 요리를 무엇으로 해야 할까 고민하며, 남편과 함께 옛 추억을 불러오느라 여러 날 머리를 쥐어짰다. 가끔 시댁에 갈 때면 마당 한 편에 걸려 있던 가마솥에 자식들 해먹일 생각에 무더위도 잊어 가며 구슬땀 흘리면서 만들어 주시던 장어탕이 생각났고, 거기에 내가 즐겨 만드는 음식을 몇 가지 추가하면 되겠다고 결정했다.

"어머니, 옛날에 장어탕 많이 끓여 주셨지요?"

"잉~."

"어떻게 끓여요? 알려 주세요. 애비가 먹고 싶다네."

"그래? 장어랑 오만 거 넣고 끓이믄 돼~."

"오만 거? 그것이 뭐지?"

"오만 거 너믄 되에."

"어머니 거기에 빨간 고추도 필요해?"

"잉."

"빨간 고추를 어떻게 해서 넣어야 해?"

"솥에 넣어야지!"

"그니까 어떻게 해서 넣느냐고, 생각이 안 나네? 갈아서 넣을까?"

"아니, 통째로 넣고 끓여!"

"통째로? 그다음에는?"

"삶아지면 꺼내서 잘라야재."

남편과 나는 허공에서 놀란 눈을 교차했다. 빨간 고추를 삶아서 자르라고? 우리의 표정을 보고 어머니가 자신이 잘못 말했다는 사실을 알고 움츠러들까 봐 염려되어 우린 얼른 두 시선을 거둬들였다. 재빠르게 너무 잘 기억해 주어서 고맙다고 마무리했고, 어머니가 알려 준 대로 맛나게 끓여 주겠다는 약속을 하고 일어섰다.

몇 차례 사전 미팅이 있었고 촬영하는 날이 왔다. 촬영하는 내내 어머니는 그저 이 사람 저 사람 구경하듯 둘러볼 뿐이다. 목욕 장면을 촬영해도 왜 사람들이 보고 있는지 묻지도 않을뿐더러 문을 닫으라는 소리도 할 줄 모른다. 그렇게 어머니는 부끄럼도 수줍음도 모두 사라져 버린 것이다. 아니 사라진 게 아니라 뇌세포가 신호를 전달하지 못하는 것이리라.

어머니는 현재의 그 순간, 지금 바로 눈앞에 보이는 세상이 전부다. 자식들이 방문해서 같이 놀다가도, 이제 집에 간다고 인사하고 나가면 10분도 지나지 않아 모든 기억은 사라진다. 아니 같이 있다가도 그 사람이 화장실에 가고 눈앞에만 보이지 않아도 그 사람은 없는 존재가 된다. 아버님이 돌아가신 지 벌써 일 년이 지났는데도 어머니에겐 아직 살아 있는 존재로 남아 있으니까. 참 신기한 것은 이렇게 금방 모든 걸 지워 버리지만, 현재 순간의 질문에는 정상인처럼 대답은 참 잘하신다. 그렇기에 촬영 기사님들도 피디님도 그냥 정상적인 평범한 노인을 보는 것 같다고 했다.

방송의 힘은 생각보다 대단했다. 가족과 지인들은 물론이고, 연락이 끊겼던 학창 시절 친구를 비롯해 많은 사람으로부터 연락이 왔다. 사람들의 반응은 다양했다. 사람들은 대부분 화면 속에 숨겨진 우리의 애환과 눈물을 알지 못했다. 그럴 수밖에 없는 것이 우리 어머니는 스스로 먼저 말하는 법은 없지만 묻는 말에는 또박또박 대답도 잘하고 거동도 잘하시기 때문이다. 어머니는 치매 이외에는 흔한 고혈압이나 당뇨 등 노인성 질환도 없다. 또한 방송에서는 필요한 부분만 편집해서 방영되니, 누가 보이지 않는 화면 밖의 일들을 짐작이나 하겠는가?

영상을 시청한 사람들 대부분은 "어머니 참 건강하시데!", "어머니가 그렇게 건강하시니 참 좋겠어요!", "참 보기 좋드만!"이라고 했다. 그들은 알고 지내거나 안면이 있는 지인이 TV에 나왔다는 것이 신기하고 반가운 듯한 반응으로 전화했다. 남편과 나는 그들의 반응을 백 퍼센트 이해하면서도 우리의 고충이 묻힌 거 같아 한편으로는 쓸쓸하기도 했다. 아무리 봐도 영상 속 내용들은 흥미롭고 아름다웠으니까!

반면에 "여보세요" 하는 내 목소리만 듣고도 벌써 울먹이는 소리로 전화하는 사람들도 있었다. 그들의 반응에 '아! 이분은 나와 같은 경험을 한 사람이구나!' 금방 짐작할 수 있었다. 그런 사람과는 전화로 서로의 사정을 자세히 설명할 필요도 없었다. 책을 읽을 때 행간의 숨겨진 뜻을 이해하듯이 그들은 영상 속의 보이지 않는 사소한 부분까지 공감해 주었다. 우리는 마음으로 서로의 눈물을 닦아 주고 위로해 주었다.

우리 아이들도 말했다.
"엄마 아빠의 생활을 사실대로 알려 주려면 한 달은 같이 살면서 인간극장을 찍어야 해!"라고.

얼마 후 인간극장에서 섭외를 원한다는 말을 들었지만 우리는 거절했다. 더 이상 방송에 우리의 애환이 알려지는 게 부담이 되었으므로. 그리고 어느 정도는 왜곡되어 나갈 수도 있으므로.

＊KBS 다큐채널 '[한국인의 밥상] 오래도록 붙잡아 두고 싶은 어머니의 기억' 편에서 관련 영상을 확인하실 수 있습니다. (KBS 2023년 5월 18일 방송)

소통할 창구는 어디에?

　나는 정원 가꾸기를 좋아한다. 그 때문인지 '춘천의 타샤'라는 별명도 갖게 되었다. 타샤는 미국의 동화작가 타샤 튜더의 이름에서 따온 것이다. 그녀는 30만 평의 땅에 천국 같은 정원을 일군 가드닝의 대가이다. 나는 꽃을 좋아해서 아파트에 살았을 때도 집 안에 화분이 100여 개가 있었다. 더 많은 꽃을 정원에 심고 싶어 시골 동네로 이사 온 것이었다. 우리 집 정원뿐만 아니라 마을 전체에 꽃길을 조성하여 온 마을이 꽃 천지가 되었을 때 타샤라는 별명을 얻은 것이다. 어느 해에는 시에 공모한 우리 마을 가꾸기 사업에 선정되어 조팝나무 600그루를 지원받아 동네의 얼굴을 바꾸어 놓기까지 했다.

　이런 사실들이 소문이 나면서 다른 마을에서 제의가 들어왔다. 자기 마을로 와서 같이 이쁜 마을을 조성하여 살자는 것이었다. 우리 집 정원이 좁아서 아쉬움이 많았기에 더 넓은 정원을 가질 수 있다는 점에 현혹되어 지금의 마을로 이사를 온 것이다. 더구나 2층집을 지어서 시부모님과의 합가를 결심하는 데도 망설임이 없었다. 부모님은 1층에서 살고, 우리 부부는 2층에서 살면 공간을 달리하니 어려움은 크지 않을 거라고 단순히 생각했다.

그러나 그런 우리의 생각은 너무나 단순했다. 경험해 보지 않으면 모른다는 말이 여기서도 적용이 된다. 그 분리된 공간이란 건강한 부모님을 모실 때 더 효과를 보는 것이었다. 치매 환자는 24시간 돌봄이 필요하고, 두 분 모두 거동이 힘들어서 같은 논리가 적용될 수 없었다. 2층에 잠시 있어도 모든 신경은 항상 1층에 집중되어 있었다.

또한 돌봄의 기간이 점점 길어져서 언제 끝날지 모르는 일이기에 답답한 마음과 스트레스는 나를 어느 지경으로까지 몰고 갈지 불투명했다. 이렇게 마음이 복잡하고 위로받고 싶을 때, 정원이라는 공간이 내 마음의 치유 장소가 되었다.

어머니를 주간보호센터에 보내고 정원에서 잡초를 뽑으며 정원의 구조를 구상해 보고 이리저리 변경도 하면서 정원은 쌓였던 스트레스를 풀 수 있는 나만의 공간이었다. 때로는 잡초들에게 화풀이도 하고, 각양각색의 꽃들과 밝게 눈인사를 나누고, 매일 가까이 접근해 오는 귀여운 작은 새들에게도 말을 걸었다.

"너도 내가 처량하게 느껴지니? 그래서 날 위로해 주러 온 거야?"
"그래도 네가 매일 찾아와 주니 견딜 만하단다."
"뭘 줄까?"
"근데 왜 넌 늘 혼자야? 나처럼?"
"너도 외롭구나."
"너도 힘들구나. 힘내자!"

말도 통하지 않는 하찮은 작은 새에 불과했지만 늘 나를 찾아와 준 것만으로도 고마웠다. 자연과의 조화를 통해 마음의 안정과 평화를 찾을 수 있었다. 신선한 공기와 자연의 작은 미물까지도 나를 위로해 주는 것 같았다.

그러던 어느 날, 주간보호센터에서 보호자 간담회가 있었다. 마치 아이들 학교에 보내면 학부모 회의가 있듯 정기적으로 보호자들을 모아서 센터의 활동을 보고하고, 보호자들의 고충도 들어주며 필요한 요구사항이 무엇인지 들어 보고 도와주는 회의였다.

거의 모든 학부모가 참석하게 되는 아이들의 학교 학부모회랑은 다르게 어르신 43명 중 보호자는 예닐곱 명 정도 참석한 걸로 기억이 된다. 참석자들은 어르신들의 아들, 딸, 아내가 대부분이고 며느리는 나 하나였다. 의아해서 "며느리는 저 혼자네요?" 하니, 일반적으로 며느리는 오지 않는다고 했다.

센터 운영 등의 보고가 끝난 뒤 참석한 보호자들은 각자 자기들의 고민과 어려움을 얘기했다. 한 분 한 분의 고충들이 다 나의 상황과 크게 다르지 않았다. 우리는 서로 얘기하는 가운데 많은 위로를 받았다. 이들만큼 나를 공감해 주고 위로해 주는 사람이 어디 있을까? 우리는 모든 상황이 본인의 일로 느껴져 안타깝고 가슴이 아파서 눈물도 흘렸다. 우린 헤어지는 것이 아쉬워 다음 간담회는 언제인지 물어보고 헤어졌는데, 발걸음이 무거웠다. 우리가 목말라 하는 욕구가 어떤 것인지 너무도 잘 알기에 이른 시일 내에 그분들과 맛있는 식사 한 끼라도 같이 나누고 싶었다. 수고한다고 얼마나 힘드냐고 따뜻하게 안아 주고 싶었다.

우리끼리 따로 단체 대화방을 만들어 달라고 센터의 대표님께 요청하였다. 내가 말한 의견을 센터에서 추진해 보려고 시도했지만, 여러 가지 난관에 부딪혀 무산되고 말았다. 이유는 여러 가지였다. 이런 모임을 목 빠지게 기다리고 있던 보호자의 환자들이 얼마 지나지 않아 하나둘씩 시설로 가게 되는가 하면, 어떤 보호자들은 SNS 소통 방법을 모른다고 하니 어쩔 수가 없었다. 우리는 다시 만나 허심탄회한 얘기를 맘껏 하는 시간을 갖고 싶었는데 아쉬움으로 끝났다. 이때 절실히 느꼈다. 치매 가족들의 목마름이 무엇인지를.

얼마 전에 안 사실이지만 지역마다 치매안심센터에 가면 간병인이 참여하는 프로그램이 있다고 한다. 내가 얼마나 힘든지 아무도 알아주지 않는다고 격한 분노와 감정을 갖지 말고 나만의 시간과 마음을 의지할 수 있는 곳을 찾아 참여하는 방법도 좋을 듯하다. 치매 환자를 돌보는 사람들끼리 이것저것 하소연하다 보면, 자기 혼자만 고생하는 것이 아니라는 위안을 얻기도 한다. 같은 고민을 하는 사람들과 대화하거나 돌봄 전문가들과 상담하는 가운데 마음의 상처도 위로받고 안정을 찾는 데 조금이나마 도움이 될 것이다. 서로의 경험을 나누는 것이 무엇보다 중요하다.

나는 대체로 치매안심센터를 잘 이용하고 있는 사람이라고 생각했다. 기저귀와 물휴지는 물론이고, 뇌 기능을 되살리기 위한 교육 도구까지 무료로 제공받아 잘 사용하고 있기 때문이었다. 그러나 치매 가족 카페가 있어 서로 소통할 수 있는 장소가 있는 줄은 모르고 있었다. 내가 모르는 것을 보니 가족 중에 치매 환자가 있어도 이러한 정보를 알지 못하는 이들이 많을 것으로 생각된다.

치매 가족을 위해 국가에서 제공하는 여러 제도들을 잘 이용하는 것도 많은 도움이 된다. 치매안심센터에서 제공하는 도움도 받고, 주간보호센터에서 주간 동안 보호해 주며 다양한 활동을 하는 혜택도 이용하고, 집에 있는 동안에는 요양 보호사의 방문 도움 서비스도 받을 수도 있다. 또한 무엇보다 중요한 것은 우리 사회가 치매 관련 문제에 대해 보다 적극적으로 대응하기 위해 다 같이 노력해야 한다는 것이다. 치매 환자와 그 가족들을 위한 교육, 지원, 소통 창구를 더욱 확대하고 발전시켜 나갔으면 좋겠다.

＊ 저자 유튜브 채널 〈춘천의 타샤〉의 '가족과 함께 보낸 5월' 편에서 관련 영상을 확인하실 수 있습니다.

치매안심센터

모든 어르신들과 그 가족들이 치매로부터 고통받지 않도록 치매 예방을 위한 조기검진과 상담 및 교육 등을 실시하며, 치매 환자의 재활을 위한 단계별 프로그램을 제공하는 곳으로 치매가족지원사업에는 다음과 같은 것들이 있다.

돌봄부담분석: 치매 환자 가족 및 보호자 상담을 통해 돌봄부담 요인을 파악하고 부담을 줄이기 위한 적절한 서비스를 연계함

가족교실: 체계적이고 구체적인 커리큘럼을 통해 치매 환자 가족 및 보호자의 돌봄에 대한 이해를 높이고 돌봄 역량을 향상시킴

자조모임: 체계적이고 구체적인 커리큘럼을 통해 치매 환자 가족 및 보호자의 돌봄에 대한 이해를 높이고 돌봄 역량을 향상시킴

가족카페: 치매 환자와 가족이 편안하게 방문하여 치매에 대한 정보를 얻고 휴식을 취하며 다른 치매 환자 및 가족과 교류할 수 있는 장소 제공

힐링프로그램: 치매 환자 가족(보호자) 간의 스트레스 해소 및 정서적 교류와 심리적 부담을 경감할 수 있도록 다양한 프로그램 제공

동반 치매 환자 돌봄 서비스: 가족 및 보호자가 가족프로그램을 수강하는 동안 동반한 치매 환자를 보호하여 프로그램 참여를 지원하는 서비스

아무도 모르는 시간들

내 큰며느리는 참 눈물도 많다. 가족들이 다 모이는 제삿날이었다. 어머니는 당신 자식들이 있는 동안에는 멀쩡하게 잘 있다가 식구들 배웅하느라 잠시 자리를 비운 사이에 사고를 일으켰다.

"어머니, 이상한 냄새 안 나요? 똥 냄새도 아니고…."

며느리가 말끝을 흐렸다. 나는 직감적으로 어머니가 또 사고를 쳤다는 생각이 들었다. 남편이 단숨에 아래층으로 내려가더니 말했다.

"얼른 와, 어머니 사고 쳤어!"

어머니는 태연하게 침대에 앉아 있었다. 늘 그랬다. 우리도 어머니처럼 아무 일 아닌 듯 무심하게 사건 현장을 지워나갔다. 냄새는 진동하고 화장실은 엉망이었다. 세면대에도 여기저기 지저분하게 변이 묻어 있었다. 언제나처럼 나는 어머니가 놀래지 않게 목욕할 때가 됐다며 온몸을 씻기기 시작했고, 그동안 남편은 옷과 이불을 세탁기에 넣고 모든 창문을 열어 환기했다. 급한 불을 끄고 나면, 이제 침대뿐만 아니라 어머니가 지나가면서 잡은 손잡이마다 퐁퐁을 묻힌 물휴지로 닦고 또 닦아야 했다.

놀란 며느리는 거실 유리창 너머로 안절부절못하다가 "어머니, 이렇게 사신 거예요?" 하며 눈물을 훔쳤다.

"어머니가 할머니 모시느라 힘든 줄은 알았지만 이렇게 사시는 줄은 몰랐어요."

이틀에 한 번꼴로 대형 사고를 치는 어머니! 물론 24시간 곁에 붙어서 수발을 들면 이런 사고는 생기지 않는다. 기저귀에 실수해 놓고 본인도 뭔가 이상한 느낌이 들어 혼자서 처리하려다 손에 변이 묻고, 손을 닦으려고 하다 보니 여기저기에 변을 묻히고 기저귀를 어떻게 할지 몰라 변기에 넣기라도 하면 진짜 더 큰 대형 사고가 되는 것이다.

한번은 친한 친구가 주말을 반납하고 나를 찾아왔다. 시어머니 모시느라 정원일도 제대로 못 할 것 같아 도와주러 왔다고 했다. 이틀 동안 너무나도 깔끔하게 여기저기 부지런한 손으로 잡초를 뽑아 주어 모처럼 정원이 말끔하게 정돈이 되었다. 손님이 있는 날엔 조용히 지나갔으면 좋았을 텐데 어머니가 또 배변 사고를 낸 것이다. 물론 남편과 내가 007작전처럼 쥐도 새도 모르게 처리했기 때문에 친구가 떠날 때까지 눈치채지 못하고 지나갈 수 있었다. 행여 그 친구가 그런 모습을 보았다면 더 속상해할까 봐 빠른 속도로 마치 대청소를 하는 것 같은 모양새로 어머니의 실수를 덮어 줄 수 있었다.

그 친구는 절친한 친구로 우리 집을 자주 방문하여 내가 치매를 앓고 있던 엄마를 모시던 때부터 속속들이 내 사정을 아는 친구이다. 뭔가를 도와주려고 항상 관심을 써주는 친구 중 하나인데, 가끔씩 "경미야 그만하면 안 돼?", "할 만큼 했잖아!"라며 늘 내 상황을 안타까워했다. 그녀의 사랑이 전해졌다. 더 이상 버틸 수 있을까? 나도 점점 자신이 없어져 갔다. 그녀는 일찍 돌아가신 그녀의 엄마가 그리워서 나를 부러워하는 순간도 종종 있었다. 그러나 반대로 나는 그 친구가 세상에서 제일 부러운 사람인 것 같았다. 나도 그녀처럼 돌아가신 부모를 애석해하면서 살았으면 얼마나 좋을까? 나도 내 엄마를 내 시엄마를 그리워하고, 보고 싶다고 눈물짓고 싶은데 지금 두 엄마는 치매에 걸려 날 너무 힘들게 하고 있는 게 원망스러웠다.

어머니가 기저귀를 착용한 지 3년이 넘었다. 가끔씩은 아침에 늦잠을 자는 어머니를 보며 이렇게 잠들 듯 평안하게 돌아가셨으면 좋겠다는 생각이 들기도 했다. 살아 있는 분이 죽기를 바라는 건 도리가 아니다. 그러나 어머니가 더 추한 모습으로 변하기 전에, 가족들을 더 많이 힘들게 하기 전에, 내가 포기하고 시설로 보내기 전에, 내가 너무 지쳐 어머니를 함부로 대하기 전에 돌아가시면 좋겠다고 생각한 건 사실이다. 가끔은 내 자식 같았으면 벌써 엉덩이 몇 대 때렸을 거라고 생각할 때도 있었으므로 내가 그렇게 변하지 않으리라 장담할 수 없다. 정말로 힘든 순간에 저승사자가 빨리 왔으면 하고 생각하게 되는 간병 가족의 심경을 이해할 것 같았다. 내가 이렇게 견딜 수 있을 때까지 모시겠다고 고집하는 건 어머니가 돌아가시기 전 그래도 최소한 인간다운 대접을 받고 가시도록 하는 바람일 뿐인데 점점 힘이 빠지고 자신이 없어졌다.

내 몰골은 점점 지쳐 가는 모습이 역력했다. 입안은 늘 혓

바늘이 돋고 입술은 여기저기 부르트기 일쑤였다. 예전으로 돌아가고 싶었다. 열정적으로 하던 수업 시간이 그리웠고, 또랑또랑한 학생들의 눈들이 나를 주시하던 교실이 그리웠다. 세월을 돌릴 수만 있다면…. 마법으로 어머니의 치매를 한 방에 날릴 수만 있다면…. 아니 다른 건 다 좋으니 배변만 가릴 수 있는 능력만 돌아왔으면.

남편의 고향 후배 이야기다. 간병하고 있던 그의 아버지가 돌아가셔서 그 장례식장에 남편이 다녀왔다. 우리가 부모님을 모시고 있다는 사실을 알고, 그 후배는 "형님 진짜 고생 많으시네요. 형제들 어느 누구도 그 속마음을 모를걸요. 제가 겪어 보니까 그렇데요"라고 했다고 한다. 그 후배가 겪은 경험담 얘기를 하는데, 하나에서 열까지 처한 상황이 비슷해서 폭풍 공감을 했단다. 힘들다고 말하면 괜히 생색낸다고 할 거니, 누구한테 터놓고 얘기도 못 할 거고 참으로 답답한 우리의 심정을 이해한다면서 걱정해 주고 조언도 해주더란다. 역시 겪어 보지 않으면 머리로는 이해할지 모르지만, 마음으로는 알지 못할 내용들이다. 치매 가족의 구성원끼리라도 서로 관심을 가져 주고 무관심하지 말기를, 조금이라도 공감해 주기를 기대해 본다.

단기 보호소가 절실히 필요해!

지인들과 친구들의 발길이 뜸한 중에도 이웃이 있어서 그나마 숨통이 트였다. 몇몇 이웃들과 저녁 시간에 일주일에 두 번씩 우리 집에 모여 라인댄스를 즐겼다. 다른 사람들처럼 어머니의 치매로 인해 그만두자고 했으면 정말 적막강산이 따로 없을 뻔했다. 한 시간 동안 음악에 맞추어 흔들흔들 춤추며 서로의 웃긴 몸동작에 웃음을 나누다 보면, 스트레스는 어디론가 사라지고 활력이 솟구쳤다. 댄스가 끝나면 어머니와 함께 치매 탈출을 위해 시간을 할애해야 했지만, 댄스 시간이 얼마나 큰 힐링이 되었는지 모른다. 이웃들은 때로는 내가 일이 있어 늦게 귀가하는 날에는 잠깐 어머니를 돌봐 주기도 했다.

일본에서 한국어를 가르치고 있는 지인이 있다. 2년 전부터 자기가 가르치고 있는 학생들에게 한국인의 집을 체험해 주고 싶다는 연락이 왔었다. 사람 좋아하는 나는 흔쾌히 도와주겠다고 했다. 봄에 다시 연락이 왔을 때, 어머니를 간병하고 있으니 안 되겠다고 거절할 수가 없었다. 나는 약속을 어기는 것을 싫어한다. 미리 2년 전에 한 약속이기에 내 사정을 앞세워 약속을 어기고 싶지 않았다. 여름에 방문할 예정이라 대비책을 찾아볼 시간이 충분하므로 단기 보호소를 찾아보면 된다고 생각했다.

코로나 이전에는 몇 군데 단기 보호소가 있었지만, 현재는 인력 부족과 인건비 문제로 없어진 상황이었다. 요양원에도 일주일만 머물 수 있는지 알아보았지만, 단기적으로는 도움을 받기 어려운 난감한 상황이 되었다. 사설로 돌봐 줄 곳을 알아보니 요양 보호사이신 분이 단기 돌봄을 해줄 수 있다고 했다. 그러나 어머니의 성격도 잘 모르는 처음 보는 분에게 어머니를 맡긴다는 게 썩 내키지 않았다. 형제들에게 도움을 요청해 보았지만 다들 사정이 있어 쉽지 않았다. 어차피 도움을 받으려면 사람을 고용해야 하니 우리가 알아서 해결해 주었으면 하는 눈치다.

어떻게 해야 할지 고민이 되어 친구와 통화를 하는데, 가끔 어머니를 돌봐 주곤 했던 이웃집 언니가 옆에서 통화 내용을 듣고는 "내가 해줄게! 집도 가깝고 가끔 어머니를 돌본 적이 있으니 어머니도 편안하실 거야! 뭘 고민하냐?"라고 말한다. 이런 구세주가 어디에 있겠는가?

일본에서는 8명이 1박 2일 일정으로 오기로 했다. 단기 보호소 이용이 가능하면 하루는 준비하고 1박 2일 후 하루 더 휴식하고 싶어 3일을 맡길 예정이었지만, 편의를 봐주려는 이웃 언니의 호의였기에 딱 1박만 부탁하기로 하였다.

1박 동안 어머니를 돌봐 준 언니의 덕택으로 일본의 손님들은 한식의 밥상에 감동하고 한국문화를 체험했을 뿐만 아니라 내가 집에서 틈틈이 만들고 있는 꽃차 만드는 법과 막걸리 담그는 법들을 배우고 꽃이 풍성한 정원에서 맘껏 힐링의 시간을 가질 수 있었다.

손님들을 접대하는 사이에도 혹시 이웃집에서 사고를 치면 어쩌나 하고 내 마음은 온통 어머니 걱정이 머리에서 떠나지 않았다. 손님이 떠나자 바로 언니네 집으로 향했다. 만 22시간이 지난 후였다. 초조하게 그 집 문을 여니, 그 언니가 날 보자마자 "오메! 니 진짜 힘들었것다. 어짜까!" 하면서 안쓰러운 표정으로 어머니를 내게 인수했다. "하루 있는 동안에 똥 싸면 어짜까 엄청나게 걱정했는데 다행히도 안 쌌다마

는 니는 어떻게 그런 고생을 사서 하고 사냐?" 하며 쯧쯧 혀
를 찼다. 내가 일러 준 대로 어머니에게서 눈을 떼지 않고 움
직이는 곳마다 따라다니고 챙겨 주었더니 다행히도 큰 사고
없이 얌전히 계셨다고 했다.

"어머니, 누구랑 잤어요?"
"당신이랑 잤지, 누구랑 자요?"

그 집에서 나와 겨우 몇 발치 거리에 있는 우리 집으로 가
는 길에 어머니와 나눈 대화이다. 어머니는 10초만 지나도
기억을 못 했다. 그 집에 있는 동안에 우리 집에 간다고 하거
나 아들이나 며느리를 찾지도 않더란다. 그만큼 어머니는 내
눈앞에 있는 현실 세상이 전부였다. 눈에 보이지 않는 가족
에 대한 생각마저도 할 수가 없는 정도의 상태가 된 것이다.

22시간을 돌보는 동안 그 언니가 다른 일이 생겨서 언니
의 지인이 4시간을 돌봤다고 한다. 그분도 평소에 내가 어머
니를 어떻게 돌보는지 잘 알기에 어머니를 굉장히 정성스럽
게 돌봐 주셨다고 했다. 화장실을 자주 가시는 어머니를 위
해 함께 노래하면서 화장실에 관한 생각을 잊게 해주느라 진
땀을 빼기도 했다는 말이 들렸다. 내 주변에는 이런 따뜻한

분들이 많아서, 힘들지만 도움도 많이 받고 위로도 많이 받았다. 이 자리를 빌려 엄마를 잘 돌봐 주신 이분들에게도 감사를 드린다.

우리 부부는 이런 따뜻한 이웃들 덕분에 오랜만에 외부 사람들을 만나 고립감에서 벗어나 그간 누리지 못했던 즐거운 시간을 보낼 수 있었고, 그동안의 힘든 일들을 잠시나마 잊을 수 있는 힐링이 되는 1박 2일 행사를 무사히 잘 치렀다. 다행히도 우리 집을 방문한 8명의 일본인은 한국에 대한 선입견과 불편한 감정들을 해소하는 시간이 되었고, 우리는 친구가 되어 이후에도 꾸준히 소통을 하며 소중한 인연을 이어 가고 있다.

치매 환자 가족들의 간병 부담을 덜어 주겠다며 정부가 시행한 치매 가족 휴가제가 실효성이 없다는 뉴스 보도도 있었다. 더군다나 그 제도는 요양 등급이 1, 2등급인 환자들이 대상이라 3등급인 어머니는 이용할 수도 없었다. 나의 경우와 같이 돌보지 못하는 상황이 발생한 날에 대비하여 등급에 상관없이 일시적으로라도 돌봄을 맡길 수 있는 공적인 단기 보호소가 절실히 필요함을 느끼는 경험이었다.

나도 치매인가?

　어느 날, 집에 들어가는 길에 자주 가던 대형 할인점에 들러 어머니가 좋아하는 고등어 두 마리와 어묵, 그리고 사과를 샀다. 계산대를 나서서 밖으로 나온 순간, 갑자기 머릿속이 텅 비어 있는 느낌이었다. 갑자기 모든 것이 낯설었다. 처음 와본 곳처럼 느껴졌다.

　'가만있자, 여기가 어디지?'

　이상한 나라의 앨리스가 생각났다. 마치 꿈속에서 갑자기 어느 공간에 떨어져 홀로 서 있는 느낌이었다.

　'내가 지금 물건을 샀잖아.'

손에 들린 시장 가방을 내려다보며, 내가 어디에 왔는지 거꾸로 필름을 돌려 보려고 애를 썼다.

'나는 지금 주차장에 서 있다. 그럼 차를 타고 왔을 텐데? 차는 어디에 있지?'

몇 초간 주차장의 오른쪽 끝에서 왼쪽 끝까지 스캔해 보는 사이에 생각이 돌아왔다.

'맞아! 내가 집으로 가는 길에 마트에 들른 거지!'

순간 아찔했다. 어머! 나도 치매의 시작인가?

집에 돌아와서도 남편에게 차마 그 말을 할 용기를 내지 못했다. 그날 잠자리에 들면서 여러 가지 생각들이 머리를 스쳤다. 치매 의심의 순간들이 머릿속을 스쳐 지나갔다. 한 번은 친구들과의 약속을 까맣게 잊고 있다가, "오고 있는 거지? 넌 약속을 정확히 지키는 사람인데 무슨 일 있는 거야?" 하는 친구 전화를 받고 나서야 모임을 잊고 있었다는 사실을 깨달았다. 그때 나는 그런 약속을 잊었다는 사실이 민망해 "어머, 시간이 벌써 그렇게 됐니? 내가 바빠서 시간 가는 줄 몰랐네. 얼른 갈게" 하면서 순간을 모면했던 적이 있다.

    치매 환자를 돌보는 가족 중 75퍼센트가 우울증의 증상을 보인다고 한다. 그 이유로 첫째는 간병 중에 느끼게 되는 불안, 상심, 불확실성, 분노, 슬픔, 고립, 피로감 등이 우울증의 원인이 되고, 또 다른 원인으로는 대부분의 환자 보호자도 이미 50대 이상으로 나이가 많은 것 자체가 고위험군이라는 증거라고 한다. 마지막으로, 환자를 돌보다 보니 본인의 건강 상태를 돌볼 여유가 없다는 것이다. 우울감이 높아지면 치매 가능성도 커져서 치매 가족 간병인은 '보이지 않는 두 번째 치매 환자'라고 불리기도 한다는 연구도 있다.

    분명 볼일이 있어 차려입고 외출에 나섰는데 한참을 가다 보니 내가 어디로 가야 할지 생각이 안 날 때도 있었고, 살 것이 있어 마트에 갔다가 '뭘 사러 왔지?' 골똘히 생각해야 했던 때도 종종 있었는데, 그 이상한 나라의 앨리스가 되었던 순간을 겪고 보니 그전에 내가 건망증이라고 가볍게 생각하고 지나쳤던 일들이 하나씩 떠올랐다. 하지만 그때는 아버님과 어머니 두 분의 병간호에 완전히 지쳐 있을 때였기에 나의 스트레스가 임계치에 와 있나 보다 하고 그냥 지나쳤었다. 많은 이들이 알다시피 치매 환자를 돌보는 일은 신체적

정서적으로 엄청난 스트레스를 주기 때문이다.

어느 날은, 텃밭에서 가지를 따와 도마 위에 올려놓고는 어떻게 썰어야 할지 고민할 때도 있었다. 가로로 길게 자를까? 아니, 타원형으로 슬라이스를 할까? 하지만 아무리 생각해도 그렇게 썰어 본 적이 없는 것 같았다. 늘 내가 즐겨 먹는 나만의 방식이 있었는데도 전혀 떠오르지가 않았다. 케첩 가지볶음은 내가 여러 사람들에게 케첩 만드는 과정을 시연하며 알려 주었던 조리법인데 끝내 어떻게 잘라 요리하는지 생각이 안 나, 아무렇게나 자르고 나서야 '아하, 이것이 아닌데' 하며 난감했던 적이 있다. 그때도 설마 치매인가라는 생각은 하지 못했다.

그러나 두 엄마를 모두 요양 병원과 요양원으로 보낸 지금, 그때보다 스트레스가 훨씬 줄었을 텐데도 나는 그 건망증이 더 심해지고 있다. 전문가들은 말한다. 건망증이 치매로 가는 길목일 수 있다고. 또 무슨 일이 있었지? 에피소드를 모아 본다.

1. 비스킷을 우유에 찍어 먹으려고 가져다 놓고는 비스킷이 있는 것을 깜박 잊고 일단 우유를 다 마신 후에 비스킷을

발견하고 "아직 안 먹었네?" 하고 놀람.

2. 전자레인지에 음식을 데워 놓고 까맣게 잊고 있다가, 다른 음식을 데우려고 열어 보고서야 알게 된 일. (이런 경우엔 보통 며칠이 지난 후에 발견된다.)

3. 내가 지금 무슨 말을 하는 거지? 하며 한창 얘기하다가 말하고자 했던 의도가 떠오르지 않았던 일.

4. 요리하다가 소금을 넣었는지 넣지 않았는지 생각이 나지 않았던 일.

5. 운전 중에 앞 유리에 물을 나오게 하는 작동 방법과 라이트 켜는 방법이 순간적으로 생각이 안 나서 헤맸던 일. (이러다 운전면허증도 반납해야 하는 거 아닌가?)

6. 미역국을 끓이다가 '5분 후에 꺼야지!' 생각했는데, 그 사실을 깜박 잊어버리고 정원에 나가 일을 하고 들어옴. (연기로 가득 찬 거실을 보고서야 미역국 끓이고 있었던 사실이 생각난 일.)

7. 소고기 채소볶음을 요리하려고 계획했었는데 일단 재료를 썰고 보니 전부 깍둑썰기로 카레용 재료 썰기로 해둔 것을 본 순간 아차 했던 일.

8. 우유를 다 마시고 빈 우유갑을 씻으려고 물을 채워 놓은 후, 우유가 여전히 남아 있는 줄 잠시 착각하고 냉장고에 넣으려 했던 일.

9. 숫자 계산력이 자꾸 떨어짐.

10. 반찬이 들어 있는 반찬통을 냉장고에 보관하지 않고 빈 반찬통 보관함에 넣어 두고서는 한참 지난 후 반찬통을 사용하려다가 발견한 일.

이렇게 빈도수가 늘어나고 단어를 생각해 내는 일도 너무 힘들어서 자꾸 남편만 귀찮게 하고 있다.

"여보, 그 단어가 뭐지? 책을 읽는 데 푹 빠졌다는 한자어 있잖아? 매립인가? 매몰인가?"

"몰입 아니야?"

"아, 맞다."

이렇게 단어를 몇 번이나 물어보아도 남편은 내가 놀랄까 봐 그런 건지 애써 심각한 내색을 하지 않고 친절하게 대답만 해줄 뿐이다. 치매 걱정을 하는 나에게 "당신이 책 쓰느라 초집중해서 그러지" 한다.

치매에 안 걸리려면 첫째로 중요한 것이 운동이라는 전문가들의 조언을 따라 며칠 전 혼자서 운동하러 나갔다. 요즘 잠자기 전 30~40분씩 근력운동을 하고 있지만, 점점 치매 증상이 나타나는 것 같은 불안감 때문에 걷기 운동을 추가하기로 했다. 춘천은 강가 산책로가 잘 조성되어 있어 경치도 구경하면서 운동할 수 있어 운동하는 동안 힐링도 되고 일거양득이다. 딱 40분만 걸을 계획으로 20분 후에 알람을 맞춰놓고 알람이 울리면 돌아서 다시 원점으로 돌아올 계획이었다. 산책로에는 출입구가 여러 군데 있다. 알람이 울리자 처음의 출입구를 향해 되돌아갔지만 찾지 못하고 한참을 지나쳤다. 이상한 생각이 들어 길을 다시 되돌아가야 했다. 처음 들어왔던 출입구를 겨우 찾았고, 걷기 운동은 계획한 40분이 훨씬 지나 한 시간 반이 걸렸다.

다리와 발가락이 너무 아팠지만, 그 사실보다는 길도 제대로 못 찾아온 내가 너무나 한심했다. 이런 일이 반복되어 결국 집에도 못 찾아가는 사태가 발생하면 어쩌지? 치매에 대한 불안감으로 돌아오는 발걸음이 너무 처량했다. 분명 경도인지장애인 것이 분명하다.

죽는 그날까지 내 발로 화장실 다니고 내 손으로 삼시세끼 찾아 먹을 수 있어야 하는데…. 마음가짐을 달리해야 한다. 운명이란 결정되는 것이 아니라 스스로 개척하는 것이라고 했다. 난 치매 부모님만 모시라는 운명도, 치매 환자가 될 운명도 아니다. 이제부터는 건강을 위해 더욱 노력하고, 가족과 친구들과 함께 더 행복하고 의미 있는 삶을 살아가는 데 집중해야 한다. 무엇보다 두려움보다는 희망과 긍정적인 마음을 가지고 앞으로 나아가야 하겠다.

삶의 태도를 바꾸면 얼마든지 치매는 예방할 수 있다.

막다른 골목에서

우리 아이들은 치매 할머니를 돌보는 부모가 항상 마음에 걸리는지 날짜를 정해 정기적으로 집으로 모이곤 했다. 어느 날 아무도 꺼내지 못한 어려운 말을 큰아들이 했다.

"이제 할머니를 시설로 모시는 게 어때요? 엄마가 너무 지쳐 보여요."

"어머니 다시 모시고 온 지 얼마나 되었다고…."

남편이 불편한 심기를 드러내며 말을 자르자 둘째 아이가 나섰다.

"아빠, 기간이 무슨 문제가 되나요? 엄마가 너무 힘들어하잖아요?"

"아니, 1년은 채워야지! 남들이 뭐라고 하겠어?"

"아빠, 남들이 뭐라고 하든 그게 중요한 게 아니잖아요. 이제 엄마, 아빠도 본인의 건강을 돌보셔야 해요!"

기분 좋게 시작한 저녁 식사 자리가 갑자기 서로 눈치만 주고받은 채 모두를 침묵 속에 가두었다. 아버님이 돌아가시고 어머니를 요양 병원에서 모셔 온 지 9개월이 되었다. 남편은 다른 사람들이 어떻게 생각할지가 먼저 걱정되는 모양이다.

그러던 중 결정적인 사건이 발생했다.

아이들 어릴 때 같은 반 학부모회로 시작한 엄마들의 모임 날이다. 만남을 이어 온 지 18년이나 되었지만 1박 이상의 여행을 해보지도 못했다는 게 말이 되냐며 어딘가로 바람 쐬러 가자는 의견이 나왔다. 나도 어머니에게 묶여 어디도 못 가는 신세가 되다 보니 그 모임의 핑계로 자유롭게 어딘가 떠나고 싶었다.

일이 되려고 그랬는지 얼마 전 한 지인이 D 콘도 어디든 가고 싶은 곳이 있으면 예약해 준다며 말만 하라고 했던 게 생각이 났다. 나는 곧바로 그분께 부탁했다. 일정이 잡히자마자 오랜만에 훌훌 털고 모든 걸 뒤로한 채 바닷가 콘도에서 1박 2일 동안 수다를 실컷 즐겼다. 오랜만에 노래방도 가고 오락실도 가고 싱싱한 바다회를 안주 삼아 술도 곁들이면서 각자 스트레스를 풀기 위한 수다 삼매경에 수면 시간도 일부 포기해야 했다.

그 시간 남편은 어머니 간호에 애를 먹고 있었다. 함께 있을 때는 내가 궂은일을 도맡아 했기 때문에 그동안 똥 수발은 남편이 해본 적이 없었다. 그러나 그날 밤 남편이 제일 피하고 싶은 그 일을 맞닥뜨리게 되었다. 다음 날 최대한 집에 늦게 들어가고 싶은 무거운 발걸음을 뒤로하고, 저녁 시간이 되기 전 집에 도착했다. 남편은 계속 자기 손을 코에 갖다 대며 킁킁거렸다. "왜?" 하고 물어보니, 어머니의 뒤처리를 얘기하며 자꾸 자기 손에서 냄새가 나는 것 같다고 한다. 이전에 내가 손에서 냄새가 떠나지 않는 것 같다고 하거나 내 팬티에서 소변 냄새가 계속 나는 것 같다고 할 때는 나더러 유난 떤다고 핀잔주더니…. 나는 마음속으로 '그래, 겪어 봐야 알지. 쌤통이다!'라고 생각하며 피식 웃었다.

남편의 그날 사건 외에도 이제는 어머니가 다니는 주간보호센터에서도 이런 민망한 종류의 메시지가 자주 오게 되었다.

"점심 드신 후 대변 실수하시고 혼자 화장실에서 기저귀 벗어 버린 후 홑겹 바지만 입고 나오다 변이 계속 나와 바지와 바닥에 변 흘리셔서 물 세척 해드리고 센터 바지로 입혀 드렸습니다. 변 묻은 바지는 봉지에 싸서 보내 드리고요. 오늘 입고 가시는 센터 바지와 여벌 바지 센터로 보내 주세요~."

"어르신이 차에서 오시는 도중에 대변 보셔서 씻겨 드리고 기저귀 교체해 드렸습니다. 옷에는 묻지 않았고 계속 변이 나오고 있어 화장실 이용 때 살펴보겠습니다."

선생님들이 얼마나 힘들고 성가실까? 이제는 센터에 보내는 것도 너무나 폐를 끼치는 것 같아 선생님 얼굴 보기가 죄송했다. 센터를 3년 전부터 다니고 있는데다, 우리가 어머니께 어떻게 하는지 잘 알고 계시는지라 선생님들은 더욱 신경 써서 정성을 다해 돌봐 주셨고, 난처한 일이 있어도 싫은 내색하지 못하는 것을 너무나도 잘 알고 있다. 우리만 편해지자고 계속해서 보내는 것도 미안한 일이라 결정을 하긴 해야 했다. 날이 갈수록 남편과 나의 고통은 심해졌고, 더 이상 버틸 수 없음을 시인해야 했다.

지칠 대로 지치다 보니 내 마음도 점점 피폐해지는 것 같았다. 어느 날인가 달걀부침을 하다 실수로 소금 병의 뚜껑이 열려 많은 양의 소금이 쏟아졌다. 어머님은 드시면서 아무 말이 없었다. "어머니, 좀 짜지? 내가 실수로 소금이 많이 들어가 버렸는데." 어머니는 바로 "안 짜"라고 하신다. 아마 미각까지도 완전히 잃어버리셨나 보다.

어머님을 주간보호센터에 보내고 집 안 청소하면서 이성적으로는 절대로 해서는 안 되는 못된 생각이 떠올랐다. 그리고 친정 자매들 대화창에 떠오른 내 생각을 그날 일어난 소금 사건과 함께 전송해 보았다.

나: 내가 어머니 드시는 반찬에 소금을 계속 많이 넣어서, 그냥 건강이 더 안 좋아지셨으면 하는 말도 안 되는 생각도 들더라.

언니: 아이고, 우리 경미가 얼마나 지치면 그런 말을 할까나!

수간호사 동생: 언니, 우리 병원에 보내든가 요양원으로 모셔! 언니 심리상태가 심각하구먼! 언니 심각한 우울증이네!

막내 여동생: 언니, 이젠 그만해, 지금으로도 충분히 언니가 할 만큼 했어.

나: 아냐, 좀 더 견딜 수 있어. 내가 괜한 소릴 했다야.

이렇게 대화는 끝났지만, 그날 나는 천하에 나쁜 며느리가 될 뻔했다. 지금 생각하면 부끄럽기 짝이 없어 밝히고 싶지 않은 나만의 비밀이지만, 간병의 고통으로 인해 살인까지 이르는 일들도 종종 있기에 나도 그런 생각을 한 그들 중 하나였다는 것에 용서를 구하며 고백해 본다.

수많은 일이 있었지만 일일이 다 얘기할 수는 없다. 눈물이 나서 도저히 쓸 수가 없기 때문이다. 밤낮으로 '시설로 보내 드리자', '좀 더 참아 보자'라는 갈림길에서 결심을 못 하고 또 여러 날이 지났다. 아기 어머니를 돌보는 것은 육아와는 천지 차이다. 아이를 키우는 것은 매 순간이 기쁨이고 거기서 에너지를 얻게 되지만, 치매 환자의 간병은 지침과 상처가 뒤따르는 끝없는 숙제와도 같다. 게다가 증상이 계속 하향 곡선이기 때문에 점점 지치게 되고 어려워질 뿐이다. 무엇보다 절망적인 것은 끝을 알 수 없다는 것이다.

마침내 우리는 가족들에게 어머니를 요양원에 보내야겠다고 통보했다. 그리고 며칠 후 어머니의 노인 장기요양 보험 시설 이용 등급(시설에 입소하기 위해 시설 이용 등급 심사를 다시 신청해야 한다) 이 인정되면서 어머니를 보낼 날이 다가왔다. 마지막 날 저녁, 어머니의 인생에서 마지막이 될 염색을 정성 들여 해드리고 영정사진에 써도 될만한 사진도 남겼다. 그리고 어머니를 사이에 두고 우리 부부는 잠이 들었다. 양쪽에서 어머니의 손을 꼭 잡은 채로 말이다. 끝까지 책임을 다하지 못한 미안함에 마음 한 켠이 아려 왔다. 어쩌면 이 밤이 한 침대에서 어머니와 함께 보내는 마지막 밤이 될지도 모르겠다는 생각에 눈물이 베개를 적시고 말았다. 밤새 뒤척이다 새벽이 되어서야 깜박 잠이 들었다.

다음 날, 어머니가 불안해하지 않도록 우린 소풍을 가기 위해 여행을 나서듯 예쁘게 분홍색 옷으로 단장해 드렸다. 어머니의 손을 잡고 요양원으로 향하는 길이 홀가분하기도 하고 죄책감도 들고 혼란스러웠다. 어머니 가시는 날까지 잘해 보려 했지만 결국 우린 '긴병에 효자 없다'는 말에 우리도 예외가 아님을 만천하에 증명한 셈이다.

그러나 이건 확실했다. '이젠 결단을 하자'와 '조금만 더 참아 보자!' 사이에서 갈피를 잡지 못하고 갈팡질팡했던 지난 2개월을 다시 번복하지 않아도 되었다. 그동안 함께한 소중한 순간들이 늘 가슴 깊은 곳에 간직되어 어머니에게 오래도록 기쁨과 행복으로 남아 있기를 소망해 본다. 이젠 진짜로 어머니를 떠나보낼 시간이다.

　마음속에선 더 붙잡고 싶은 마음도 있었지만 애써 잘 참아
냈다. 누가 나 같은 상황에 맞닥뜨려 있다면, 나처럼 미련스
럽게 참을 수 있을 때까지 참아 내는 건 바보 같은 짓이라고
말해 주고 싶다. 물론 부모님을 사랑하는 마음과 진심은 변
함없는 사실이지만, 우리가 할 수 있는 최고의 선택을 해야
한다고 생각한다. 시설에 보내는 것이 자식의 의무를 저버리
는 것이 아님을 분명히 해두자.

　우리의 결정이 어머니에게 좀 더 안정적이고 더 나은 삶이
될지도 모른다. 그만하면 최선을 다한 것이라고 자신을 토닥
여 주자. 이제는 나 자신을 사랑하는 시간을 갖자.

어머니를
보내고

벙어리 여행

수년간 나는 아파도 드러누울 수 없었다. 그런데… 잠에 취해 일주일을 일어나지 못했다. 내가 왜 이러지? 자도 자도 한없이 몰려오는 잠! 온몸을 흠씬 두들겨 맞은 것 같은 통증들!

가끔씩 호소하던 두통도 매 순간 밀려왔다.

오랫동안 시어머니를 나 혼자의 힘만 아니라 주위 분들의 도움을 받아 가며 모셨지만, 더 이상 감당하기 어려워 요양 시설로 보내 드린 것이 잘한 일일까? 늘 옆에 계시던 어머니가 안 계시니 나의 모든 일상이 완전히 뒤죽박죽이다. 맛있는 것이 무엇이었는지 생각도 잘 나지 않는다. 그동안 식단은 늘 어머니 입맛에 맞춘 것이었다. 냉장고 안에는 아직도 어머니를 위해 준비했던 반찬들이 그대로 남아서 자리를 차지하고 있다. 그중 몇 개를 꺼내 요기하다시피 한 끼를 때우는 식의 식사가 이어진 지 벌써 일주일이 지났다.

평소에 하지 않던 반찬 투정을 하는 남편을 보면서 이러면 안 되겠다 싶어 정신을 가다듬었다. 식욕을 돋을 수 있는 요리를 해야겠다는 생각으로 부엌에 섰다. 하지만 요리법이 생각나지 않아 눈에 보이는 재료를 별다른 생각 없이 대충 절단한 후 냄비에 무작정 투하했다. 완성된 요리는 정체불명의 요리가 되었고, 눈앞에 전개된 비주얼은 오히려 없던 식욕마저도 앗아 갔다.

어머니에게서 벗어난 지금, 마치 나는 뇌가 마비된 듯하다. 어머니로 인해 이루고 싶었던 많은 일들을 하지 못해 속상했던 일이 생각났다. 이제 어머니가 안 계시니 무엇이든 내가 원하는 대로 할 수 있고 시간은 널널했다. 하지만 무슨 이유에서인지 모든 생각이 얼어붙고 뭔가에 갇혀 있는 느낌이었다.

어머니를 간병하는 동안 추락하는 나의 자존감을 살리기 위해 의도적으로 쉼 없이 공부했다. 책상 위에 책을 수북하게 쌓아 두고, 그것들을 읽어 내기 위해 밤잠을 줄여 가며 읽었다. 그것만이 나의 가치를 유지하는 최소한의 단기 처방이었다. 마치 고3 수험생 혹은 고시생 같은 생활을 했었다. 그러나 막상 어머니가 안 계시니 몸도 마음도 정신도 모두 정지된 상태다. 모든 긴장을 하루아침에 놓아 버렸다.

어머니가 돌아가신 것도 아닌데 마치 어머니의 혼이 집 안 곳곳에 머물러 있는 듯했다. 어머니의 환영이 나를 끈질기게 따라다녔다. 때로는 웃으시고, 때로는 나를 슬픈 눈빛으로 쳐다보기도 했다. 그렇게도 벗어나고 싶었던 어머니의 두 눈이 예전처럼 계속 나를 따라다니고 있었다.

어머니를 시설로 모시고 얼마 지나지 않아 추석 무렵이 되어 시댁 식구들이 해마다 모여서 하는 벌초 행사가 있었다. 오랜만에 여러 친척과 만나 이야기를 나누고 맛있는 음식도 함께 나누니 우울한 기분에서 벗어나는 듯했다. 마치 삶의 새로운 활력을 얻은 느낌이었다. 이제는 괜찮아졌다고 생각했다. 그러나 집으로 돌아와 어머니가 거처하던 1층의 거실과 마주하니 어머니와 함께했던 순간들이 떠오르며 뭐라 표현할 수 없는 무거운 공기가 내 몸을 꼼짝 못 하게 했다. 어머니와 함께한 힘들었던 순간순간을 잊는 것은 쉽지 않고, 나를 계속 짓누르는 것만 같았다.

뭔가 변화가 필요하다고 생각했다. 집을 잠시 떠나 보면 좋아지지 않을까 하는 생각이 떠올랐다. 남편과 나는 당분간 집을 떠나 보기로 했다. 그동안 시댁에만 들러서 구경을 제대로 못 해 봤던 남쪽 지방도 가보고 친구네도 방문했다. 의도적으로 알려지지 않은 곳도 찾아보고 맛집도 찾아 돌아다녔다. 탁 트인 바다도, 피톤치드 향 가득한 산도, 바다 냄새 가득한 섬도 다녀 보았지만 모든 것이 무의미했다. 아무리 아름다운 경치도 눈에 들어오지 않았다.

여행 중에도 우리는 꼭 필요한 말만 했고, 우울하고 어두운 표정이 얼굴 가득했다. 다른 사람들이 우리를 보았다면 부부싸움을 하고 난 직후의 모습으로 보였을 것이다. 하지만 우리는 서로가 무슨 생각을 하고 있는지를 알기에 침묵하는 것이 오히려 서로를 위한 배려의 마음이었다. 섣불리 말을 꺼내면 그것으로 인해 생채기를 낼까 봐 두려웠다. 굳이 말하지 않아도, 눈빛을 교환하지 않아도 서로를 짠한 마음으로 위로하고 있다는 걸 알기에 그것만으로도 의미 있는 치유의 과정이라 생각했다.

여행의 마지막 날, 생선전문점 맛집을 찾아갔다. 생선을 보면 어머니 생각이 먼저 나는데 잘못 들어온 것 같았다. 일단 들어왔으니 그냥 나가 버리기도 어색해서 잠시 망설이다 자리를 잡고 앉았다. 생선은 비린내 때문에 가장 하기 싫은 요리였지만, 어머니가 가장 좋아하는 음식이기에 가능한 한매 식사에 생선을 요리해 드렸던 것이다.

어머니와 함께한 생선 밥상에서는 생선의 가시를 발라내고 먹기 좋은 살 부위만 골라서 어머니의 밥숟가락 위에 올려 주느라 남편의 손은 두 배로 바쁘곤 했다. 어머니 앞접시에는 부드러운 생선 살이 듬뿍 쌓였다. 가끔 남편은 내게 미안한 마음이 들었는지 오동통한 가운데 토막을 어머니 몰래 슬쩍 놓아 주곤 했다.

이번에는 어머니 눈치를 볼 필요도 없이 나를 위해 생선 뼈를 골라내느라 젓가락을 부지런히 놀리던 남편이 말했다.

"많이 먹어. 어머니 드시게 하느라 제대로 먹지도 못했잖아!"

그 말에 그동안 시부모님으로 인해 절제해야 했던 우리의 사랑의 감정들이 한꺼번에 나를 감싸며 눈물이 주르륵 흘렀다.

"미안, 당신 상처 건드리지 않으려고 말 한마디 안 했는데….."

벙어리 여행은 이렇게 눈물범벅으로 끝이 났다. 남편과

나는 둘의 마음속을 짓누르던 무거운 감정이 어머니를 요양원으로 보낸 죄책감이라는 것을 잘 알고 있었다. 그러나 무슨 일이든 시간이 약이라고 했으니 더 이상 잊으려고 애쓰지 말자고, 이제부터는 우리에게 집중하는 시간을 갖자고 약속했다.

가끔 내 상황이 견딜 수 없을 때 여행을 떠나 보라. 일상적인 제약에서 벗어난 여행은 우리에게 그간의 스트레스와 불안을 해소할 수 있도록 도와준다. 눈앞에 펼쳐진 자연 속에서 심리적인 치유와 재생의 에너지를 받게 되는 것도 여행의 보너스임이 틀림없다. 나는 그 여행이 마음의 안정감을 가져다주었고, 남편과 억눌려 있던 감정들을 서로 이해하고 위로하는 소중한 기회가 되었다.

죄책감은 언제까지

"어머니! 우리 안 보고 싶어요?"

"잉~ 보고 싶어!"

"나도 어머니 너무 보고 싶은데, 내가 곧 보러 갈게요~."

"잉~ 알았어!"

"전화 끊고 뭐 하실 거예요?"

"자야지~."

"지금 저녁인가?"

"잉! 저녁이야."

여행지에서 어머니와 영상통화를 했다. 어머니 목소리는 힘이 없고, 초점 없는 눈으로 흐리멍덩해 보였다. 아침 9시 반쯤이면 활동할 시간인데 전화를 끊고 나서 잘 거라고 하시니 요양원에 대한 섭섭한 감정이 나도 모르게 올라왔다. 치매 환자의 말을 그대로 믿어서도 안 된다는 사실을 누구보다도 잘 아는 나이지만, 마음 한편에서는 맨날 잠만 재우고 있는 건 아닌가 하는 억지 의심까지 생겼다.

어머니의 무기력한 영상을 보고 나니 또다시 자책감이 몰려왔다. 무엇보다 나 자신에게 부끄러웠다. 어떤 일이 있어도 끝까지 참아 내겠다고 수백 번, 수천 번 다짐해 놓고는 그 약속을 지키지 못한 나 자신에게 실망하고 화가 났다. 최선을 다해 끝까지 어머니를 내 집에서 보살피겠다고 다짐했지만, 그 결심을 이루지 못한 것이 정말 속상했다. 어쩔 수 없었다고 자신을 달래 보기도 하지만, 여기서 손을 들게 된 것이 몹시 아쉽고 죄송한 마음뿐이었다.

어머니가 요양원으로 가신 뒤로 일주일에 한 번씩 영상통화를 하면서 벌써 6개월의 시간이 흘렀다. 통화를 끝내고 나면 가슴 한쪽으로 밀쳐 두었던 죄책감이 스멀스멀 다시 올라오곤 했다. 함께하지 못하는 일상이 내 마음을 아프게 만들었고, 그리움의 무게 또한 더해지게 되었다. 어머니와 잘 지냈던 지난날들이 문득문득 생각이 났다.

병간호할 동안에는 힘들다는 내면의 목소리를 감추기 위해 억지웃음을 지을 때가 많았다. 그런데 더 이상 간병할 사람이 없는데도 이 떳떳하지 못한 감정은 무엇일까? 언제까지 그래야 하는 거지? 몸이 불편하면 마음은 편하고, 몸이 편하면 마음이 불편하다는 말이 실감 났다. 어머니 간병은 거기서 더 잘해 줄 거라고 믿어야 하는데 죄책감이 그 믿음을 뭉개 버렸다.

그 죄책감을 조금이라도 상쇄해 주는 한 가지 사실은 있다. 어머니의 마지막 실오라기 같은 희미한 기억 속에서 며느리는 긍정적인 이미지로 남아 있어 참 다행이다. 누가 며느리에 관해 물으면(어머니는 묻지 않으면 한마디도 안 하시지만, 묻는 말에는 대답을 곧잘 하신다.) 우리 며느리는 오만 것 다 해주고 나한테 잘해 줘서 이쁘다고 입버릇처럼 말씀하신다고 하니 신기한 일이기도 하다. 어머니의 이 말을 상기하면서 이제는 그 죄책감에서 조금이라도 자유로워지고 싶다.

얼마 전 〈엄마의 공책〉이라는 영화를 보았다. 영화의 거의 마지막 부분에 치매를 앓고 있는 엄마와 간병을 해오던 아들과의 대화 장면이 떠오른다.

"내 보물은 바로 너란다."

엄마가 아들에게 말하는 장면에서 왈칵 눈물이 났다. 나는 왜 시어머니가 내 친엄마도 아닌데, 정확히 말하자면 피하나 섞이지 않았는데도 이 장면에서 감정이입이 되었을까? 나 스스로가 시부모님에게 보물 같은 존재였다는 사실을 인정받고 싶었던 것일까?

나는 내 자신에게 말한다.

"경미야!
참 잘했어! 그간 잘 버텨 냈다! 이제는 그 동굴에서 나와도 돼! 죄책감으로 그렇게 힘들어하지 않아도 돼! 비록 끝까지 책임지고 모시지는 못했지만 어머니의 기억 속에는 너는 고맙고 이쁜 존재잖아! 그리고 어머니에게 너는 보물이었어!"

눈물을 닦고 있는데 문자가 도착했다는 알람 소리가 울린다. 시누이에게서 온 것이었다.

"언니! 그동안 어머니 모시느라 할 만큼 했어요. 어느 며느리가 자기를 낳아 주지도 않았는데 언니만큼 하겠어요. 언니는 아무도 못 할 일을 해낸 거예요. 내가 딸이지만 언니는 딸

이상으로 잘해 드렸잖아. 이제는 나도 딸 노릇 좀 하게 언니는 아무 생각도 하지 말아요! 앞으로는 언니만 생각하고 언니 하고픈 일 찾아서 해요!"

어머니는 시누이가 살고 있는 곳과 가까운 거리의 요양원으로 가셨다. 우리가 어머니를 면회하려면 왕복 10시간이 넘게 걸리는 거리다. 자주 갈 수도 없으니 시누이 말대로 이제는 딸에게 맡겨야 하는 게 마땅하다. 그래도 시누이가 내가 고생했다는 사실을 알아주고 위로의 말을 해주니 무거운 죄책감이 한결 가벼워진 느낌이다.

흔히들 요양원이나 요양 병원으로 부모님을 보내는 것은 어찌 보면 현대판 고려장이라 하곤 한다. 그래서인지 어머니를 요양원에 보내고 난 후 죄책감과 슬픔으로 힘든 시간을 보낼 수밖에 없었다. 그러나 가장 큰 이유는 내 안에 있었다. 누구 하나 내가 나쁜 사람이라고 질타하는 사람도 없는데, 모든 사람이 나를 향해 손가락질할 것 같은 생각을 하는 내가 문제였다. 그러나 이렇게 말해 주는 가족과 지인들의 배려로 마음이 점차 가벼워지고 있다.

그리고 애써 생각을 바꾸어 본다. 어머니는 24시간 요양원에서 전문적으로 더 나은 간병을 받을 수 있고, 비슷한 또래의 친구들도 있으니 외롭지 않으며 편안한 환경에서 지낼 수 있을 것이다라고. 지금의 상황이 어머니를 위한 최선의 선택이라고 믿으며 함께했던 소중한 시간을 잊지 말고 기억하도록 해야겠다.

치매 환자의 간병은 절대 말처럼 쉬운 일이 아니다. 가정마다 사정이 다르겠지만, 대다수의 가정은 병에 걸린 노부모를 돌보기 위해 자신을 희생해 가며 노력하고, 그 노력이 한계에 부딪히고 나서야 공적인 도움을 찾게 된다. 집에서 간병이 어렵고 힘들 때는 요양원이나 요양 병원 등의 시설을 이용하는 것도 하나의 지혜일 것이다. 다만, 이것 하나만 염두에 둔다면 좋겠다. 시설에 도움을 요청하는 것은 남부끄러운 것이 아니며, 시설에 계시더라도 부모님에 대한 사랑은 변함없으며 정기적으로 날짜를 정해서 꾸준히 방문하여 부모님이 가족의 사랑을 느끼게 해준다면 말이다.

이럴 때 치매 가족들이 잊지 말아야 할 점이 있다. 요양원으로 보낼 수밖에 없는 주 간병자를 진심으로 위로하고, 그에 따른 죄책감에서 벗어날 수 있도록 최선을 다한 그간의 수고를 뭉개는 실수를 하지 말기를.

가족을 힘들지 않게 하는

노년을 위하여

곧 닥치게 될 우리의 노후

이제는 우리 차례다.

누구나 세월은 거스를 수 없는 법이다. 우리는 남겨진 생의 마지막 얼마 동안을 누군가의 손길로 보살핌을 받다가 결국 저세상으로 가게 될 것이다. 우리 부모님 세대는 자신의 노후를 준비할 겨를도 없이 가진 것 모두를 아낌없이 자식들의 교육에 쏟아부었다. 당연히 그들의 노후는 자식들이 책임져 줄 거라고 굳게 믿고 살아온 세대들이다. 그래서 우리 베이비붐 세대들은 내 자식과 내 몸을 돌보면서도 부모들의 노후까지 책임지느라 참 힘들게 버티며 살아왔다.

65세는 여러 가지 이유로 생의 전환기라고도 한다. 많은 사람이 고령화에 진입하고 노화의 징후를 경험하기 시작하는 시기이다. 본인이 은퇴를 맞이하기도 하고 자녀들은 각자 독립해서 나가고, 수입원도 연금에 의존하는 경우가 많다. 일상생활에서 여러 가지로 새로운 변화를 경험하게 되는 시기에 있는 것이 분명하다.

　여러 가지 변화 중에서 가장 우려되는 것은 두말할 것 없이 노화로 맞이하게 되는 건강 문제이다. 나이가 들면서 나타나는 노인성 질환 가운데에서도 치매가 가장 걱정이 되는 질병이다. 대부분의 질병은 자각증상이 나타나지만, 치매는 본인 스스로 증상을 알기도 힘들고 언제까지 지속될지도 알 수 없기 때문이다. 하지만 치매는 결코 부끄럽거나 감추어야 하는 병이 아니다. 평균수명이 늘어나면서 누구에게나 일어날 수 있는 병이기 때문이다. 대한민국은 고령화 사회로 빠르게 진입하고 있으며, 치매 유병률도 지속적으로 상승하고 있다. 2026년 대한민국의 65세 이상 치매 환자는 100만 명이 넘을 것이고 노인 10명 중 1명이 치매에 걸릴 거라는 전망이다.

　2017년 영국 임페리얼칼리지 연구팀이 영국 의학 저널 『란셋』에 게재한 논문에 따르면, 2030년 한국인의 기대수명은 남녀 모두 세계 1위를 차지할 것으로 전망했다. 이는 우리나라의 높은 의료시설의 영향으로 초기부터 질병을 치료

관리하기 때문이라고 한다. 물리적 질병의 치료가 역설적이게도 정신적 질병을 도드라지게 한다. 기대수명이 늘어남에 따라 우리나라의 치매 인구가 제일 많은 나라가 되기도 하겠다는 생각이 든다. 그러기에 우리가 해야 할 일은 건강수명을 늘리는 것이다. 건강한 노년을 보내기 위해, 아니 정확하게 말하면 치매에 걸리지 않도록 지금부터 체계적인 대책과 계획이 필요한 때이다.

두 엄마의 치매를 경험한 우리 부부는 그들로부터 물려받은 치매 유전인자가 이미 있을 수 있으므로 여러 가지 치매에 관한 자료를 검색하고 정보들을 모아 치매에 걸리지 않도록 누구보다 큰 노력을 쏟고 있다. 더구나 나는 벌써 치매가 의심되는 증상들이 나타나고 있지 않은가! 우리 부부는 부모들을 위해 감내해야 했던 모든 고통을 우리 자녀에게는 대물림하지 않도록 부단한 노력을 하려고 한다.

대한치매협회에서는 치매 예방을 위해서는 '진인사대천명'이 중요하다고 한다. 세부적인 내용을 보면 **진**땀 나게 운동하기, **인**정사정없이 금연하기, **사**회활동 활발히 하기, **대**뇌 활동을 많이 하기, **천**박한 음주 습관 금지하기, **명**석해지는 식사하기 등을 말한다.

미국 미네소타대에서 수녀들을 대상으로 실시한 〈수녀연구(The Nun Study)〉의 분석 결과에서 알츠하이머병이 진행되고 있는 수녀들이 인지능력의 상실이 보이지 않는 이유 등을 보여 주었다. 참가자의 생활 방식과 교육이 큰 영향을 끼친다는 결과다. 그들은 늘 규칙적인 생활과 운동을 열심히 하고, 치아도 비교적 건강하게 오래 유지하고 있고, 비관적이고 암울한 내용보다 젊어서부터 희망이나 낙관 등 긍정적 단어를 많이 사용한 특징이 있는 집단으로 밝혀졌다. 또한 어휘력이 높은 사람들이 장수하고 치매도 적게 걸린다고 했다. 우리는 이런 연구가 주는 시사점을 눈여겨볼 필요가 있다.

일단 치매가 의심되면 빨리 진단받아서 공백 기간을 줄여야 조기에 치료를 시작하고 진행을 억제할 수 있다. 치매에는 도달하지 않았지만, 그 이전 단계로 경도인지장애가 있다. 경도인지장애란 동일 연령대에 비해 인지기능, 특히 기억력이 떨어지지만, 일상생활을 수행하는 능력은 보존된 상태다. 일상생활에서뿐만 아니라 사회에서도 독립적인 생활을 유지할 수 있다는 점에서 치매와는 다르다. 경도인지장애 환자는 꾸준히 증가하고 있으며 2021년 기준 30여 만 명에 이른다. 경도인지장애가 왜 중요할까? 경도인지장애는 치매로 굉장히 빨리 전환될 수 있는 위험한 단계이기 때문이다.

한번 죽어 버린 뇌세포는 재생할 수 없지만 뇌 훈련만 잘 해도 죽기 직전까지 뇌 기능이 향상된다고 한다. 뇌 가소성이라고 하는데 이를 위해서는 끊임없는 노력이 필요하다. 계속 뭔가를 생각하게 하는 활동, 외국어 공부하기, 그림 그리기, 댄스 배우기, 악기와 함께 놀기 등 찾아보면 참 많은 것 같다. 나도 이 책 쓰기가 끝나면 그림을 그리고 악기를 새롭게 배우는 도전을 해볼 계획이다.

그간의 고난을 겪어 오며 남편과 이런 생각에 동의하게 되었다. 우리 엄마들처럼 극도의 중증 치매로까지 진행되게 방치하지 말자고! 치매 환자가 되어 가까이 살면서 서로 상처 주며 살지는 말자고. 서로 떨어져 살면서 그리워할 수 있는 그런 사이로 남자고. 부모가 짐이 되어서 늘 불안해하고, 걱정하고, 죄책감 느끼는 모습을 내 자식들은 겪게 하지 말자고.

그러기 위해서는 오늘부터라도 책을 많이 읽고 글로 표현하고 긍정적으로 살도록 노력해야 하겠다. 또한 치매에 걸리더라도 은둔하며 피하려 하지 말고 적극적인 소통을 하도록 노력해야 한다. 지인들과의 교류, 취미가 있는 삶, 그리고 사회와의 연결고리는 변함없이 중요하다. 많은 전문가는 매일 땀이 날 만큼 산책하고 운동하는 것과 식단관리, 그리고 규칙적인 생활 습관을 중요한 3가지로 강조한다. 그러나 책이나 인터넷을 통해 얻은 일반적인 대응법이 모든 사람에게 맞는 답이 될 수는 없다. 육아 교육법이 아이들의 성향에 따라 결과가 다르듯 치매도 마찬가지다. 주위 환경이나 상황, 그 사람의 성격이나 경험, 몸 상태나 기분 등에 따라 영향은 달라질 수 있다.

2008년에 상영된 〈굿바이(good bye)〉라는 일본영화가 있다. 첼리스트인 주인공이 속해 있던 악단이 해체되면서 고향에 내려와 새로운 직업으로 장례지도사를 하게 되면서 겪는 내용이다. 여러 사람의 죽음에 대해 알게 되고 인생의 마지막 여행인 죽음을 어떻게 받아들여야 할지를 고민하게 하며, 인간의 존엄성과 죽음을 둘러싼 의식의 아름다움을 숭고하게 다룬 영화다. 한 인간이 태어나 이생을 떠나는 장면과 함께 새들이 하늘 높이 자유롭게 비상하는 장면으로 끝이 났던 것으로 기억된다. 우리 죽음의 순간도 이생에 남겨 두고 갈 가족들과 그처럼 숭고하고 아름답게 이별하고 싶다. 미련 없이 훨~ 훨~.

충분히 잘하셨습니다

　노인의 간병은 본질적으로 가정에서 해결할 수는 없다. 최악의 경우 간병에 지쳐 환자를 살해하거나 동반자살을 하는 끔찍한 일이 발생하기도 하는 기사를 자주 접하게 되는 것이 오늘 우리가 살고 있는 현실이다. 치매 환자의 간병은 견딜 수 있는 인간의 한계를 넘어서게 되는 상황까지 치달을 수도 있다는 것을 암시한다.

　엄마들을 시설에 보낸 후, 나는 나탈리 에드먼드(Natali Edmonds)가 진행하는 채널 〈케어블레이저(channel Careblazer)〉에서 간병의 방법뿐만 아니라 주 간병자들의 건강을 누구보다 강조하는 내용에 위로와 격려를 많이 받았다. 에드먼드 박사는 '간병인을 위한 최고의 건강 팁(Best Health Tip for Caregivers)'이라는 영상에서 치매 환자인 부모를 시설에 보낸 것에 죄의식을 느끼지 말라고 조언한다. 부모님은 거기서 안전하게 잘 보살핌을 받고 있을 것이고, 혼자 사는 것보다 다른 분들과 잘 어울려 지낼 것이며, 더 잘 드시고 원하는 것을 지원받을 것이라고 말했다. 그러므로 내가 책임을 회피하기 위해 부모님을 그곳에 보냈다고 생각하지 말고, 환자 본인을 위해 그렇게 했다고 생각하라고 위안해 주었다.

치매 환자도 중요하지만, 그에 못지않게 보호자인 여러분과 가족 구성원들의 행복도 중요하다. 내가 어머니를 시설로 보내기로 최종 결심한 이유 중의 하나도 내 자식들이 그들의 부모로 인해 상처받는 모습이 결코 가족 건강에 도움이 안 될 거로 생각했기 때문이었다. 더 이상 아이들을 힘들게 하고 싶지도 않았다.

우리 치매 가족들은 간병의 기간이 길어질수록 같은 일상들이 되풀이되어 점점 지쳐 가고, 가족 간의 불화뿐만 아니라 큰 부담감을 가지고 좌절하고 외로워지고 분노하고 우울하게 되기도 한다는 것을 나는 안다. 게다가 병이 진행될수록 환자는 더 많은 손길이 필요하고 가족들은 시간과 정성을 아낌없이 쏟아붓게 된다. 그리고 자연히 친구들은 멀어지고 취미생활은 요원하며 본인에게 쏟을 시간도 부족해지게 된다. 더불어 주 간병인의 마음은 슬픔과 희망 사이를 수십 번 오고 가지만 언제나 우울하고 피로가 쌓이게 된다. 간신히 적응할 만하면 환자의 상태는 또 변하게 되고, 우리의 마음은 천길만길 어두운 낭떠러지로 떨어져 가는 경험을 반복하게 된다.

게다가 간병의 어려움 중 경제적인 부담도 상당할 것이다. 아무리 형제간에 우애가 좋을지라도 돈 문제를 제기하기란 쉽지 않다. 하지만 이 부분도 누가 말해 주지 않으면 모르는 부분이다. 병원비 등 눈에 보이는 큰 것들은 형제들과 공동 기금에서 쓴다고 하지만, 쏠쏠하게 들어가는 식비와 소모품(휴지, 기저귀), 그리고 냉난방 비용 등도 무시하지 못하는 부분이 많다. 아마 병원비를 제외한 생활비가 3~4배 이상은 더 든다고 보면 된다. 최대한 절약하며 살고 있는데도 매달 통장 잔액의 숫자가 빠르게 줄어드는 것을 볼 때 엄청나게 불안해지는 건 나만의 이야기가 아닐 것이다.

때로는 간병하고 있는 부모님이 빨리 돌아가셔서 이 모든 일이 끝났으면 좋겠다고 생각되기도 할 것이다. 어쩌면 기적이 일어나지 않을까 하는 헛된 기대로 감정이 오르락내리락 하는 기분으로 혼란스러울 때도 많을 것이다. 이렇게 쌓여

가는 스트레스에 우리는 우리의 건강은 신경 쓸 겨를이 없다는 것을 잘 안다. 그럴수록, 환자의 건강만 생각할 게 아니라 간병자 본인의 피로를 해소할 수 있도록 충분한 휴식을 취하고 영양가를 고려한 균형 잡힌 식사를 하고 충분한 운동을 해야 한다.

여러분이 건강하지 않으면 아무 의미가 없다. 치매 환자의 건강은 보호자의 건강에 달려 있기 때문이다. 여러분의 육체와 정신을 지나치게 혹사하지 않도록 나 자신을 돌보는 일은 누누이 강조해도 지나치지 않다. 오랜만에 한 번씩 스스로의 기분을 좋게 하면 어떨까? 가끔이라도 원하는 것들을 마음껏 누리다 보면 힘든 일상을 견디는 힘이 생기기도 할 것이다. 자신에게 평상시 갖고 싶은 것 등을 선물해 줘도 좋다. 나도 실행해 본 적은 없지만 말이다. 집 밖에 나가서 가장 분위기 있는 레스토랑에 가서 맛있는 음식을 주문해 먹는 방법도 있을 것 같다. 나는 왜 이런 생각을 못 했을까?

마지막으로 최대한 사회가 제공하는 것을 이용할 수 있도록 하면 좋겠다. 현재의 제도를 현명하게 이용하고 의존하면서, 스스로 책망하지 말고 미워하지도 말았으면 한다. 이 정도면 잘했어! 스스로 아껴 주고 사랑해 주는 것이 필요하다.

노인요양시설과 자식들의 효심을 반대편에 놓고 효도에 대한 잣대를 들이대며 가족에게 상처를 주는 사회는 이제는 바뀌어야 한다고 생각한다.

우리의 경우는 동생이 요양 병원에 근무하고 있어서 시설에 보내는 결정을 하기가 쉬웠다. 엄마는 요양 병원에서 벌써 6년째 보살핌을 받고 계신다. 시설 좋은 곳에서 책임을 다하는 의료진들과 다양한 프로그램도 참여하면서 잘 계시니 너무나 안심하고 있다. 물론 동생이 수간호사로 근무하고 있어서 큰 혜택까지 보고 있는 게 사실이다.

간병하면서 힘들 때는 혼자서만 감당하려고 하지 말았으면 한다. 누가 뭐라고 하는 사람이 없는데도, 나처럼 도저히 더는 견딜 수 없는 상황이 될 때까지 어떻게 해서든 최선을 다하며 감당해 보려고 애쓰지 말았으면 좋겠다. 그러다 내 건강과 가정이 무너지기 쉬우니까. 또한 가장 헌신하는 사람이 가장 욕을 먹게 돼 있긴 하지만 그것에 상처받지 말기를 바란다.

지금까지 잘 견뎌 온 사랑하는 치매 가족 여러분!

이 글이 여러분께 도달할 때, 여러분의 마음이 따뜻해지길 바랍니다. 이 글을 쓰는 지금도 여러분을 위로하고자 하는 마음으로 쓰고 있습니다. 치매를 앓는 가족을 돌보는 일은 쉽지 않습니다. 그 과정에서 얼마나 많은 눈물을 흘렸을지, 얼마나 많은 밤을 잠 못 이루고 보냈을지, 아마도 상상조차 되지 않을 만큼 많은 일들이 있었을 것입니다. 하지만 그 모든 것이 사랑의 증거이자, 여러분의 헌신적인 희생이었습니다.

이러한 희생이 무시될 일은 없습니다. 여러분의 노고와 사랑은 크고 소중하며, 그것이 가족에게 얼마나 큰 의미를 갖는지 알고 있을 것입니다. 그 헌신은 절대로 잊히지 않을 것입니다. 그들은 여러분 없이는 더 어려운 상황에 부닥칠 수도 있었을 것입니다. 그만큼 여러분의 존재와 노력은 큰 의미를 갖습니다.

하지만, 이러한 여정은 가끔은 외로움과 고독으로 가득 차기도 할 것입니다. 그럴 때마다, 자신의 마음을 잃지 마시고, 스스로 위로해 주는 시간을 가지세요. 이제는 자신에게도 사랑과 관심을 베풀어 주는 일이 필요합니다. 제가 걸어온 길을 지났거나 현재 진행 중인 모든 치매 가족 여러분에게 따뜻한 마음을 담아 위로를 드립니다.

여러분은 가장 소중한 존재이며 여러분의 행복이 곧 가족의 행복이라는 걸 잊지 마시기를 바랍니다. 저 자신과 여러분 모두에게 이 말을 다시 한 번 꼭 전하고 싶습니다.

그 정도면 정말 잘했습니다. 수고하셨습니다.

 요양원과 요양 병원의 차이

요양원은 우리 국가의 복지정책으로 운영되는 곳이다. 적은 인원으로 가족적인 분위기에서 각종 프로그램에 참가하는 것이 장점이다. 다만 요양원은 의료서비스를 받지 못하므로 중환보다는 경증의 환자가 가야 할 듯하다. 의료진이 없어 기저질병이 있거나, 아프게 되면 외부에 있는 병원으로 가야 하는 불편함이 있기 때문이다. 등급에 따라 국가가 80퍼센트를 부담하고 본인이 20퍼센트를 부담하면 되니 경제적으로 도움을 많이 받을 수 있다.

반면, 요양 병원은 의료진이 있어서 질병치료와 회복에 접근이 쉽고 가벼운 상처부터. 통증. 물리치료. 재활 등 체계적인 건강관리를 받을 수 있다. 치매 환자를 위한 만들기. 노래 부르기. 색칠하기. 씨앗 뿌려 채소 키우기. 달력 꾸미기. 예배 등 프로그램이 있어 여력이 된다면 요양 병원도 이용해 볼만하다.

어머니!

"어머니! 우리는 무슨 사이?"

물을 때마다 어머니랑 했던 거 있는데….

잊어버렸어? 나랑 이마 맞대는 것을 좋아했잖아? 이마를 맞대고서 늘 하던 말 있었는데? 기억나요?

"우리는 사랑하는 사이!"

이렇게 같이 복창했던 거 생각나죠?

어머니한테 존칭어를 쓰지 않았다고 아버님께 혼난 적이 있었는데, 어머닌 이게 좋지?

우린 이렇게 고부간이 아니라 모녀처럼 말하는 게 익숙하고 좋은데…. 어머니! 어머니랑 주거니 받거니 대화하던 시간이 너무 그리워요.

어머니의 계절은 딱 하나 늘 겨울이잖아. 봄, 여름, 가을은 어디로 갔는지 다 없어져 버리고 오직 하나 남은 계절 겨울! 지금이 어머니가 유일하게 알고 있는 계절 그 겨울이야. 여기는 강원도라 눈도 많이 오고 정말 추워요. 어머니가 이 추운 겨울에 거기 요양원에 계셔서 얼마나 다행인지 몰라요. 심하게 추울 때는 출입문이 얼어서 열리지 않을 때도 있어요. 난방비를 아끼느라 온도를 약하게 해서 집 안이 추워 겉옷까지 입고 있거든. 어제 전화할 때 어머니의 모습이 너무 밝고 쾌활해서 마음이 놓였어요. 자식들 이름도 다 기억하시고, 내가 누군지도 잊어버리지 않아서 너무 감사했어요.

아프지 않고 잘 드시고 거기서 하는 여러 가지 프로그램도 잘 따라 하고 무엇보다 여럿이 함께 즐겁게 보내고 있는 거 같아 좋아요. 가끔 간호사 선생님과 통화도 하는데 원장님 이하 모든 분이 여러 가지 활동 등으로 정성껏 돌봐 주시는 것 같아 안심돼요.

나랑 있을 때 어머니가 나에게 이쁘게 말해 준 기억들이 늘 생각나요. 뭐라고 했냐구요?

"어머니는 진짜 넘 이뻐! 어떻게 그렇게 늘 좋게만 말하실까?"라고 물으면

"니 한테 배웠잖아"라고 말하셨잖아!

"나한테?"라고 반문하니

"응 니가 늘 이쁜 말만 하잖아. 늘 좋은 말만 하니까 내가 배웠지~"라고 하셨고

"어머니가 어떻게 아셨지? 내가 늘 좋은 말만 하는걸?" 하고 되물으면

"보믄 알지~ 아니까 보고 배웠어~"라고 하셨던 어머니였어요.

늘 그렇게 기분 좋은 말만 해주셨는데. "어머니 너무 이쁘네!"라고 하면 "뭐가 이뻐야 다 늙은이를? 니가 백배는 더 이쁘다!" 하셨던 어머니였는데… 좀 더 오랫동안 함께 살아야 했는데, 미안해요. 어머니!

하루하루 시간이 지날수록 어머니한테 더 잘해 드릴 걸 하는 후회스러운 생각이 밀려와요. 예전에 어머니에게 해드렸던 양치질 해주기, 발 씻겨 드리기, 기저귀 갈고 씻기기 등등. 가끔씩은 귀찮아서 인상 쓰며 돌보았던 순간들이 어머니를 불편하게 만들었겠다는 생각이 들어서 미안한 마음 가득해

요. 그런 순간은 다 잊어버리세요! 어머니!

뒤돌아보면 어머니와는 아름다운 추억이 많았던 거 같아
요. 어느 봄날 나물 바구니 어깨에 메고 어머니와 팔짱을 끼
고서 밭고랑 사이를 걸어가던 장면은 너무나 생생하게 남아
있어요. 어머니 그날 생각날까? 함께 쑥도 캐고 시금치도 캐
고 텃밭에서 상추도 뜯어 왔었지요.

어머니 아프기 전에 이곳저곳 여행을 하면서 숙소인 콘도
에서 어머니 팔베개를 베고 두 다리 엉켜 잤던 일들, 한 번씩
우리 집을 방문하면 고부간에 무에 그리 할 말이 많다고 두
런두런 밤늦도록 속닥거렸던 일, 그럴 때면 애들이 "엄마는
할머니 오시면 뭐 그리 할 말이 많아서 잠도 안 자?" 물었던
기억이 나요. 지금 생각해 보면 저도 원래 말이 많은 성격이
아니고, 어머니도 그렇게 살가운 편은 아니었는데 무슨 말을
그렇게 많이 했을까요? 아 맞다. 우리는 전생에 특별한 인연
이었나 보다고 밥 먹듯 말했었죠? 하하하.

어머니와 아버님 두 분의 간병으로 힘들어할 때, "니 고생
인디 우리를 뭘라 데려왔냐?"고 안쓰러워하며 위로해 주던
어머니. 그리고 늘 저에게 "고맙습니다", "감사합니다", "시

키는 대로 할게요" 하던 어머니가 매우 그리운 날이네요.

어머니의 치매가 너무 심해서 정말 도망치고 싶었던 순간
들도 많았었지만 그래도 어머니랑 좋은 추억 많이 쌓아 놓아
서 그리울 때마다 꺼내 볼 수 있는 추억거리가 많아 좋아요.
어머니가 좋아하는 과일 사과나 단감을 먹을 때면 어머니가
잘 드시던 생각이 나고, 같이 맛집들 방문할 때마다 맛있게
잘 드시던 모습들도 생각나고요. 가만히 생각하니 어머니와
나는 추억 부자네요.

이제는 멀리 계셔서 자주 찾아뵙지는 못하지만, 가까이 사
는 딸이 늘 찾아오고 들여다보니 그래도 더 좋지요? 저하고
있을 때 자주 말씀하셨잖아! 딸이 제일 보고 싶다고! 이렇게
추운 날에 그래도 어머니가 요양원에서 따뜻하고 편안하게
계시는 것이 다행스럽다는 생각이 들어요. 행복하게 계시기
를 바라며, 따뜻한 봄 햇살이 인사할 즈음 어머니 만나 보러
애비랑 함께 갈게요. 보고 싶어도 당분간은 우리 영상통화로
만족하고 그때까지 잘 참기로 해요.

어머니! 우리는 무슨 사이?

"우리는 사랑하는 사이!"

어머니의 유일한 계절 겨울에 큰며느리가

엄마!

엄마!

　지금 새벽 5시 45분이야! 매일 아침 지금 일어날까? 조금 더 잘까? 하는 갈등 속에서 늘 엄마의 일기장을 생각해! 엄마가 80이 넘었을 무렵일 거야. 아마 치매 초기로 기억되는데, 거기에 "시간이 흐르는 것이 너무 아깝다. 시간을 아껴 써야 하는데…"라고 쓰여 있어서 깜짝 놀랐어. 인생을 거의 다 살고, 남아 있는 시간이 많지 않다고 생각되는 노인이 시간이 아깝다고 해서 말이야!

　엄마는 늘 그렇게 자식들에게 본보기가 되는 삶을 살아왔어. 잠시라도 시간을 허투루 쓰지 않았잖아. 그런 기본정신을 물려받아 우리 6남매가 잘 커서 모두가 사회에서 존경받고 살 수 있는 사람이 되었잖아.

　엄마가 내 엄마인 것이 얼마나 자랑스러운지 몰라. 엄마의 그 교육열이 아니었으면 우리 6남매는 어떻게 되었을까? 생각만 해도 아찔해! 우리들 교육 때문에 아빠와 자주 다투던 모습도 지워지지 않아. 내가 고3 때 아빠랑 대판 싸웠던 기억도 아직도 생생해. "남의 자식들은 고등학교만 졸업해도 공장이나 회사에 취직해서 부모한테 효도하고 잘만 살더라" 하면서 나의 공부 의욕을 꺾어 버린 아버지 때문에 말이야. 그때 엄마는 무슨 짓을 해서라도 학비를 댈 테니 열심히 공부하여 가고 싶은 대학에 가라고 했었잖아! 돈 걱정은 말라며, 혹시라도 내가 반항해서 삐뚤어질까 봐 늘 노심초사했었지.

　엄마! 엄마는 참 독해! 어떻게 초등학교 입학식에 나 혼자서만 가게 할 수 있어? 다른 집 애들은 다들 엄마 손잡고 오는데? 7살도 되지 않은 조그만 아이를 독립심을 키워 준다고 입학식 전날 예행연습을 시키고는 혼자 보내? 나중에 안 일이지만 입학식 당일에 엄마는 내가 잘 따라 하는지 멀리 소나무 아래에서 지켜보고 안심된 후 비로소 집에 가셨다며?

내 자식이 그 나이 또래가 되어 보니 진짜 어리디어리더구먼. 그 어린아이를 야무지게 만든다고 그렇게 강훈련시킨 엄마가 진짜 대단하다고 생각했어.

어찌 보면 엄마는 현모양처이면서 인성을 강조한 율곡 이이의 어머니 신사임당이었고, 어둠 속에서 글쓰기와 떡 썰기 내기를 하며 몸소 행동으로 보여 스스로 깨닫게 한 한석봉의 어머니였어. 아니 두 분 어머니의 교육관을 다 갖추고 있었으니 그보다 더 훌륭하신 분이었지.

엄마도 시집을 잘 갔으면 신사임당이나 한석봉의 어머니처럼 역사에 모범이 되는 여성상으로 유명해졌을 텐데… 어쩌다 아버지 만나서 그렇게 평생을 고생했어? 그래도 어느 날인가, 아빠의 영정사진을 붙들고 "강래 오빠 보고 싶어!" 하며 울던데? 아빠도 엄마가 보고 싶어서 기다리실걸! 평생 고생만 시켜서 말이야! 그 미안함을 보상해 주려고 눈 빠지게 기다리고 있을 거야!

엄마 자식들이 엄마의 그 정성과 노력을 너무나 잘 알고 있으니 아빠로 인해 평생 힘들게 살았던 엄마 인생에 대해 너무 속상해하지 마. 얼마 전에도 엄마에 관한 이야기로 우리 형제들의 단체 대화창이 후끈 달아올랐어. 엄마가 몸으로 보여 준 가르침이 우리들의 큰 자산이 되었다고. 엄마는 정말 훌륭해! 정말 고마워!

엄마의 그 바른 인생관과 교육관이 항상 머릿속에 박혀 있어서 아침마다 일어나기 싫을 때 엄마를 떠올리면 바로 일어나게 돼. 오늘도 엄청난 갈등을 이겨 내고 일어났지 뭐야!

사람들이 말하길 내가 엄마를 제일 많이 닮았대. 외모도 성품도 모든 면에서 말이야. 치매로 엄마 성격이 변해서 포악하고 무서운 사람이 되었을 때는 누가 나보고 엄마를 닮았다고 하면, 몸서리쳐지게 싫었지. 그래도 시간이 지나면서 예쁜 치매로 바뀌어서 너무나 다행이었어! 엄마랑 함께 보낸 순간들을 잊지 말고 간직하고 싶어서 시작한 유튜브에 지난날의 모습들이 고스란히 저장되어 있어. 그 영상들이 있어서 안심이 돼. 언제든 꺼내 볼 수 있으니까.

엄마~!
엄마가 나를 제일 이뻐했는데 제일로 속을 많이 썩였지?

내가 운전면허증 땄다고 자랑하니 엄마가 했던 말이 생각나! "운전할 줄 안다고 네 맘대로 가고 싶은 곳마다 겁 없이 싸대고 돌아다니지 말아라이~" 했었던. 그 말에 모든 것이 내포되어 있었다는 것을 이제야 깨달았어. 내가 그렇게 막무가내로 뭐든 하고 싶다면 어떤 반대에도 불구하고 무조건 내 뜻대로 하고 말았던 아이였구나 하는 것을 말이야!

2개월 전 경화집에서 엄마를 만났을 때의 모습을 생각하면 자꾸만 눈물이 나! 올해를 넘길 수 있으려나? 늘 조바심으로 한 해를 맞이하게 되는데, 그래도 셋째 딸이 지극정성으로 엄마를 지키고 있으니 한 해 두 해 덤으로 더 볼 수 있게 되는 것 같아. 엄마의 그 높은 교육열 덕분에 자식들이 의사도 있고 간호사도 있으니 엄마는 그 혜택을 단단히 보고 있는 거야.

우리 자식들이 보고 싶어서 절대 죽고 싶지 않다고 했던 엄마의 말이 늘 생각나! 치매가 진행되었을 때도 그 말은 거의 매일 했었거든. 그래서 그렇게 이를 악물고 버티고 있는 거야? 저번에 엄마를 만났을 때 팔도 다리도 다 굳어서 펴지지 않더구만. 엄마 목욕시키고 옷을 갈아입히기도 힘들었어.

굳어 가는 몸을 풀어 주기 위해 마사지를 하려고 하면 살과 살이 닿기만 해도 멍이 든다고 경화가 말하더구만. 그리고 날마다 엄마에게 퇴근 인사하면서 오늘이 마지막일까? 그런 생각이 들어서 멀어져가는 딸을 보는 엄마의 눈이 애처롭게 느껴져 눈물로 퇴근한다고 하더라고.

엄마는 간호사 딸도 기억하지 못하는 경우가 많대. 그래도 가뭄에 콩 나듯 가끔 기억해 주는 것으로 감사함을 느낀다고 하더라고. 두 달 전 가족이 모두 만났던 날 기억해? 대면한 순간 무지 반가운 표정으로 두리번거리면서 보더구만! 눈에 눈물을 글썽인 채로 말이야. '아이고 내 사랑하는 새끼들 다 모였네' 하는 것 같았어. 모든 기억을 다 잊어버렸지만, 그래 도 엄마가 가끔씩 우리를 물끄러미 쳐다보면서 알아보는 것 같아 너무나 감사한 마음이 들었어. 그날 엄마를 안아 보고 볼을 비벼 보고 했던 촉감이 아직도 느껴지는 것 같아.

매번 엄마를 볼 때마다 점점 허깨비만 남아 꺼져 가는 엄 마의 모습을 보는 게 마음 아프고 너무 힘들어! 이렇게 우리 에게서 점점 멀어져 간다는 생각이 들어 너무나 슬퍼. 엄마 는 자식들의 행복만을 바라다 어느 날 갑자기 하얀 새처럼 날아가 버릴 테지! 그래도 기쁘게 보내 드릴게. 한평생 수고 많았어. 그리고 우리 엄마가 되어 줘서 정말 고마워! 우린 엄마의 가르침대로 나머지 인생을 잘 살아낼 거고, 또 후세에게도 그 뜻을 잘 전할게! 헤어짐의 시간이 점점 다가오고 있다는 걸 우리도 알아. 그 생각만 하면 마음이 너무 아려 오고 일 초라도 더 붙잡고 싶지만, 영원할 수는 없잖아!

엄마의 일기장에서 "잘 때마다 매일매일 6남매의 집을 다 둘러보고 잠이 든다"고 했던 것처럼 날마다 우리 살아가는 거 잘 지켜봐 줘! 우리도 엄마가 늘 우리 곁에서 우리를 내려다보고 있다고 생각할게.

엄마 마지막으로 부탁할 게 하나 있어!

엄마는 내가 〈섬마을 선생님〉 노래하자고 "시·시·시작!" 하면 엄마가 무엇을 하고 있든지 상관없이 곧바로 자동으로 "해~에당 화 피고 지이는~ ♬♩" 하고 노래를 시작했잖아. 가성과 진성을 오가며 머리를 갸웃갸웃 흔들며 감정 잡고 부르던 엄마의 모습이 너무 귀여웠어!

우리 다음번 만날 때, 엄마와의 마지막 추억 영상을 하나 찍고 싶은데, 한 번만 더 힘내서 우리 같이 노래 한 번 불러 보면 어때? 노래하면서 통곡할지도 모르겠지만 말이야. 엄마의 마지막 즐거워하는 모습을 보고 싶어. 꿈속에서라도 계속 연습하고 있어 줘, 알았지!

엄마! 엄마의 따뜻한 손길, 달콤한 목소리, 그리고 향기로운 음식 맛을 영원히 기억할 거야. 엄마가 우리에게 가르쳐 준 많은 것들을 잊지 않을게. 언제까지나 우리 마음속에 영원히 남을 거야. 언제나 엄마를 기억할게! 엄마! 많이 사랑해~. 그리고 미안해!

둘째 딸 경미

＊ 저자 유튜브 채널 〈춘천의 타샤〉의 '이쁜 치매로 고생하시는 귀요미 울 엄마My Mom Suffering from Dementia 12(아빠가 보고 싶어 눈물 보이시는 엄마)' 편에서 관련 영상을 확인하실 수 있습니다.

치매와 치매 간병은
우리 모두의 문제

코로나가 시작되면서 시부모님이 내게 오신 건 참 감사해야 할 일이었다. 남들은 나가지 못하고 집 안에서 외로이 보내는 것이 얼마나 힘든 일이었는지를 얘기했다. 그러나 우린 외로워할 틈도 답답할 틈도 없었다. 치매와 암 투병이 우리의 농반자였으니까.

나에게 겨울은 재충전의 시간이다. 정원의 꽃과 나무들도 휴식을 취하면서 동면을 하며 나름대로 재충전의 시간을 갖는 것처럼. 나는 치매 가족들을 위해 아니 정확히 말하자면 치매 환자의 주 간병인을 위해 무슨 말을 해줄까? 어떤 말로 위로해 줄까? 고민하며 한 줄 한 줄 써가느라 봄의 따사로운 빛이 비치고 있는지도 모른 채 시간이 흘러갔다.

치매를 다룬 영화를 먼저 훑어봐야 했다. 그들은 어떻게 묘사하고 있는지 알고 싶었다. 〈노트북〉, 〈The notes〉, 〈스틸 앨리스〉, 〈아무르〉, 〈그대를 사랑합니다〉, 〈Away From Her〉, 〈해피 앤딩 프로젝트(Still Mine)〉, 〈소중한 사람〉, 〈깡철이〉 등 생각보다 많았다. 그러나 주 간병인의 시련과 고충을 심도 있게 다룬 영화는 〈아무르〉 하나였다. 주인공인 남편은 뇌졸중으로 반신불수가 된 아내를 돌보다 간병의 한계에 도달하게 되었다. 아내를 요양원에 보내야 하지만 차마 보낼 수가 없어 아내를 베개로 질식사시킬 수밖에 없는 남편의 마음을 그린 영화였다.

치매 간병의 어려움을 주제로 한 소설도 종종 서점가에서 눈에 띄기도 한다. 얼마 전에 『가장 질긴 족쇄, 가장 지긋지긋한 족속, 가족』이라는 장편소설을 읽었다. 작가는 유교문화가 저변에 깔린 우리 사회에서, 어느 가족이나 노인부양 문제에서 벗어날 수 없는 현실을 실제로 일어난 사건처럼 잘 묘사해 주었다. 나는 이런 영화나 소설 등에서 많은 위로를 받았다. 그리고 이 글을 쓰면서 이제는 잊힌 줄로만 알았던 그때의 아픔과 상처들이 스멀스멀 올라와 눈물과 콧물을 닦아 낸 화장지가 글이 쓰인 양과 비례하여 쌓여만 갔다.

내가 처음에 책을 쓰려고 생각할 때는 어머니가 첫 번째 기적을 보여 줄 때였다. 하루 이틀, 한 주 두 주, 한 달 두 달, 시간이 지날수록 어머니의 병세가 눈에 띄게 좋아지고 있었다. 치매안심센터에서도 어머니가 다니던 주간보호센터에서도 기적이라고 했다. 나는 세상에 외치고 싶었다. "누가 치매는 고칠 수 없다고 했나요? 우리 어머니는 2년을 거슬러 올라갈 만큼 좋아졌어요. 여러분도 누구나 할 수 있어요" 하고 알리고 싶었다. 그러나 남편의 암 수술이라는 복병을 만나 어머니와 아버님 두 분 다 요양 병원으로 가시게 되면서 모든 계획이 무너지고 우회로를 택해야 했다.

혹자는 치매 엄마들을 모신 게 무슨 대단한 큰일을 했다고 책까지 썼느냐? 하고 생각하는 분이 있을 것이다. 지금, 이 시각에도 치매 부모님을 집에서 모시며 나보다 훨씬 더 힘들게 버티고 있는 분들도 많을 것이다. 나 혼자만 겪는 일이 아니라는 것쯤은 나도 안다. 더구나 내가 잘했다고 자랑하려는 것은 더더욱 아니다. 부끄럽지만, 나의 경험이 치매 환자를 간병하는 가족들에게 조그마한 위로라도 되고 싶은 마음뿐이다.

책을 쓰면서 가족의 소통 통로인 카톡 대화창이 분주해졌다. 중간중간 나의 책 쓰기 여정을 공유했고, 나의 기억이 희미한 것은 다른 형제자매들의 도움을 받아야 했기에 어느 때보다 활발한 대화가 오고 갔다. "그래 맞아 그때 니가 참 고생했는데, 너한테 소홀했던 게 참 미안하다"라는 사과의 한마디에 나는 그간 마음속 응어리가 눈 녹듯 사라졌다. 우린 울고 웃고 서로 묵은 미안함도 나누며 치유의 시간이 되었다.

지옥도 천국도 보았다. 어느 순간 그 떠올리기도 싫었던 지긋지긋했던 날들이 이제는 저 멀리 지우고 싶지 않은 기억으로, 간직하고 싶은 추억의 장으로 바뀌기 시작했다. 그 힘들었던 기억 때문에 하마터면 치매가 오기 전의 훌륭하고 지혜로운 엄마를 잃을 뻔했는데, 이렇게 책을 쓰면서 다시 원래의 따뜻한 내 엄마에 대한 기억도 되찾았다. 친정엄마와 시어머니 두 엄마는 자신들의 치매라는 병으로 나에게 인생의 소중함과 현재의 중요성을 가르쳐 주었다.

고령화 문제는 이제 남의 일이 아니고, 우리 부모 세대들을 이어 곧바로 우리 세대가 염려하고 준비해야 할 중요한 과제가 되었다. 당연히 치매에 걸리지 않도록 지금부터 건강한 생활 습관을 위해 부단히 노력해야 하는 이유도 여기에 있다. 치매와 치매 간병은 남의 일이 아니라 우리 모두의 문제이다.

강조하건대, 자신이 치매 부모님을 직접 간병하지 않더라도, 만약 주변에 치매 환자를 돌보는 이들이 있다면, 먼저 다가가서 공감해 주고 정신적인 스트레스가 쌓이지 않도록 배려를 해주길 바란다. 가족이라면 더더욱 그 짐을 나누어 짊어 주길 바란다. 사정이 여의치 않으면 한 달에 한 번이라도 주 간병인 형제에게 휴식을 취할 수 있는 휴가를 줄 수 있는 시간을 만들어 보자. 그것도 힘들면 조금이라도 관심을 표현하는 전화 한 통이나, 따뜻한 위로의 문자라도 보내자. 모두가 함께 이해하고 배려하며 살아간다면 주 간병인의 고충도 조금씩 덜어질 수 있을 것이다.

내가 이 글을 쓰면서 그간의 모든 아픔을 치유받았듯이 현재 치매 부모님을 모시고 있는 가족들이 이 글로 따뜻한 위로를 받길 기대해 본다. 주위에 주 간병인이 있다면 그간의 노력과 수고에 감사하는 글귀와 함께 이 책을 선물해 주는 것도 하나의 방법일 듯하다.

한 가지 더 치매 환자의 주 간병인에게 당부하고 싶은 것이 있다. 주 간병자가 모든 것을 끝까지 책임지려는 태도로 인해 너무 본인을 혹사하지 말았으면 한다. 환자가 중기 이상의 치매가 되고 주 간병자가 환자를 돌볼 여력이 부족하다면, 관련 시설을 이용해도 좋다. 가족이 끝까지 돌봐야 한다는 것은 거의 불가능한 일이다. 스스로의 건강과 그 부모를 바라보며 마음 편할 날이 없는 자녀들을 위해서라도 지양해야 할 일이다. 더군다나 환자를 돌보느라 경제 활동까지 포기하는 것은 사회적 경제적으로 손실이 크다고 본다. 아무쪼록 현명한 판단으로 지혜롭게 헤쳐 나가기를 바란다. 이 시간 세계 곳곳에서 치매와 싸우고 있는 주 간병인들에게 존경과 깊은 위로를 보내 드린다.

더불어 전 세계가 치매로 인한 사회적 이슈를 해결하기 위해 다각도로 노력하고 있는 모습을 언급하고 싶다. 그중 치매 마을을 만들어 치매 환자들이 인격적으로 존중받고 편안한 환경에서 생활할 수 있도록 배려하고 있는 모델이 매우 좋은 아이디어로 인기를 얻고 있다.

네덜란드의 드 호그벡 마을, 영국의 비롱 마을, 미국의 밀톤 빌리, 프랑스의 랑드 알츠하이머 마을, 캐나다의 빌리지 랭글리, 덴마크의 스벤보르, 호주의 타즈마니아등이 대표적인 사례이다. 우리 정부도 이러한 선진국들의 모델을 참고하여 치매 환자를 위한 치매 마을을 만들어 그들이 안정적으로 삶을 이어 나갈 수 있도록 지원하는 프로그램을 개발하기를 희망한다. 만약 내가 사는 지역에 치매 마을이 생긴다면 제일 먼저 자원하여 봉사의 정신으로 그들을 도울 것이다.

마지막으로 치매와 보내며 지냈던 세월 동안 잃었던 나의 웃음을 되찾게 해준 가족들, 친구들, 그리고 지인들에게 무한한 감사를 드린다. 이 글을 쓰는 동안 오롯이 글쓰기에 집중할 수 있도록 집 안의 모든 일을 도맡아 해주고, 고립되어 외로웠던 치매 간병의 기간 동안 내 마음을 항상 따스하게 감싸 준 영원한 파트너 남편에게 고마움을 표현하고 싶다. 그리고 인내심을 가지고 내 글을 틈틈이 읽어 주고 수정작업에 도움을 준 나의 사랑하는 작은오빠에게도 감사한다. 또한 자존감을 잃어 가는 나에게 사랑하고 존경받는 엄마라는 감정을 매 순간 인식시켜 준 나의 두 며느리와 사랑하는 아이들에게 깊은 사랑을 보낸다.

작은오빠의
편지

한없이 사랑하는 경미에게

경미야

김서방이 일 때문에 당분간 집을 떠나 있어야 한다기에 혹여나 산 아래 큰 집에 홀로 남아 외로워하거나 무서워할까 봐 2박 3일이라도 네 집에 와서 지내고파서 춘천으로 왔었다만….

네가 겨울 내내 수고스럽게 써논 '치매 엄마 10년의 간병 기록' 초고를 읽어 보고 2박 3일 내내 멍멍한 가슴이 되어 나도 모르게 한없이 흐르는 눈물을 몇 번이고 세수를 다시 해

가며 마지막까지 겨우 다 읽었구나.

네 글을 읽는 내내 참 많이도 코가 막히고 눈물 또한 많이 뺐단다. 무엇보다도 그동안 네가 그 힘들고 어려웠던 모진 지난 세월들을 10년도 넘게 어찌 그리 버텨 낼 수 있었는지 장하고 불쌍하고 짠하기 그지없었다.

그런 너를 항상 위로하고 사랑하고 옆에서 도와준 김서방도 말도 못 하게 이쁘게 고맙구나. 또한 부모 속을 썩이지도 않고 늘 항상 건강하고 멋지게 성장해 준 세 아들들이 너무 장하고 고맙고 대견하다. 형우도 태호도 철호도 정말 너희 부부을 닮아서인지 너무 훌륭하게 지들 스스로 잘하고 멋지게 성장해 주었으니 얼마나 고맙고 멋진 애들인지 정말 칭찬해 수고 싶구나.

경미야. 네 글을 읽으면서 오빠는 많은 후회와 반성이 되었다. 치매 엄마를 모시고 살 때 내가 더 관심 갖고 더 자주 찾아 주고 너의 등을 두드려 주고 위로해 주었어야 했는데 그리하지 못해 많이 미안하다.
내가 잘못이 많았다. 그 후회스러운 마음과 죄책감에 자꾸만 눈물이 난다. 그만 오빠를 용서해 주라. 내가 많이 어리석었다.

경미야 정말 넌 천사다. 효녀고 장한 어머니이고 착한 아내야.

수고 많았다. 너처럼 열심히 공부하고 강하고 성실하고 최선을 다해 아내몫, 엄마몫, 며느리몫, 시어머니몫, 자매몫, 친구몫, 이웃몫까지 그 모두 다 충분히 차고도 넘치도록 너무 잘했다.

고맙다. 이제는 그만 너도 돌아보고 너 자신의 건강을 살펴 가며 나머지 여생을 다소라도 여유를 갖고 편히 지내도록 해라.

정말 수고 많았어. 장하다. 고생했다.
그런 너를 너무 방치한 오빠가 용서를 구한다.
사랑한다 경미야, 한없이….

2024년 3월 16일
작은오빠

염병할 년, 그래도 사랑합니다
눈물로 써내려간 10년간의 치매 엄마들 간병기

글 정경미
발행일 2024년 5월 8일 초판 1쇄

발행처 다반
발행인 노승현
책임편집 민이언
출판등록 제2011-08호(2011년 1월 20일)
주소 서울특별시 마포구 양화로81 H스퀘어 320호
전화 02-868-4979 **팩스** 02-868-4978

이메일 davanbook@naver.com
홈페이지 davanbook.modoo.at
블로그 blog.naver.com/davanbook
포스트 post.naver.com/davanbook
인스타그램 @davanbook

ISBN 979-11-85264-90-5 03810